TOCANDO AS ESTRELAS

REBECCA SERLE

Tradução:
Leonardo Gomes Castilhone

Título original: *Famous in love*
© 2014 by Rebecca Serle
© 2015 Editora Novo Conceito
Todos os direitos reservados.

Nenhuma parte desta publicação poderá ser reproduzida ou transmitida de qualquer modo ou por qualquer meio, eletrônico ou mecânico, incluindo fotocópia, ou qualquer outro tipo de sistema de armazenamento e transmissão de informação sem autorização por escrito da Editora.

Esta é uma obra de ficção. Nomes, personagens, lugares e acontecimentos descritos são produtos da imaginação do autor. Qualquer semelhança com nomes, datas e acontecimentos reais é mera coincidência.

1ª Impressão — 2015
Impressão e Acabamento Intergraf 060515

Produção Editorial:
Equipe Novo Conceito

Dados Internacionais de Catalogação na Publicação (CIP)
(Câmara Brasileira do Livro, SP, Brasil)

Serle, Rebecca
    Tocando as estrelas / Rebecca Serle ; tradução Leonardo Gomes Castilhone. -- Ribeirão Preto, SP : Novo Conceito Editora, 2015.

    Título original: Famous in love.
    ISBN 978-85-8163-733-4

    1. Ficção norte-americana I. Título.

15-02989   CDD-813

Índice para catálogo sistemático:
1. Ficção : Literatura norte-americana 813

Rua Dr. Hugo Fortes, 1885
Parque Industrial Lagoinha
14095-260 – Ribeirão Preto – SP
www.grupoeditorialnovoconceito.com.br

 **Save the Children**

Parte da renda deste livro será doada para a **Fundação Abrinq – Save the Children**, que promove a defesa dos direitos e o exercício da cidadania de crianças e adolescentes.
Saiba mais: **www.fundabrinq.org.br**

Para HBG, que primeiro disse que eu podia,
acreditou ser possível e nunca me abandonou.

Nos sonhos começam as responsabilidades.
— Delmore Schwartz

PRÓLOGO

Olha só.

Vou contar a vocês como é estar com ele. Como ele me beija. Como ele toca minha bochecha. Vou contar o que ele sussurra em meu ouvido antes de irmos para a balada e nos encontrarmos com aquelas multidões escandalosas. Como ele segura meu dedo mindinho, bem de leve, para que as câmeras não captem que estamos nos tocando. Vou contar quais são os nossos sinais. Que piscar uma vez significa *está tudo bem; eu estou aqui*, e que piscar duas vezes significa *não responda*. Vou contar tudo, mas prometa que nunca vai escrever ou repetir isso. Você terá que prometer que esse será o nosso segredo.

Às vezes, durante uma entrevista, sou tomada por um desejo intenso de contar a verdade. Podemos estar no meio de uma conversa sobre minha marca de jeans favorita ou qualquer outra coisa, e simplesmente me dá vontade de sair da cadeira e me sentar no chão, com as pernas cruzadas, e sair contando tudo. É da minha natureza. Sempre fui uma pessoa que confia rápido nos outros. No meu primeiro ano do ensino médio, contei a Holly Anderson que minha irmã estava grávida, e, lá pela hora do almoço, a turma inteira já estava sabendo. Não sei por que achei que ela iria guardar aquele segredo por mim, já que nem éramos amigas, mas algo dentro de mim me forçou a me abrir com ela. Eu gosto de me abrir com as pessoas. Por isso é tão ridículo que essa seja a única coisa que eu jamais poderei fazer de novo. Essas perguntas já foram respondidas. A jornalista está com uma prancheta na mão, batendo o pé no carpete e olhando freneticamente para o relógio, como se o ponteiro dos minutos fosse uma criança lenta que ela estivesse tentando apressar.

— *Seven* — eu digo, acenando com a cabeça, porque estamos trabalhando para firmar um contrato de exclusividade com eles. Não pude usar nenhuma calça jeans de outra marca nos últimos seis meses.

— Também gosto — diz a repórter. Ela pisca para mim, como se estivéssemos tendo mais afinidade, quando, de repente, me dou conta de que esqueci o nome dela. Na verdade, acho que nem cheguei a sabê-lo. O único nome que importa é o meu.

Saímos de lá, contorno a esquina e, então, lá está ele, caminhando na minha direção. Mesmo rodeado de pessoas — Wyatt, Sandy e duas garotas que não reconheço —, ele me vê, e nossos olhos se fixam por um breve instante. Não posso tocá-lo. A única coisa que quero fazer é correr até ele e deixá-lo me abraçar, para que ele me leve para qualquer outro lugar que não seja aqui. Algum lugar em que haja apenas nós dois e nada mais importe. Mas não posso fazer isso, pois ninguém sabe. Nem Wyatt, nem Sandy, nem mesmo Cassandra. Eles acham que somos só amigos — que eu pertenço a outra pessoa. Eles não sabem que cometi um erro enorme. Como August, eles não sabem que eu tomei a decisão errada.

CAPÍTULO 1

— Você é famoso, Patrick.

Jake pisca para mim e eu viro os olhos para trás. É a piada interna que temos desde a quinta série, quando eu estava em uma produção de *Os Três Patetas* organizada pela escola. Eu fazia o garotinho, e durante o resto do ano todos se referiram a mim como Patrick, que, sinceramente, não é nem parecido com Paige, mas deixa pra lá. A maioria dos alunos da minha sala não era muito criativa.

Eu respondo do mesmo jeito de sempre:

— Ei, pelo menos sou conhecida por alguma coisa.

A verdade é que sempre fui um pouco diferente. Como o botão de um casaco que nunca fica alinhado com sua casa. A caçula de quatro irmãos, nascida em Portland, com sérios problemas de transtorno afetivo sazonal, eu simplesmente... não me adapto. Não me adapto a minha família nem a minha cidade natal. Às vezes, nem mesmo a Jake, que nos últimos vinte minutos está falando sobre os graves problemas de saúde que se pode ter ao consumir laticínios. Ele só para quando nota um pôster da minha última peça na entrada do Powell's. Nós o colocamos lá no mês passado. Fico surpresa que ainda não o tenham tirado.

Eu e Jake somos bastante próximos desde que usávamos fraldas, mas temos personalidades completamente opostas. Ele é calado, intelectual e um verdadeiro mago — algum dia ele vai mudar o mundo. Eu sou falante e até que vou bem na escola, mas tenho que me esforçar para isso. Nunca tive o talento natural que Jake possui para biologia e química. Nem, para ser sincera, com qualquer outra matéria.

Menos teatro.

— Por que você ainda não tirou uma boa foto de rosto? — pergunta Cassandra. Ela puxa uma de suas marias-chiquinhas e levanta a sobrancelha para mim. É uma moça pequena, mas com uma personalidade marcante, assim como seu cabelo (uma imensa juba de cachos dourados que não parece estar colada na cabeça). Não faz sentido ela não ser a atriz de nosso trio dinâmico. Ela age como se estivesse permanentemente no palco. Desde os cinco anos, quando a conheci, ela é assim. Mas ela quer ser bióloga marinha.

— Jake disse que iria tirar uma — eu digo, olhando para o flyer. Não há foto perto do meu nome, só um espaço em branco. Paige Quem. Pedi a Jake para tirar fotos minhas há pelo menos um mês, mas ele tem se envolvido em manifestações quase toda semana.

Jake está sempre protestando por alguma coisa. Plástico, prédios, o corte das árvores, pipoca. Ele disse que a pipoca do cinema é geneticamente modificada. Perdemos uma semana de nossas vidas por causa desses grãos.

Cassandra olha com pena para Jake e se vira para mim:

— Se a sua carreira estiver nas mãos dele, você vai acabar trabalhando com tratamento de resíduos. — Jake tenta interromper, mas Cassandra continua falando. — Resumindo, eu vou tirar essas fotos. Comprei uma câmera nova — ela anuncia, tirando a máquina da bolsa.

— Fala sério — reclama Jake, arrancando a câmera das mãos de Cassandra e a fazendo gritar. — Onde arranjou dinheiro para isso?

— Trabalhando como babá — ela responde, orgulhosa.

— Legal. Deveríamos tirar algumas fotos do comício na semana que vem. Aposto que, se tirarmos umas bem legais, poderemos enviá-las para o jornal.

— Outro comício? — pergunto. Tento não deixar transparecer minha decepção pela voz, mas não me esforço tanto assim.

Jake olha para mim com aquela expressão sombria que já conheço de longa data:

— As manifestações só vão acabar quando a poluição parar, quando os animais passarem a ser tratados com carinho. Quando os seres humanos começarem a ser responsáveis com o planeta e consigo mesmos.

— Desculpe — murmuro.

Sempre me sinto mal por não apoiar Jake em seus esforços mais recentes. Digo, também quero que o mundo seja um lugar melhor para viver. É que, de vez em quando, eu também gosto de ir ao cinema.

Cassandra passa o braço por cima do meu ombro e me vira de volta para o letreiro.

— Talvez esteja passando alguma coisa legal no Aladdin este fim de semana.

Olhamos os flyers, mas sem muita empolgação. Volto o olhar para Jake, que está fuçando a câmera de Cassandra. Não o vejo animado desse jeito desde que a Starbucks começou a usar materiais biodegradáveis.

— Ai, meu Deus! — Cassandra dá um grito agudo, e eu levo as mãos aos ouvidos. Jake quase deixa a máquina cair.

— Qual é o seu problema? — ele pergunta a ela.

— Olhe, olhe, olhe! — Ela aponta para o letreiro. — Você está vendo?

Acompanho com os olhos o dedo dela. Um panfleto anunciando *Locked*, o livro pelo qual Cassandra é obcecada. Bom, três livros, na verdade. É uma trilogia, mas só dois foram lançados até agora. São o maior sucesso. Best-sellers internacionais. Foram escritos por uma mulher chamada Parker Witter, e falam sobre uma garota que vai parar numa ilha deserta mágica após a queda de um avião. O garoto que sobrevive com ela (que, por sinal, é o melhor amigo do namorado dela) tem uma espécie de conexão sobrenatural com a ilha, e os dois se apaixonam. Mas ela ainda ama o namorado, que ela pensa estar morto, já que os três estavam juntos no avião. Não cheguei a ler os livros, mas pesquisei superficialmente no Google, já que Cassandra não parava de falar neles. A quantidade de coisas que tem na internet sobre o assunto é absurda. Centenas de milhares de vídeos no YouTube, comunidades em redes sociais e infindáveis boatos criados por fãs. Parece que Noah e August são os novos Romeu e Julieta. Cassandra chegou à fila à meia-noite, na frente da Barnes & Noble, no dia do lançamento do segundo livro da série. O terceiro e último volume deverá sair em novembro.

— Estão fazendo testes *aqui*! — grita Cassandra. Ela saltita nas pontas dos pés em um semicírculo.

Olho melhor para o panfleto.

— Testes para quê? — Jake quer saber, devolvendo-lhe a câmera.

— Para o filme.

Meu estômago se contorce junto com os pés de Cassandra, então eu ergo o olhar e ela está sorrindo para mim. E continua:

— Interessada agora?

Mesmo estando em Portland, uma cidade que atrai multidões de artistas, raramente algum filme é rodado aqui, e os diretores de *casting* nunca vêm para cá à caça de talentos. Audições para filmes são para as pessoas que moram em Los Angeles — e eu nem sequer conheço essa cidade.

Implorei aos meus pais para me deixarem ir à Califórnia, mas eles sempre insistem que isso iria atrapalhar os meus estudos. O que eles querem dizer é que sou a caçula de quatro irmãos e que, se depender deles, uma passagem de avião que não seja para ir a um casamento ou funeral simplesmente não é prática.

Isso não significa que eu não participe de testes aqui; participo sim, mas a maioria é para peças de teatro para a comunidade, como aquela do pôster sem a minha foto de rosto para o qual estávamos olhando. Mas um filme de verdade? Nunca tive a oportunidade.

Quando eu consigo alguma chance — uma peça, um comercial regional ou coisa parecida —, quase sempre sou escalada para fazer o papel de alguma criança, apesar de ter dezessete anos. Sinto-me como se estivesse atuando no mesmo papel há uma década. Eu mal tenho um metro e meio de altura, o que é baixo até para crianças de doze anos. Tenho cabelos longos e naturalmente ruivos, bem pouco ondulados — nem totalmente cacheados nem lisos —, e o meu rosto é cheio de sardas, o que não me ajuda muito para ser atriz principal de nada. Mas o papel de irmã mais nova? Acho que dá para mim. Fico me perguntando se tem alguma irmã em *Locked*.

— Onde será? — pergunto. Olho para baixo para parecer que não estou dando tanta importância, mas, já que se trata de Jake e Cassandra, nenhum dos dois está engolindo essa minha indiferença.

— Sábado no Aladdin. — Jake arranca o anúncio e me entrega.

— Outra pessoa pode querer ir — eu digo.

— Então considere isso uma diminuição da concorrência — Cassandra retruca, dando o braço para mim. — Prometa que vai pensar a respeito.

Ela sorri para mim, e eu sei que ela sabe que eu estarei lá. Mas ela também conhece minha regra número um quando se fala em testes: nunca conto a ninguém para onde estou indo.

Talvez pelo fato de eu ser a mais nova de uma família grande, sempre espero decepções. O lema implícito da nossa casa é: "Quanto menor a distância do chão, menor a queda". Acho que isso funcionou para os meus pais. Os dois são professores do Ensino Fundamental, o que é uma coisa maravilhosa por si só, mas não sei se esse era o projeto de vida deles. Minha mãe queria ser atriz. Ela se envolveu em algumas produções locais quando era mais nova, e parou depois que meu irmão mais velho nasceu. Apesar de não tocarmos no assunto, eu sei que ela se arrepende disso. Certa vez, eu estava procurando um colar em sua caixa de joias e me deparei com um envelope cheio de ingressos de teatro. Peças e concertos assistidos pela minha mãe. Havia alguns até dos anos 1970, quando meus pais nem se conheciam ainda. Talvez por causa dos interesses dela na época. Não tenho certeza se uma pessoa se apegaria àquele tipo de coisa se não tivesse o desejo íntimo de que sua vida tivesse tomado outro rumo. Quanto a mim? Eu não quero um monte de ingressos de teatro guardados em um envelope no fundo da minha caixa de joias. Eu quero pôsteres enquadrados com o meu nome neles. São essas lembranças que eu quero para mim. Suvenires que os outros possam ver.

Jake passa o braço por cima do meu ombro.

— Você seria uma August maravilhosa — ele diz.

— August? — falo, erguendo uma sobrancelha.

— O quê? — pergunta ele, ampliando seu sorriso caído. — Gosto de estar por dentro da cultura popular.

— Você nem imagina como é bom — Cassandra intervém, emaranhando os dedos em um de seus cachos. — Não vou aguentar esperar até novembro para descobrir como tudo termina.

Jake acena com a cabeça.

— Sério? — resmungo. — Vocês dois precisam fundar um grupo de apoio.

— Eu já estou em um — diz Cassandra. — Nossos encontros são aos domingos. Terças-feiras, se for uma semana particularmente ruim de abstinência.

Jake sorri; eu reviro os olhos.

— Você é maluca.

— Mas você me ama — ela responde suavemente, com o nariz pressionado contra minha bochecha.

— Apesar de tudo — retruco.

— Ei! — ela diz, afastando-se. — Esses livros são uma ótima literatura.

— Foi isso o que você disse sobre *Vindos do Paraíso*. E aqueles livros só falavam de anjos excitados.

— Anjos *da guarda* — corrige Cassandra, jogando uma trancinha por sobre o ombro. — Não é culpa minha que você não aprecie grandes romances.

— Eu aprecio, sim — reclamo.

— Mesmo você tendo lido *Algemas de Cristal* setenta e duas vezes, não dá para somar um livro. Sinto muito — diz Cassandra, torcendo o nariz para mim.

— É, mas ainda assim é um grande clássico da literatura — respondo prontamente.

Não é que eu não leia romances. Eu leio, só não da mesma forma que leio roteiros de filmes. Quero dizer, eu adoro Jane Austen, e provavelmente já li *O Apanhador no Campo de Centeio* umas sete vezes desde a oitava série, mas o que mais leio são roteiros. Já li praticamente todos os que estão lá no estoque do Powell's, o que é muita coisa. Eles têm de tudo, de *O Bebê de Rosemary* a *Pitch Perfect*, e eu gosto de me sentar lá, em domingos chuvosos, e pegar qualquer coisa que tenha acabado de chegar. Alguns eu até conheço de cor, e abrir a primeira página outra vez é como ouvir as primeiras notas da sua música favorita no rádio. Aquela cuja letra você também sabe de ponta a ponta. Quando eu era mais nova, recitava falas na frente do espelho do meu quarto. Scarlett O'Hara, Holly Golightly. Eu fingia ser Audrey Hepburn ou Meryl Streep e gravava um filme que o mundo inteiro veria.

Às vezes ainda faço isso.

— O que vocês querem fazer hoje à tarde? — pergunta Cassandra.

Olho para o relógio, um presente de Jake pelo meu aniversário de quinze anos. Tem um Mickey Mouse na frente, e suas mãozinhas com luvas servem de ponteiros de horas e minutos. Jake gravou na parte de trás: *Do gato para a ratinha*. Era assim que costumávamos nos fantasiar todos os anos no Halloween. Ele se vestia de gato e eu de rata, e ele me perseguia pelas ruas enquanto pedíamos gostosuras ou travessuras. De vez em quando eu imagino a gente saindo, tarde da noite, e as coisas tomando outro rumo. Ele dizendo algo do tipo: "Eu corri atrás de você durante anos, e agora finalmente você é minha". Sei que parece bobagem, mas seria uma ótima história.

Só para constar, nós nos beijamos duas vezes, mas nunca mais depois do primeiro ano. Na verdade, Jake foi o primeiro cara que beijei, e o único cujos lábios já toquei, exceto por um garoto do acampamento de verão. Mas não estamos juntos. Nunca estivemos. Acho que nenhum de nós está disposto a arriscar nossa amizade — além do mais, a possibilidade de ele ser meu namorado parece uma equação que não fecha.

— Preciso ir para o trabalho — eu aviso.

Todos os verões, desde a sétima série, eu trabalho no Trinkets n' Things, uma loja que vende todo tipo de bugiganga e, como o resto de Portland, cheira a patchuli. Sempre chego em casa fedendo a incenso, mas é um bom emprego. O salário é razoável e o lugar nunca fica muito cheio.

— Está a fim de ver um filme? — Cassandra cutuca Jake, e ele tira o braço de cima do meu ombro.

— Só não vamos ver aquele documentário sobre budismo de novo, ok? Já vimos três vezes.

— Que seja... Foi você quem quis vê-lo na terceira vez.

Ela pisca os dois olhos para mim, mas eu sei que era para ter piscado só um. Ela nunca consegue fechar um olho por vez. É uma das coisas que mais amo nela.

Digo, tem um monte de coisas que eu amo em Cassandra. Como o fato de ela não saber pular amarelinha e o de suas cores favoritas serem sempre inventadas: amarelo-frutinha, verde-grilo, vermelho-nariz-de-palhaço. Amo que ela sempre me avisava quando tinha alguma coisa presa no meu aparelho. Ela é honesta. Não temos segredos. Nunca tivemos.

— Divirtam-se, crianças — eu digo.

Jake me cumprimenta rapidamente, Cassandra me dá um beijo molhado na bochecha e os dois vão embora. Olho para o folheto amassado na minha mão e, em seguida, guardo-o no bolso, seguindo meus amigos até a saída e, depois, indo para o Trinkets n' Things. Nem preciso olhar para os detalhes do teste; já os memorizei. Também sei que vou ter que inventar uma desculpa para minha chefe, Laurie, para faltar no sábado. O folheto diz que as audições começam às três, mas sou do tipo que fica plantada numa fila por horas a fio.

Eu sei que não tenho chance nenhuma. Reconheço que a probabilidade de conseguir um papel como esse é quase nula, mas isso acontece todas as vezes que vou tentar alguma coisa do tipo. Estou me sentindo um pouco... esperançosa. Como se esta fosse a vez em que tudo mudaria. Como se, depois deste fim de semana, tudo pudesse ser diferente.

CAPÍTULO 2

Dá para ouvir minha sobrinha, Annabelle, chorando assim que entro em casa. Não sei o que essa garota tem, mas ela está sempre gritando. Sua clara disposição para chamar a atenção é, na verdade, bastante impressionante. Ela nem fez dois anos ainda, mas é como se já soubesse que, para sobreviver nesta casa, precisa se anunciar. E, se ela já sabe disso agora, está bem informada.

— Tem alguém em casa? — Apoio minha mochila em um banco da cozinha.

— "Pêie"! — grita Annabelle.

Minha irmã, Joanna, desce correndo as escadas, com Annabelle enfiada embaixo do braço, como se fosse uma bola de futebol.

— Você viu a mamãe? — pergunta Joanna.

Seu rosto está vermelho e o cabelo parece úmido.

— Não, acabei de chegar em casa. — Abaixo imediatamente a cabeça e olho para Annabelle. — Ei, você.

Annabelle abre um sorriso de orelha a orelha e estende os bracinhos pequenos e gorduchos. Então, tiro-a dos braços de Joanna e a ponho no meu colo.

Minha irmã parece desmoronar assim que tiro Annabelle dela; seus ombros envergam por causa da dor nas costelas.

— E aí, Jo? Você está bem?

— Está bem? — repete Annabelle, como um papagaio.

Eu e minha irmã somos as únicas filhas que ficaram na casa. Nossos dois irmãos mais velhos se mudaram. Houve uma conversa sobre o Bill, namorado da minha irmã e pai de Annabelle, se mudar para cá, mas ele começou recentemente um curso na faculdade comunitária e a casa de seus pais é mais perto de lá. Sua família não quer que Joanna se mude para a casa deles, então, por ora, ele visita Joanna e Annabelle nos fins de semana. Engraçado: quando você tem dezenove anos, um filho e nenhum dinheiro, seus pais têm um controle muito maior sobre você do que você gostaria.

Minha irmã ignora a pergunta e me olha dos pés à cabeça.

— Onde você esteve?

Desde que engravidou, Joanna se considera completamente adulta. Ela estava com uma barriga imensa em sua formatura do Ensino Médio, e mesmo assim me dava lições sobre limpar meu quarto e sobre não voltar para casa depois do horário estipulado. Como se o fato de ela estar se tornando mãe a tivesse transformado na *minha* mãe.

Dou de ombros e respondo:

— Trinkets n' Things.

Ela olha para mim.

— O que você estava fazendo?

— Vendendo drogas na porta dos fundos.

Joanna vira os olhos e desaba no sofá.

— Era para a mamãe ter chegado há uma hora.

— Não sei o que dizer.

Esfrego minha mão na de Annabelle, fazendo pequenos círculos, mas ela só pisca algumas vezes e logo volta a chorar. Joanna se levanta do sofá e tira Annabelle das minhas mãos, depois suspira:

— Olha, diga à mamãe que eu saí.

Ela passa a alça da bolsa sobre o braço, muda Annabelle de lado e sai pela porta. Annabelle acena para mim, com a mão no formato de bico de pato, uma lágrima escorrendo pela bochecha.

Depois que as duas partem, a casa fica em silêncio absoluto. A quietude me parece estranha. Durante minha infância, nossa casa era cheia de crianças. Quanto mais eu crescia, mais gente aparecia. Meus irmãos sempre levavam amigos para casa, e, quando cheguei à quinta série, Joanna já estava com Bill.

Coloco a mochila no ombro e subo lentamente a escada. Assim que chego ao meu quarto, tiro o folheto do bolso, estico-o no chão, aliso suas orelhas e olho bem para o anúncio. Na frente há a imagem em preto e branco de uma garota, mas só dá para ver sua silhueta, portanto fica difícil distinguir os detalhes da pessoa ou saber com quem se parece. Impressas no alto da página estão as palavras FORMAÇÃO DE CASTING PARA *LOCKED*. Sinto um arrepio no corpo inteiro. É a mesma sensação que tenho toda vez que entro num auditório ou num teatro, e as luzes se apagam. Como se pudesse ser eu lá em cima. Como se algum dia as pessoas pudessem saber meu nome, até me reconhecer. Eu não seria a pequena Paige, a tampinha que nasceu no antro dos Townsen. Seria Paige Townsen: a primeira e única. Uma sensação de possibilidade. A sensação de que, "aqui e agora", tudo poderia mudar.

As chances de eu conseguir esse papel são praticamente inexistentes, eu sei disso, mas, ainda assim, alguém estará lá. Por que não eu?

....

Meu telefone toca. É Cassandra. Ela começa a falar antes mesmo de eu dizer alô.
— ... acho que dormi da metade em diante.
— Do filme?
Ela bufa, como se dissesse *dãããã*.
— O que vai fazer esta noite?
Dobro o flyer, envergonhada só por estar com ele nas mãos. O que estou fazendo é praticando. O que estou fazendo é lendo aquele livro de ponta a ponta.
— Estou meio cansada — respondo.
— A Laurie fez você arrumar as prateleiras?
— Pois é — minto.
A verdade é que não fiz outra coisa a não ser brincar de guerra de dedão comigo mesma atrás do caixa. Tivemos apenas dois clientes hoje, e nenhum deles comprou nada.
— O Jake está aqui — diz Cassandra. Ouço uns cochichos e sussurros, então ela volta a falar comigo. — Podemos passar aí mais tarde?
Imagino a cena de Jake empurrando o celular. Ele morre de medo da radiação e se recusa a sequer carregar um, o que torna nossos encontros uma tarefa árdua. Por sorte, ele normalmente está com uma de nós.
— Pode ser — respondo.
Jake grita "tchau" — Cassandra deve ter segurado o celular de longe — e então ela desliga.
Ouço meu pai estacionando na porta de casa. Não preciso olhar pela janela para saber que ele sai do carro, abre a porta de trás para pegar sua maleta, dá uma checada nos espelhos retrovisores, depois nos pneus, aperta duas vezes o botão para fechar e entra em casa. Ele faz a mesma coisa todos os dias, e deve fazer isso desde que aprendeu a dirigir. Fico imaginando meu pai seguindo toda essa rotina quando estacionou na frente do hospital nas noites em que

meus irmãos e eu nascemos. Será que minha mãe gritou? Em todos os anos vendo o processo de estacionar do meu pai, nunca, nem uma vez, ouvi minha mãe tentar apressá-lo.

Saio do quarto, vou descendo as escadas e o vejo entrar. Meu pai usa gravata-borboleta todos os dias. Ele tem até um daqueles paletós com cotoveleiras.

— Você parece um professor — digo a ele.

Ele olha para cima e sorri:

— Engraçado você ter dito isso. Acabei de voltar da escola.

— Mas estamos nas férias de verão — retruco, terminando de descer —, você não sabia?

— O trabalho não termina.

Meu pai é o único membro da família que me entende. Também é a pessoa mais calada que conheço. Nunca notei que ele era uma pessoa matinal até eu entrar para o time de natação do segundo ano e precisar acordar bem cedo para os treinos. Certo dia, às cinco da manhã, desci as escadas e o encontrei tomando uma caneca de café. Ele estava tão parado que, se o ar em volta dele fosse água, não criaria nem uma marola.

Ele sorri para mim quando chego ao último degrau.

— Onde está sua irmã?

Tento lembrar aonde ela havia dito que iria. Encolho os ombros e o sigo até a cozinha.

— Sei lá.

Ao contrário do restante da família, meu pai não desencoraja minhas ambições de ser atriz. Minha irmã acha que sou muito egocêntrica; meus irmãos não entendem do assunto, porque não tem a ver com esportes. Minha mãe acha que atuar é para aqueles que sonham acordados e para produções esporádicas na comunidade, não é coisa da "vida real".

Meu pai, não. Meu pai nunca disse abertamente o que pensa, mas eu sinto seu apoio. Sempre o ouço falar que educar um filho é como construir um prédio. Uma pessoa tem que ser a edificação; a outra, a fundação. Meu pai não é um homem alto, mas é muito sólido. Com quatro filhos, se você é a base, tudo se consolida ao seu redor.

Ele acena levemente com a cabeça e vai para seu quarto. Ele passa a tarde toda consertando o que quer que esteja quebrado na casa. Faz toda a manutenção sozinho, sempre fez.

Estico o pescoço para conferir se minha irmã não está chegando e então vou direto para sua estante, onde passo os olhos em livro por livro até encontrar um exemplar de *Locked*. Não sei por que estou agindo tão sorrateiramente. É óbvio que ela iria me emprestar o livro se eu pedisse. É que eu me sinto meio acanhada, como se ela fosse saber se me visse com ele. Ela iria juntar as peças e, em seguida, quando eu não conseguisse o papel, teria a confirmação de que meus sonhos são estúpidos, superficiais e totalmente irreais. Não preciso mais disso na minha casa. Além do mais...

O que você sacrificaria por amor?

A frase, impressa na parte de cima da capa preta, faz meu coração acelerar. Levo o livro para o quarto e fecho a porta. Pego o panfleto debaixo da cama e o seguro com as duas mãos. A garota na capa do livro está virada de costas, mas, ao contrário do panfleto, dá para ver que seu cabelo é ruivo. Os cachos escorrem pelas costas e parecem se fundir diretamente com as ondas do mar. Tudo a envolve, como se a engolisse por inteiro.

Abro a primeira página, e então começo a ler.

CAPÍTULO 3

O sábado vai passando absurdamente lento. O Trinkets n' Things recebeu menos gente ainda do que no resto da semana, e Laurie decidiu tirar o dia para ministrar um workshop de aromaterapia na sala dos fundos da loja. Fico pensando: será que alguém já morreu de overdose de sândalo?

Terminei o primeiro livro ontem de manhã — li direto, sem parar, em uma só sentada. E a verdade é que agora entendo por que Cassandra não para de falar sobre o romance, e por que parece que o mundo todo anda com o livro na mão. Eles são fenomenais. E a história de amor é muito, muito boa. É a ficção mais incrível de todas. August e Noah, sua paixão de longa data e melhor amigo de seu namorado, são os únicos sobreviventes de um acidente de avião. No voo também estavam o namorado dela e sua irmã mais nova. Eles descobrem que Noah é descendente dos habitantes originários da ilha — algo que lhe dá poderes sobrenaturais. O poder de curar August após ela quase morrer no acidente e... bem, não vou estragar a história. Digamos apenas que o amor não é fácil, mesmo quando sobram apenas duas pessoas cheias de desejo uma pela outra.

Volto correndo para minha obsessão e leio até a metade do segundo livro antes mesmo de perguntar a Laurie se eu posso sair um pouco mais cedo. Ela concorda, é claro. Na verdade, ela diz: "É sábado. Ninguém vem aos sábados".

Fecho a porta da sala dos fundos e enrosco a chave no gancho perto da prateleira das cartas de tarô. Pego minha bolsa embaixo do balcão e, ao me inclinar para a frente, vejo meu reflexo no espelho — o cabelo caído no rosto, as bochechas vermelhas como um camarão. Por um breve instante, não me reconheço. Eu poderia ser qualquer pessoa... Até mesmo August.

Uma multidão de garotas perambula pelo local quando eu chego. Não é nenhuma novidade, mas a visão é espetacular. Deve ter umas mil pessoas do lado de fora do Aladdin. A última vez que vi esse tanto de gente em um lugar só foi quando meu irmão me levou para um show do Muse, no meu primeiro ano de faculdade. Nós não passamos muito tempo juntos. Eu e meus irmãos, quero dizer. Houve um período em que minha irmã ficou meio que próxima deles, mas acho que, quando eu apareci no pedaço, a novidade de ter uma irmã já havia se esgotado. Lembro-me de ter ficado muito surpresa pelo fato de Jeff querer ir comigo. Mas, no fim das contas, assim que chegamos lá, descobri que ele só queria que eu fosse para tomar conta do carro, porque era muito difícil encontrar um lugar para estacionar de graça.

— Você pode ficar sentada aqui no carro ouvindo a música — ele disse.

Não consegui dizer nada por puro medo de me acabar em lágrimas, e, depois disso, quando ele me deixou em casa e minha mãe perguntou como tinha sido, menti e disse que foi ótimo. Contar a verdade a ela, de alguma forma, me faria sentir humilhada.

Vou me dirigindo ao local das audições. Parece haver duas filas. Uma para as pessoas registradas e outra para as não registradas. A das não registradas era muito, muito menor. A maioria das pessoas, o que não é o meu caso, se preparou. Todos já estão com seus formulários, preenchendo-os em cima de pranchetas. Estão sentados em cadeiras, sentados no chão, encostados nas paredes.

A maioria das meninas está com suas mães, e, por um breve segundo, sinto uma onda familiar de tristeza. Eu e minha mãe fomos a exatamente dois testes juntas. A primeira foi para um comercial de cereal quando eu tinha sete anos. Lembro que vi o panfleto na loja de conveniência e implorei para que ela me levasse. Ela não queria, mas meu pai interveio e a convenceu de que a ideia não era tão ruim, e que talvez eu ganhasse alguma grana. Eu me arrumei toda, com meu melhor vestido e os sapatos que mamãe havia me dado no Natal daquele ano, e nós fomos de mãos dadas.

Nós nem chegamos a entrar no local das audições. Minha mãe deu uma olhada para as outras garotas e decidiu que não iríamos "brincar", como ela disse.

— É um concurso de beleza — ela falou. — Não vamos participar disso de jeito nenhum.

Sempre fui aos testes sozinha, e em segredo. Ela dá apoio a projetos relacionados à escola e ao teatro, mais porque considera que eles são, de certa forma, "acadêmicos", mas é terminantemente contra qualquer coisa que envolva filmes.

Sigo até a mesa da recepção, onde uma mulher com um sorriso que parece uma linha me entrega uma folha de papel. Pego o formulário e o preencho na beirada da mesa, atenta para devolver o papel sorrindo. Ela me dá um número de senha e sinaliza para eu me afastar. Não há mais assentos disponíveis, então me encosto na parede e coloco os fones de ouvido.

Na primavera, no meu aniversário, Jake fez uma seleção das trilhas sonoras dos meus filmes favoritos. Ele gravou todas no meu iPod. Posso ouvir *Empire Records* enquanto volto de bicicleta da escola ou vou andando para o trabalho.

Hoje escolhi uma gravação de *Cantando na Chuva*. É brega, mas eu sempre tive uma queda por filmes clássicos. Toda vez que vejo um filme sem cores ou efeitos especiais tenho uma sensação mais cinematográfica. Importante. Como se o trabalho daqueles atores tivesse um significado maior.

O som da voz de Gene Kelly toma conta de mim, então me sento com as costas na parede, os joelhos flexionados contra o peito. Deixo minha mente pensar em como seria se eu conseguisse esse papel. Estar num filme de verdade. Provar à minha família que isso é mais que uma fantasia adolescente.

Deixo minha mente pensar para valer em como seria viver o meu sonho.

E, de repente, eu sou Debbie Reynolds. Meus olhos se fecham, e, quando ouço a voz dela, sou eu quem está falando. No palco. Sob a luz dos holofotes. Mergulho tão profundamente que, quando chamam meu nome e eu entrego a senha, horas depois, ainda estou cantando com todo o coração. Quando leio as falas, é como se Debbie Reynolds estivesse falando. E, quando chamam um cara lindo, alto e loiro, para ler comigo, é como se ele realmente fosse Gene Kelly. Quando eles pedem que façamos a cena juntos, foi como se estivéssemos no filme e estivesse chovendo à nossa volta. Um sapateado suave e firme.

— Meu nome é Rainer.

Ele estende a mão para mim, e eu a aperto. Ele me puxa na direção dele e, antes que eu possa dizer meu nome, começamos a cena. Somos August e Noah. E tudo parece estar certo. Não, mais do que certo. Parece perfeito. Parece que todos os momentos por que passei na vida me trouxeram até aqui.

Demoro a perceber que o teste terminou, pois pareceram dias. Quando saio, noto que está chovendo de verdade. E o mais engraçado é que eu moro em Portland desde que me entendo por gente e essa é a primeira vez que me lembro de ter esquecido o guarda-chuva.

Três meses depois, estamos no set.

CAPÍTULO 4

August e Noah já são nomes familiares, e em breve Paige Townsen também será. A série de livros best-seller *Locked* está para tomar vida na tela dos cinemas, e nós temos as primeiras imagens do set onde as filmagens estão sendo feitas. Townsen será August, a garota mortal presa entre seu namorado humano, Ed, e uma paixão sobrenatural, Noah. Rainer Devon, mais conhecido por seu trabalho em *Over You*, será Noah. O ator que fará o papel de Ed ainda não foi selecionado.

David e Mark Hess escreveram o roteiro, e a direção é de Wyatt Lippman.

Rainer lê a nota na revista, e eu me debruço sobre ele para tentar ver melhor.

— Veja você mesma, PG — ele diz, e eu arranco a revista das mãos dele.

— Por favor — peço. — Não podemos ter cinco minutos na manhã sem esses negócios?

Mesmo sendo apenas nossa terceira semana no set — e vamos ficar aqui por alguns meses ainda —, parece que já estamos há mais de mil horas juntos. Aperto a faixa do meu roupão e dou um gole no café que acabou de ficar pronto. Bate uma brisa fresca e suave, e, se você se sentar do lado de fora, como estamos, na varanda do chalé de Rainer, dá para ver toda a extensão do oceano.

Estamos no Havaí, a propósito.

Houve mais duas rodadas de testes em Portland, e depois veio uma viagem para Los Angeles, para uma audição no estúdio para cerca de cem produtores. Rolou a contratação de um agente e de um advogado, além de reuniões e mais reuniões de negociações e mais documentos com o meu nome do que livros numa biblioteca. Mas eu consegui o papel. E o cara lindo, o Sr. Gene Kelly, e eu aterrissamos em Maui para começar as filmagens de *Locked*, a história de amor que varreu o mundo como uma tempestade. E eu sou a protagonista. Ainda não parece real, apesar de todas as evidências à minha volta.

O livro é ambientado em uma ilha no Noroeste do Pacífico, mas o Havaí estava oferecendo incentivos fiscais que nos permitiriam começar as filmagens quase que imediatamente, então aqui estamos nós. Praias, palmeiras. Até transformamos uma velha casa de fazenda em produtora e construímos o único set necessário, a pequena cabana que Noah e August dividem na ilha. O pessoal alugou praticamente um condomínio inteiro para o elenco e para a equipe. É um lugar onde todos podem morar e onde muitos dos vários escritórios e departamentos foram montados — editorial, cabeleireiro e maquiagem, equipe de apoio...

Rainer estala a língua:

— Você acha que nós deveríamos mudar nosso "momento tabloide" para a hora do almoço? — Ele olha para mim, com uma sobrancelha erguida.

— Engraçadinho — respondo.

— *Encantador* — ele diz, dando de ombros. — Mas chegou perto.

Eu e Rainer somos amantes. Não, na verdade, Noah e August são amantes. Nós não. Nós somos só amigos. Ele foi o primeiro a ser contratado e o cara com quem fiz a leitura do texto em Portland. Ele é filho do produtor e está nesse meio desde que se entende por gente. Não no teatro, como eu, mas em filmes de verdade. Televisão e cinema. Coisas grandes mesmo. Ele participou de um filme no ano passado, com aquela atriz, Taylor, no qual eles interpretavam vizinhos cujos pais são mortos em um acidente de carro, e depois se descobre que não foi um acidente. Não estou dando um spoiler, pois acho que todo mundo no planeta já viu o filme duas vezes; a reviravolta acontece quando se descobre que os pais da personagem de Taylor na verdade mataram os de Rainer. No entanto, eles, ainda assim, acabam juntos. Ele a salvou dos pais dela e a levou para a Europa, com ajuda da herança que os pais dele deixaram. Os dois mudaram de nome e compraram uma casa de veraneio.

Os produtores não param de pedir para estarmos preparados, que esses papéis mudarão nossas vidas, mas não sei como isso poderia se tornar ainda mais significativo. Ele já é conhecido como o garoto de ouro de Hollywood, e eu já prometi a Cassandra que, se ele for solteiro, vou dar uma passagem a ela para que venha até aqui e seja namorada dele. Mas não acredito que ele esteja disponível. Como poderia? Ele é lindo e famoso, além de ter uma covinha na bochecha direita que é a coisa mais fofa do mundo. Tem cachos dourados, meio bagunçados, e lindos olhos azuis, sem falar que seu corpo parece o de um super-herói. Caras como ele nunca estão solteiros. É um fato indiscutível. Ou, sei lá, um fato científico.

Existe também o pequeno problema de ele ser mais velho. Vinte e dois anos, contra os dezessete de Cassandra (e meus). Mesmo interpretando um adolescente, duvido muito que possa se apaixonar por uma menina da nossa idade.

Desvio o olhar dele... Nós nos tornamos bons amigos, é verdade, mas não comungo da sua indiferença pelo set. Eu me sinto empolgadíssima aqui, e não só porque nunca fiz um filme na vida. Isto aqui é outro nível. A pressão para trazer August para a realidade, torná-la amada, é algo que me persegue desde o momento em que acordo até a hora de dormir. Rainer toda hora me pede para relaxar, mas acho que falar é fácil. Ele está acostumado com esta coisa toda.

Estou falando sério. Se você digitar o nome dele no Google, aparecem sessenta e um milhões de resultados, incluindo notícias, blogs e imagens. Até um mês atrás, se alguém pesquisasse sobre mim no Google, só apareceria uma corrida de carros para a qual me classifiquei e uma notícia sobre a produção de *A Noviça Rebelde* da qual participei. Porém, se você clicasse no link, a página não existiria mais.

Locked — o primeiro livro, pelo menos — é, praticamente, August e Noah sozinhos juntos na ilha. Conforme eles descobrem por que estão ali e arranjam um jeito de sobreviver, começam a se apaixonar um pelo outro. Há outros papéis menores no elenco, e vamos filmar essas cenas mais para o fim das gravações. Eles ainda estão buscando alguém para interpretar Ed, o namorado de August, que ela pensa ter morrido no acidente de avião. Só vamos saber quem ele é dentro de algumas semanas. Por ora, somos só eu e Rainer, sozinhos no Havaí. Bem, nós e toda a equipe de filmagem — que, de vez em quando, inclui a própria autora, Parker Witter. Eu já a vi algumas vezes, mas, pelo que soube, ela é bem reclusa. Só falou conosco uma vez, e rapidamente, desde que chegamos.

— Dormiu bem? — pergunta Rainer, girando o pescoço.

Ele está usando uma camisa havaiana, que pareceria estranha na maioria das pessoas, completamente brega em outras e talvez, na melhor das hipóteses, engraçada em algumas, mas nele fica simplesmente perfeita. Essa é uma das características do Rainer — tudo o que ele faz é perfeito. Ele age com naturalidade no set. Nunca aparenta estar trabalhando.

Minto, mas acaba saindo em tom de sarcasmo:

— Maravilhosamente bem.

Rainer inclina a cabeça para o lado:

— É aquele maldito som do mar, não é? Que coisa barulhenta! Vou pedir à Jessica para fazer algo a respeito.

Jessica é a assistente de direção. Ela tem vinte e três anos e é linda. O tipo de garota que você cruza um salão inteiro só para ficar ao lado dela. Cabelos louros compridos e pernas bastante longas. Ela não se cansa, mesmo sob um calor de trinta graus na praia, ou quando fica com olheiras depois de uma filmagem de oito horas durante a noite. Por acaso, também é uma das pessoas mais legais que já conheci. Chegou a comprar uma viseira para mim, quando cheguei ao Havaí. Estampada no canto estava a logomarca do filme, um búzio — o pingente que August usa.

— Onde está o *espresso* neste lugar? — pergunta Sandy, a agente de Rainer, aparecendo na porta de entrada. Como sempre, ela está vestida de forma impecável e, apesar da brisa constante, não tem um fio de cabelo fora do lugar.

Quando chegou a hora "H", foi Sandy quem conseguiu o papel para mim. Foi ela quem convenceu minha mãe. Não foi fácil, mas Sandy garantiu a ela que estaria sempre por perto e que tomaria conta de mim. Minha mãe chegou a pensar na hipótese de vir comigo, mas eu sabia, que no fim das contas, ela jamais largaria seu emprego, nem Annabelle.

Sandy veio conosco para ficar os primeiros dias e depois voltou a Los Angeles. Eu não a via há mais de duas semanas. Acho que Sandy tem meio que feito as vezes de minha agente. Todos em Los Angeles têm um agente.

Wyatt, nosso diretor, chega pegando no pé dela, e eu congelo na mesma hora. Ainda estou de roupão, e Wyatt não é exatamente a pessoa mais agradável de estar por perto.

— Você tem que ligar na recepção — responde Wyatt. — O serviço de bufê é péssimo.

Ele sempre usa jeans preto, camiseta preta e tênis esportivos — uma combinação que parece dizer que estar no Havaí é um grande incômodo para ele, não um privilégio. E não é só o seu estilo que resiste aos trópicos. Até o cabelo dele, que ele mesmo chama de *jewfro*[1], parece uma espécie de retaliação contra o clima quente.

— Vamos começar às dez — anuncia Wyatt. — Não acredito que demora seis malditas horas para consertar a iluminação.

— Você quer um pouco d'água? — pergunta Rainer.

Ele ainda mantém sua postura normal e relaxada, mas se levanta quando Wyatt aparece e lhe estende uma garrafa.

---
[1] Termo que mistura as palavras *jew* (judeu) e *afro* (corte de cabelo cheio). (N.T.)

— Não — diz Wyatt, virando-se para mim. — Você não deveria estar fazendo o cabelo e a maquiagem? — Sinto o rosto esquentar e as mãos começarem a suar.

Abro a boca para responder, mas Rainer logo intervém:

— A culpa é minha. Eu é que a segurei. — Ele me olha de canto de olho. — Mas é verdade: garota, vá dar um jeito nesse rosto. — Rainer diz, piscando para mim.

— Obrigada. — Sou sarcástica, mas verdadeira. Outra bronca de Wyatt não é o que eu preciso esta manhã. Embora pudesse ter sido pior. Poderia ter sido no set, na frente de todo mundo, do jeito que é normalmente.

Apesar de sermos apenas Rainer e eu atuando, existem oito milhões de pessoas no set. Editores, assistentes de produção e produtores executivos. O pessoal da iluminação e os coordenadores de efeitos especiais. Há tanta gente que preciso de uns dez cadernos espirais só para lembrar do nome das pessoas. Estou aprendendo aos poucos. É mais ou menos como ser jogada dentro de uma faculdade estando no jardim de infância. Ainda bem que tenho Rainer para me ajudar. A equipe o adora, e ele está sempre aprontando com todos. Ele já embrulhou a privada da equipe de som com filme plástico pelo menos três vezes.

— Qual é, PG? Eu te acompanho — diz Rainer.

Quando revelaram na coletiva de imprensa quem faria August, a mídia logo caiu em cima, pelo fato de eu ser uma desconhecida. E caiu com tudo. Eles me chamam de PG por causa da minha "imagem de santinha". Comentei com Cassandra, pelo telefone, que não sou exatamente uma puritana. É que ainda não tive a oportunidade de fazer bobagens (o que não soa muito bem). A questão é que Rainer agora me chama de PG, e eu provavelmente acharia isso irritante se não fosse pela covinha na bochecha direita dele. Fica difícil ficar zangada de verdade.

Sandy chacoalha o punho, fazendo seu Rolex parar bem no meio.

— É. A Lillianna já está lá embaixo — ela avisa.

— Estou pronto — Rainer se coloca atrás da minha cadeira, pronto para puxá-la para mim.

Apoio a caneca de café e esfrego o dorso da mão nos lábios. Olho para Wyatt, mas ele não está prestando atenção em nós. Ele está debruçado sobre a cerca, olhando para as nuvens e para a praia. Tentando fazer uma leitura do clima do dia. De qualquer forma, sei que ele só está ali por causa de Sandy.

Ela vira nós dois pelos ombros e nos conduz pela suíte, percorrendo o corredor, entrando no elevador e indo direto para a ala dos cabeleireiros e maquiadores.

— Sente-se, amor — instrui Lillianna. Eu e Rainer nos sentamos, e Sandy vai embora logo em seguida.

— Vejo vocês no set — ela grita por cima do ombro.

— E se precisarmos de você? — provoca Rainer. — Onde você vai estar?

Sandy para, com as mãos na cintura.

— Me dá um tempo.

— Onde você vai estar?

— Você sabe onde eu vou estar — ela diz, virando os olhos.

— Apenas me diga — ele insiste, piscando para mim.

— Na Starbucks — ela diz, por entre os dentes.

Rainer move o punho em desaprovação.

— Toda vez isso. Por que você não fala de uma vez que detesta o café daqui?

Sandy olha para Lillianna, depois se volta para Rainer de novo.

— Concentre-se no seu trabalho que eu faço o meu.

Ela vai embora, e eu afundo na cadeira. São só oito da manhã.

— Temos muito trabalho pela frente hoje, meu anjo — diz Lillianna, analisando meu despenteado de recém-acordada.

Lillianna não é só a mulher do "cabelo e maquiagem"; ela é também nossa fofoqueira de plantão. Nascida e criada no Havaí, ela trabalha em filmes por aqui desde a adolescência, há quase cinquenta anos. Nos meus primeiros dias, ela me contou sobre a vez em que caminhou pela praia, sob a luz da Lua, com Cary Grant.

— Eu era criança — ela disse. — Nem percebi que ele, provavelmente, queria me beijar.

Não comentei que quase todo mundo acha que, na verdade, ele era gay.

Ela puxa e luta com o meu cabelo, mas o som suave de sua voz e o conforto do assento começam a me embalar para dormir. Não tenho descansado muito ultimamente e, de vez em quando, por mais embaraçoso que seja admitir, a sessão de maquiagem conta como uma soneca.

Depois do que parece um instante mais tarde, acordo acenando com a cabeça, enxugando um pouco da óbvia baba do canto da boca. Rainer já foi embora, mas Jessica está de pé ao meu lado. Revigorada e luminosa em uma regata rosa-clara e um short jeans.

— Como está indo por aí? — ela pergunta.

Dá para notar que o que ela quer dizer é *por que você não terminou ainda?*

— Se sua belezinha aí atrás não ficasse me interrompendo, estaríamos prontas em tempo — diz Lillianna.

Jessica fica vermelha de vergonha, e eu mordo o lábio para ela, como se pedisse perdão.

— Entendi — ela diz, saindo por onde entrou e murmurando alguma coisa em seu fone de ouvido.

Viro-me e olho para Lillianna. Ela está armada com uma lata de spray de cabelo e um pote de maquiagem de lama. Sorri e estende os braços lotados de produtos.

— Pronta para ficar suja, meu anjo?

Concordo com a cabeça.

Sabe quando, no consultório odontológico, o dentista sempre espera até você abrir a boca, com tubos entrando e saindo por todos os lados e uma ferramenta metálica cutucando suas gengivas, para começar a perguntar como vai o colégio? Lillianna é mais ou menos do mesmo jeito.

— Conte-me sobre os rapazes.

— Que rapazes? — murmuro, com a boca entreaberta, enquanto ela pinta minhas bochechas.

— Os rapazes da sua cidade, os daqui. — Ela estala a língua no céu da boca algumas vezes e mexe os quadris largos.

— Só existe um por aqui — ressalto.

— Ah, meu anjo, mas ele é um dos bons.

Eu rio. Lillianna gosta mais de garotos aos setenta do que a maioria das minhas amigas aos dezessete. Bem, talvez nem tanto quanto Cassandra. Lillianna sempre diz que, se fosse cinquenta anos mais jovem, nunca deixaria Rainer sair de sua cadeira.

— Tenho certeza que ele tem namorada — eu digo.

Rainer age como se fosse solteiro. Eu acho. É difícil dizer. Eu não o chamaria de paquerador. Ele só está sendo agradável, mas nunca deu em cima de mim.

Lillianna faz um sinal dizendo que estou errada.

— Aquela garota, Britney? Ela nem se compara a você.

— Quem é Britney?

Lillianna dá um passo para trás e põe a mão na cintura.

— Você nunca lê revistas de fofocas?

— Na verdade, não.

— Britney Drake. A estrela pop, é assim que eles a chamam. Levante o queixo.

Tombo a cabeça para trás.

— Britney, né? — Ouvi falar dela. Eu queria perguntar se era uma daquelas garotas da Disney, mas não tinha certeza.

— Se ele soubesse o que é bom, cairia fora. O boato que corre é que ela está saindo também com Jordan Wilder — diz Lillianna. Ela segura um lápis de sobrancelha sobre mim. — Você tem algum garoto na sua cidade?

Penso rapidamente em Jake.

— Não. Só amigos.

— Só um amigo?

Dou de ombros.

— Tem um cara. Nós nos beijamos. Mas nos conhecemos desde que nos entendemos por gente. Não rola nada além disso.

Não faço ideia por que disse isso a ela. Que idiotice. Não consigo manter minha boca fechada. Sei que Lillianna não vai correr até a revista *Star*, mas eu não deveria falar com ninguém sobre nada. Sandy foi bem específica quanto a esse detalhe.

Lillianna olha para mim.

— E por que você nunca fala com ele?

— Ele não gosta muito de telefone.

Lillianna se agacha na minha frente, para que nossos olhos fiquem na mesma altura.

— Nunca ouvi falar de um homem que não quisesse conversar com sua amada, se pudesse. Parece que ele não merece seu tempo. — Ela se levanta novamente, põe as mãos na cintura e me analisa, fazendo um sinal positivo com a cabeça. — Muito bem, meu anjo, acabamos por aqui.

Uma sensação familiar de pavor se apodera do meu estômago, como se fosse um pássaro na água. Todos os dias no set são como uma audição gigante, mesmo eu já tendo conseguido o papel. Sei que preciso relaxar — Rainer tem razão —, mas não tenho ideia de como fazer isso.

— Obrigada — eu digo.

— De nada. Se precisar de alguém para colocar um pouco de juízo na cabeça de algum garoto, pode me chamar. Posso fazer qualquer um falar no telefone.

Ela ergue as sobrancelhas para mim. Eu meio que acredito nela.

Assim que vou lá para fora, o sol está fervendo. Caminho para o set de filmagens repetindo as mesmas palavras que entoo mentalmente todos os dias. *Eles escolheram você. Você vai conseguir. Esse é o seu lugar.*

CAPÍTULO 5

Quando chego à praia, Wyatt está com os olhos quase fechados por causa do sol, conversando com Camden, nosso diretor de fotografia, sobre ângulos de câmera. Filmar na praia parece sensual, cheio de sol e brisa, mas, na verdade, envolve muita técnica e coça demais. É uma batalha constante para conseguir o ângulo certo, a quantia certa de areia e sujeira, e chegar à sua marca sem tomar uma rajada de vento no rosto ou uma rasteira das ondas.

Rainer é profissional nisso. Juro que os elementos se curvam diante dele. Presenciei uma chuva torrencial se transformar em céu ensolarado em questão de segundos, assim que ele pôs os pés na praia. Noah tem poderes em *Locked*, e o clima faz coisas estranhas quando ele está por perto. Rainer e seu personagem parecem ter muito em comum.

Estamos filmando o que Wyatt decidiu chamar de a cena "exaustiva". É aquela em que August e Noah aterrissam na ilha e ele a cura. Eu estou coberta de sangue e terra falsos, e estou vestindo o que poderia ser descrito como trapos, não roupas.

Essa cena acontece bem no início do livro, mas o filme não está sendo rodado em ordem cronológica. Wyatt sempre diz que procura seguir a ordem, para que o ator vá incorporando de forma autêntica a personagem, mas os cronogramas de filmagem são complicados. Fazemos o que é preciso.

Rainer está conversando com uma assistente de produção, que por sua vez está montando uma montanha de areia. Ele está tentando ajudá-la, e ela não se cansa de pedir para ele parar. Vejo que ela ficou vermelha, e os cantos dos seus olhos se contraem para formar um sorriso. Rainer não está bem paquerando. Parece mais que ele está ciente do efeito que exerce sobre ela.

— Vamos lá, pessoal. Vamos terminar isso antes do pôr do sol.

Wyatt não olha para mim, mas faz sinal para que nos aproximemos, e Rainer joga um pouco de areia na assistente. Ela sacode o cabelo e ri. Alguma coisa se exalta no meu peito, mas é afugentada pelo meu nervosismo. Colocam os microfones em nós, o que sempre envolve um dos caras do som ficando íntimo demais do meu decote (ou a falta dele). Então vamos até a beira da água.

Respiro profundamente e me concentro no oceano. O turquesa mais espetacular que já vi. Cassandra provavelmente chamaria de algum nome ridículo, tipo verde-casco-de-tartaruga. A distância, a água é linda e brilhante, e, quando você entra nela, bem de perto, é perfeitamente cristalina. Dá para ver direitinho a areia embaixo dos pés.

É a mesma coisa que atuar: é bastante diferente quando visto de perto. Quando você assiste a um filme, parece que é tudo uma coisa ininterrupta. A história passa de uma cena para a outra com uma graciosidade espontânea. Mas dia após dia, cena após cena, é tudo fragmentado e instável. Ponha a mão aqui, levante direito o queixo, enquadre os ombros no centro. Vá até a marca numa determinada palavra.

No entanto, o maior problema é que vivo muito no meu mundo interno. Wyatt fala isso o tempo todo. Ele grita comigo por causa disso. *Pare de pensar!* Mas eu não consigo. Fico preocupada em não captar a essência de August e decepcionar milhões de fãs.

Já interpretei dezenas de personagens antes disso, personagens de Shakespeare e Tennessee Williams, até uma garota muito tagarela escrita por Steve Gleck, o aluno da oitava série que venceu o concurso de um ato da minha escola há alguns anos. Mas isso era diferente. August é uma personagem amada no mundo todo, e é minha função trazê-la à vida. Ela terá meu rosto, minha voz, meu cabelo. Ela será *eu*. E se eu interpretá-la do jeito errado?

Parece tão fácil para Rainer. Ele não ensaia. "Cai" de paraquedas no set, faz algumas piadas e, assim que Wyatt grita *ação!*, se transforma em Noah. Parece um interruptor de liga e desliga.

O que é maluco, porque Noah não se parece em nada com Rainer. Rainer é simpático e extrovertido, e Noah é reservado e misterioso. Por outro lado, os dois têm cabelos loiros e olhos azuis inexplicavelmente maravilhosos. Sem falar no abdômen. É simplesmente... lindo. Não há outra maneira de descrever.

— Precisamos melhorar hoje! — grita Wyatt. Sei que ele se refere a mim. *Eu* preciso melhorar hoje. E vou. Nunca fui daquelas que desistem diante de um desafio. Nem em sonho que agora seria a hora de começar.

Nesta cena, eu estou deitada na areia, nos braços de Noah. Estou morrendo — há fragmentos de avião encravados por todo o meu corpo. Ainda bem que vão colocar a maioria por computação gráfica mais tarde. Assumimos nossos postos na areia. Eu me deito no chão e, em seguida, Rainer se aproxima e fica bem do meu lado. Quando suas mãos tocam meus ombros, eu involuntariamente sugo mais ar que o normal. Essa é, de longe, a cena mais íntima que já fizemos.

— Você está morrendo! — grita Wyatt. — Essa merda está *doendo*! Dá para a gente conseguir *sentir* essa porcaria?

— Você consegue — sussurra Rainer para mim.

Wyatt grita AÇÃO e eu começo a sufocar. Noah se curva sobre mim sem saber o que fazer. Sinto as pontas dos dedos dele deslizando pelas minhas costelas. Percorrendo minha caixa torácica. Me concentro na minha sensação. Dor. Morte. Escuridão.

— Corta! — grita Wyatt.

Exalo o ar. Rainer se senta no chão.

— Não está me convencendo — diz Wyatt.

Rainer olha sério para ele.

— Poderíamos gravar um pouco mais rápido — ele diz.

Wyatt balança a cabeça.

— Eu quero *sentir* o desespero — ele explica. — Quero sentir como se você não soubesse o que fazer para que ela não morra, e você... — ele aponta para mim; aquilo faz meu sangue congelar —, você está praticamente inconsciente.

Ele se agacha do meu lado e diz, colocando com brutalidade uma mão no meu estômago:

— Precisa vir daqui, do seu centro, do âmago.

Ele se afasta, batendo os pés. Vejo que murmura alguma coisa.

Rainer toca meu ombro e diz, calmamente:

— Não dê ouvidos a ele. Você está ótima.

Mas eu sei que ele está errado. Eu não estou ótima. Queria estar, mas não estou.

Começa a ficar quente, o sol vai subindo cada vez mais. Jake sabe ver a hora pela posição do sol. Uma vez ele tentou me ensinar, mas não compreendi direito como aquilo funcionava, já que não se pode olhar diretamente para o sol.

Quando concluímos as filmagens do dia, está escuro e eu, exausta. Acho que fizemos umas cem tomadas daquela cena da cura. Depois outras cem relacionadas ao acidente. Ficávamos entrando e saindo da água, e, apesar do calor, meus dentes estavam batendo desde a tarde. Rainer colocava os braços em volta de mim para me aquecer entre uma tomada e outra, além de sussurrar palavras de incentivo. Ele tem sido bastante protetor desde que chegamos aqui, e sou muito grata por isso. Se não fosse por ele ao meu lado, não sei o que eu faria.

Temos que terminar às oito, e isso deixa Wyatt maluco. Normalmente, nossas filmagens vão até muito mais tarde durante a semana. Tecnicamente, não podemos gravar por mais do que doze horas sem um intervalo de sete horas, e meu horário é ainda mais estrito. Como Rainer é maior de idade, ele pode filmar até tarde da noite e permanecer no set o quanto for necessário. Eu, por outro lado, tenho diversas limitações e requisitos — só posso filmar cinco horas e meia e preciso de três horas por dia para ir à escola. Às vezes, no fim de uma tomada, preciso ter mais vinte minutos de aula, então subo até a sala de reuniões do hotel com minha tutora, Rubina. Wyatt filma minhas tomadas de reação, ou diálogos, então eu vou embora e minha dublê entra para filmar o restante. É estranho pensar que, em muitas partes do filme, eu nem estou lá.

Mesmo assim, se você considerar cabelo e maquiagem (o que chega a durar até três horas), o sono é uma das coisas mais difíceis de lidar.

Entro em uma van de espera.

Viro-me para ver se Rainer está vindo, mas observo que ele chamou Wyatt no canto para conversar, e a última coisa que eu quero fazer é interrompê-los. Vamos embora, e eu volto para o hotel cabisbaixa. Sempre achei que conseguir o papel seria a parte mais difícil. Que eu já havia provado minha capacidade e, por isso, que haviam me contratado. Não me dei conta de que ser contratada foi só o início.

Estou chegando ao meu quarto quando ouço passos atrás de mim:

— Oi, PG, espere aí. — Rainer corre até minha porta. Ele limpou a maquiagem na van e, agora, está com uma camiseta cinza e jeans.

— Então — ele diz —, hoje foi um pouco puxado. — Ele mexe a cabeça para o lado, como se estivesse tentando observar alguma reação em mim.

— Está tudo bem — respondo. — Tudo tranquilo. Foi minha culpa.

Rainer sorri levemente.

— Quer botar para fora? — ele pergunta.

Ele dá a volta ao meu redor para tomar as chaves da minha mão e abrir a porta do meu chalé. Ele é tão confiante, tão confortável. Sei que é mais velho, mas não é só isso. Ele é muito… experiente.

Encolho os ombros, pega de surpresa pelo nosso contato.

— Não tenho muito o que falar. É que eu sou uma porcaria.

Passo por Rainer, mas ele entra comigo.

— Que absurdo.

— É mesmo? Diga isso para a minha essência. — Toco meu abdômen duas vezes, como Wyatt fez.

Rainer balança a cabeça.

— Ele está sendo um idiota. Acabei de falar para ele...

— Por favor — corto logo de cara. — Por favor, diga que você não acabou de pedir para ele pegar leve comigo.

Rainer suspira.

— Você não deveria ouvir tantos gritos todos os dias.

Deixo minha bolsa cair no chão e me curvo no balcão. Meu chalé tem dois quartos e uma cozinha completa. É quase tão grande quanto minha casa em Portland, sendo que lá moravam seis pessoas.

— Queria muito que você não tivesse feito isso — eu digo.

— O que é isso? Eu estou do seu lado. Estamos nessa juntos, menina.

Olho para ele, curvando-se casualmente sobre o mármore frio, com os braços cruzados. Rainer é sofisticado, lindíssimo e seguro de si, como se o mundo nunca tivesse mostrado motivo nenhum para ele achar que não poderia ser um vencedor.

— Obrigada — respondo. — Mas não banque o meu irmão mais velho para Wyatt.

— Irmão mais velho? — Rainer sorri de lado, e eu sinto meu rosto corar. — Olha só, quer jantar comigo? — ele pergunta, mudando de assunto.

— Não estou com tanta fome assim.

— Vamos lá, você precisa se alimentar. O que você comeu durante o dia?

Ele descruza os braços, e uma mecha de cabelos loiros cai em sua testa. Algo me parece familiar, o que é estranho, até eu lembrar que ele está exatamente na mesma posição em que aparece em um pôster que Cassandra tem atrás da porta do quarto.

Minha vida é tão estranha.

— Tudo bem, vou me trocar.

Ouço Rainer assobiando no quarto ao lado a música de alguém que eu conheço, mas cujo nome não consigo lembrar. Deve ser uma música da Britney.

Aquela sobre um amor de verão que tocou repetidas vezes de abril até agosto do ano passado. Até eu sei a letra de cor. Talvez eles estejam namorando.

Abro a cômoda rapidamente, e uma foto que estava ali em cima cai. Uma foto que Jake me deu antes de eu partir: Cassandra, ele e eu no verão o rosto sujo de chocolate. Pego a foto e a guardo na gaveta. Uma sensação de culpa toma conta de mim — por não ligar mais vezes, por ter vindo embora. Durante a aula, pensei nos dois, caminhando à toa no centro da cidade nos fins de semana. Sem mim.

Escolho uma regata branca e uma saia florida que tenho desde a sexta série. Nunca a uso, mas imaginei que talvez combinasse com o clima do Havaí.

Recebi meu pagamento no mês passado e fiquei enrolando até a semana passada para depositá-lo. Fiquei morrendo de medo, para ser sincera. A realidade daqueles números era maior que simplesmente o dinheiro em si. Significa uma coisa que ainda não entendo completamente. É mais dinheiro do que qualquer um da minha família já ganhou a vida toda, somando todos e multiplicando por dez. Faz com que eu me sinta poderosa, mas não necessariamente de um jeito bom. Meio como Godzilla, que ficou maior que a sua família inteira. Como se eu não coubesse mais na minha própria casa.

Antes de sair de casa, ofereci o dinheiro aos meus pais, mas eles recusaram. Meu pai, para falar a verdade, saiu da sala depois do que eu disse. Minha mãe pediu para eu nunca mais tocar no assunto. O dinheiro foi ganho por mérito meu, portanto eu deveria ficar com ele.

Mas o que eu faria com aquilo?

Até este momento, paguei alguns advogados e coisas do tipo. Dei à minha mãe um cheque para o abrigo de mulheres onde ela faz trabalho voluntário. Esse ela aceitou. Mas não fui fazer compras. Não comprei nenhuma bolsa. Nem sapatos. Nem um carro. Maui não tem muitas opções de compras além de um pequeno shopping atrás do nosso hotel, e, mesmo que tivesse, provavelmente eu gostaria das mesmas coisas de sempre: jeans e regatas.

Talvez eu pague uma passagem de avião para que Jake e Cassandra venham me ver no set. Acho que ela iria gostar.

— Você está linda — Rainer elogia quando eu reapareço, abrindo um sorriso para mim.

Torço o nariz, porque, apesar de a minha combinação de saia infantil e cabelo armado ter ficado boa, tenho quase certeza de que ele está brincando.

— Aonde podemos ir? — ele pergunta.

— Longhi's?

O andar inferior do shopping tem um restaurante italiano. Pedimos o almoço lá quase todos os dias, mas a massa deles é muito boa e o restaurante é a céu aberto, então dá para ouvir o som do mar. Não que eu não possa ouvir o mar, sei lá, da minha sala de estar, mas ainda assim é muito legal.

— Maravilha — concorda Rainer.

Quando chegamos ao Longhi's, Rainer dá seu típico sorriso de ouro para a anfitriã, que nos leva a uma mesa bem no canto do restaurante, escondida discretamente atrás de uma palmeira. Ela é do tipo de garota que você vê em todos os anúncios da Roxy. Bronzeada, alta, magra e loira. Tenho certeza que ela surfa todas as manhãs, é modelo durante o dia e trabalha aqui à noite. Se minha carreira de atriz for para os ares, essa seria uma boa vida para levar. Menos a parte de ser modelo.

— Sabe, estou pensando em ficar por aqui este fim de semana.

Rainer se reclina na cadeira e apoia o braço de maneira displicente sobre o meu encosto. Estamos sentados em dois lados distintos em uma mesa quadrada, mas Rainer se sentou tão perto de mim que ficamos praticamente lado a lado. Perto de nós, duas garotas que jantam com seus pais estão quase desmaiando com a nossa presença. É difícil esquecer que ele é famoso.

— Sério? — eu digo, afastando-me um pouco.

Rainer tem pegado voos particulares para Los Angeles quase todos os fins de semana. Acho que provavelmente é para ver Britney, mas não tenho coragem de perguntar.

Ele toma um gole de água, mantendo o olhar baixo.

— É. Eu me dei conta de que não estou realmente aqui. Do que estou fugindo?

— Britney? — pergunto, arrependendo-me imediatamente de ter dito em voz alta.

Rainer franze a testa.

— Como assim?

Penso em responder: "Você quer ter certeza de que sua namorada não está ficando com o *bad boy* de Hollywood, Jordan Wilder, né?".

Então eu digo:

— Sites de fofocas. — Mas o que eu queria dizer mesmo era: "Lillianna".

Também ouvi falar de Jordan Wilder pela Cassandra. Cara esquisito.

Rainer parece curioso:

— Você lê essas coisas?

— É... não... Não exatamente. — Meu rosto começa a ficar quente.

— Está tudo bem. — Rainer pousa a mão no meu ombro descoberto. É quente e macia.

— Não leio sites de fofocas — eu digo, expirando. — Talvez eu devesse, porque assim, quem sabe, eu soubesse quem são algumas pessoas, mas não gosto. Minha melhor amiga é quem costuma me atualizar das novidades.

Normalmente eu teria conversado sobre o comentário de Lillianna com Cassandra, mas não tive tempo.

Então, prossigo:

— Lillianna mencionou uma garota chamada Britney. Bobagem.

Fico sem falar coisa com coisa, dá para notar, mas é difícil parar. A maneira como ele me olha — uma combinação de interesse e dúvida — me deixa nervosa.

Rainer pigarreia e recua a mão.

— Não estamos namorando. Estávamos, mas terminamos.

— Ah...

Rainer sorri:

— E você?

— Britney não é bem o meu tipo — respondo.

Ele sorri.

— Engraçadinha.

— Eu tento.

Ele se curva para perto de mim.

— Você tem alguém na sua cidade?

Na mesma hora penso em Jake, provavelmente fazendo uma passeata em frente a um abrigo animal ou a uma Barnes & Noble.

— Não.

— Sério? Você?

— Por incrível que pareça, sim. Isto não faz ninguém correr atrás de mim. — Mostro meus cabelos embaraçados, e alguns punhados de areia caem no meu colo.

— Você é uma estrela de cinema, sabia? — ele diz. Seus olhos azuis brilham. Há apenas uma estrela de cinema sentada à mesa, e, com toda a certeza, não era eu.

— Sou uma *atriz* — corrijo.

— Na nossa posição, meu bem, é a mesma coisa.

Tento não me deixar afetar, tento mesmo, mas a maneira como ele diz *meu bem* faz meu estômago começar a se contorcer.

Rainer se recosta e sorri:

— Então, o que vai comer?

Noto o charme displicente com que ele fala com o garçom, o jeito como se levanta para puxar minha cadeira quando volto do banheiro, a maneira como sorri e conversa tranquilamente quando uma mulher e sua filha se aproximam de nossa mesa pedindo autógrafos. Ele age com plena naturalidade. Mais do que isso: ele parece gostar *mesmo* disso.

— Você se acostuma — ele diz, cortando seu salmão. — Às vezes é um pouco invasivo, mas também é bastante gratificante. Significa que eles adoram o que você faz.

Não tenho coragem de lhe dizer que, depois de hoje, não sei se alguém vai adorar o que eu faço.

— Tudo vai melhorar — ele continua, como se lesse minha mente. — Você não pode deixar Wyatt afetar você.

— Tem razão — completo.

Ele apoia o cotovelo na mesa, inclinando a cabeça para perto de mim.

— E então, vai me levar para conhecer as redondezas este fim de semana ou vou ter que implorar?

Engulo em seco.

— Sua família não tem uma casa aqui?

Rainer levanta as sobrancelhas.

— Você lê, *sim,* os sites de fofocas.

Balanço a cabeça.

— De jeito nenhum. Você me contou isso há algumas semanas.

— É verdade — ele suspira —, mas normalmente só ficamos sentados na beira da piscina e nunca passamos mais do que um fim de semana na casa. Eu quero ver o *seu* Havaí. Você é quem tem ficado isolada por aqui. Imagino que tenha visto coisas legais.

Ele se aproxima ainda mais, tão perto que posso sentir seu cheiro. O cheiro de perfume caro, como o de uma loja de departamentos. Combinado com o aroma do jasmim à nossa volta, me deixa um pouco zonza.

O *meu* Havaí fica dentro do meu chalé, estudando as falas.

— Não saí muito — admito.

Rainer olha para mim.

— Então vamos explorar juntos.

Com certeza, essa é uma oferta que eu não podia recusar.

— Está bem — eu digo.

— Ótimo. — Ele empurra a cadeira para trás. — Vamos nessa?

— Não temos que pagar? — Estico a cabeça para procurar o garçom, mas Rainer se levanta.

— Eu tenho uma conta aqui — ele explica. — Não se preocupe.

Rainer toca minha cintura quando me levanto, e não posso deixar de olhar para a garota a algumas mesas de distância. Seus olhos se encontram com os meus, e a sensação mais maluca toma conta de mim. Orgulho. Sinto, por um breve instante, que ele é meu. Talvez não no mundo real, mas pelo menos no mundo da ficção.

Não sou uma daquelas garotas que perdem o fôlego quando veem uma noiva, e prefiro ver um suspense a uma comédia romântica, mas ele tem alguma coisa que não sei explicar. A maneira como parece saber o que quero antes de eu falar; sua tranquilidade, sua autoconfiança. Quando ele me acompanha até a porta e se inclina na minha direção, não posso acreditar — Rainer Devon vai mesmo me beijar? Mas ele apenas toca os lábios na minha bochecha.

— Obrigado pelo jantar — ele diz. — Até amanhã.

Depois de se despedir, ele dá a volta e sai caminhando pelo corredor.

Assim que entro, imediatamente pego o telefone. Começo a procurar o nome de Cassandra, mas algo me impede. Eu não posso ligar para ela — o que vou dizer? Que estou apaixonada por Rainer Devon? Seria verdade? Ela provavelmente me diria o óbvio: ele é uma estrela de cinema e não teria o menor interesse em sair com uma mera mortal como eu. Somos apenas colegas de trabalho. Ele está sendo amigável. *Se liga, Townsen*.

Caio no sono ainda com minha saia florida, o telefone esquecido sobre o travesseiro. Quando acordo, o nome de Cassandra ainda está na tela sem brilho.

CAPÍTULO 6

Comecei um ritual no Havaí: todo fim de semana pela manhã, quando não tenho que filmar, antes de o sol nascer, vou até a praia e dou um mergulho no mar. Não há uma alma sequer, exceto os surfistas madrugadores de plantão, que, mesmo que sorriam para você, nunca desenvolvem uma conversa. Temos um acordo segundo o qual todos ficam sozinhos, mas não de um jeito solitário. É justamente o contrário. Para mim, o mar pela manhã é como um bom amigo, com quem você pode ficar em silêncio por horas e horas.

Nunca vi Rainer por aqui, muito menos Wyatt, mas Wyatt trabalha o tempo todo e Rainer normalmente vai embora nos fins de semana. Sei que hoje ele estará em Maui, mas me parece muito mais ser o tipo de cara que toma um *brunch* no hotel do que aquele que acorda cedo para pular no mar gelado.

Jogo minha toalha numa pedra e vou em direção à orla. Sinto a água tocar minha pele e continuo caminhando, permitindo-me contar até três antes de mergulhar. É o único jeito que consigo — parar na beirada é uma tortura.

A onda quebra — a água está tão gelada que o ar parece ter saído de mim — e subo à superfície lutando para respirar. O mar é algo novo para mim, mas eu sempre amei estar na água.

Antes de minha irmã ficar grávida e de meus irmãos se mudarem, meus pais nos levavam para acampar todo verão. Minha irmã detestava. Ela ficava dentro da barraca e reclamava por não ter trazido revistas suficientes, ou por causa do clima muito frio, ou porque o chão era muito duro, ou porque a comida cheirava mal, mas eu adorava. Eu esperava muito por essas viagens.

Estacionávamos perto de um lago que meu pai escolhia, e então nós cinco cravávamos as estacas para montar a barraca, enquanto minha mãe descarregava os suprimentos de cozinha. Tão logo terminávamos, eu ia mergulhar. Não importava quão frio estivesse — assim que o acampamento ficava pronto, eu caía n'água. Minha mãe diz que eu nasci com um rabo de peixe, e eu acho que deve ser verdade. Quando eu era mais nova, as pessoas me perguntavam o que eu queria ser quando crescesse. E eu sempre respondia que queria ser um peixe. Nunca entendi que ser um peixe não era uma coisa na qual você podia trabalhar. Que, não importava o quanto eu tentasse, jamais nasceriam guelras e barbatanas em mim.

Uma vez que eu estou debaixo da água, sinto-me no paraíso. Frio reconfortante e deliciosamente refrescante, como se tivesse dando a primeira mordida numa fatia de melancia. Os calafrios percorrem meu corpo, despertando braços, pernas e dedos. Giro de barriga para cima e deixo a marola me carregar. Está só começando a clarear o dia, e posso ver os raios rosa, amarelos e laranja despontando no céu. É como observar uma pintura sendo feita. Pinceladas longas e delicadas que suavizam a escuridão, até que os entremeios não tenham mais pedaços de sol, mas o inverso.

Estendo as mãos à frente e bato as pernas com força, impulsionando meu corpo por baixo da água. Não está mais incomodando; em vez disso, é suave e envolvente — como um robe de seda ou um pijama de veludo.

Gosto de passar cerca de quinze minutos flutuando e nadando, parando de vez em quando para observar o céu. Quando estou dentro do mar, é como se o mundo todo estivesse no mesmo nível — a praia e o céu ficam paralelos, não perpendiculares. É tão diferente de Portland. Portland é cheio de esquinas e colinas. No Havaí, tudo parece estar no mesmo nível, como se tudo estivesse acontecendo ao mesmo tempo, tudo de uma vez.

Finalmente, deixo uma onda me levar de volta. Afundo os pés na areia, dou alguns pulinhos para tirar a água dos ouvidos e torço o cabelo por cima do ombro. Tudo está completamente apagado, e, se eu olhar para os chalés, posso ver até o Haleakala, o vulcão adormecido de Maui. Quando chegamos aqui, o pai de Rainer pagou para nós aulas de cultura havaiana. Toda a equipe compareceu, porém a maioria saiu mais cedo. Eu fui um dos poucos que ficaram para ouvir até o fim. Disseram que as ilhas do Havaí são, na verdade, uma cadeia de vulcões e que os *hot spots* movem-se de ilha para ilha, por isso somente um vulcão fica ativo por vez — atualmente é o que está no Havaí, a Grande Ilha. O mais fascinante é que o *hot spot* está se movendo neste exato momento, criando outra ilha. Provavelmente ela vai emergir nos próximos dez mil a cem mil anos. A ilha já até tem nome: chama-se Loihi.

Amarro a toalha em volta da cintura e caminho pesadamente de volta para o hotel. Não vejo a hora de sair de Wailea, nossa cidade praiana. Jake comprou para mim uma porção de guias de viagem. A maioria fala sobre as espécies nativas e sobre como saber se a água do mar está poluída, mas ele também me deu um livro, básico e direto, sobre "dicas para turistas". O tipo que revela onde comer os melhores hambúrgueres e mostra onde estão as cachoeiras. Vou fazer questão de levá-lo conosco.

A recepcionista me recebe com um sorriso:

— Você tem uma mensagem, Srta. Townsen.

Ela me entrega um bilhete em papel timbrado do hotel no qual se vê uma caligrafia caprichada e precisa:

Vista-se e venha me encontrar para tomar café. R.

Minha pulsação acelera e meu corpo, de repente, fica quente. Acabaram-se os calafrios por causa da água gelada da manhã.

— Mais alguma coisa? — pergunto à mulher, esforçando-me para disfarçar o pequeno sorriso que cresce em meu rosto. Tenho que descobrir como me adaptar a isso. Ele é meu colega de trabalho, não uma paixonite do colégio.

— Não — ela responde. — Só esse bilhete.

Aceno com a cabeça e vou para o meu quarto, com meus chinelos fazendo estalidos no chão de mármore.

Quando desço ao salão do café da manhã, Rainer está me esperando com outra camisa havaiana e óculos Ray-Ban. A camisa é azul-clara, da cor das ondas. Ele está com seu sorriso de covinha característico, batendo levemente com o indicador no relógio.

— Está atrasada — ele diz.

Mostro o bilhete a ele.

— Você não especificou o horário.

— Imaginei que, assim que visse o bilhete, você viria correndo.

— É isso o que as garotas fazem normalmente?

Rainer dá de ombros.

— Basicamente, sim. — Ele balança a cabeça e sorri. — Brincadeirinha — ele diz, olhando para mim para se certificar de que eu entendi. — Sente-se. Você sabe que eu teria esperado o dia inteiro se fosse preciso.

— Então, o que vamos fazer hoje? — pergunto, tentando mudar de assunto, determinada a não ceder. Tranquila. Reservada.

Uma garçonete traz suco de laranja e uma cesta de pães. Ao partir um dos muffins, percebo que estou morrendo de fome. Foram as braçadas matinais. O mar me deixa insaciável.

Rainer se distrai me observando.

— Achei que você estivesse incumbida disso, PG. — Ele se curva para perto de mim. — Eu trago o carro, você traz o plano.

Pego meu guia e o abro na página de Paia, uma cidadezinha no litoral norte aonde eu estou querendo ir. Deve existir um restaurante lá chamado Mercado de Peixe, que tem o melhor hambúrguer e o melhor sanduíche da ilha, e parece que a cidade é abarrotada de lojinhas fofas e graciosas. Claro que nenhuma loja vai superar a Trinkets n' Things, mas, sei lá, não custa sonhar. O guia diz que, de Paia, você pode seguir para Ho'okipa Beach e ver o pessoal praticando windsurf. Para mim, vai ser perfeito.

Debruçada sobre meus ovos e meu café, conto tudo isso a Rainer.

— Estou impressionado — ele diz. — Você aprendeu todas essas coisas com isso aí?

Ele puxa o exemplar de *The Real Maui* das minhas mãos e folheia as páginas.

Faço que sim com a cabeça e repito o que Jake me disse:

— Era para ser o melhor de todos.

Rainer sorri levemente, como se tivesse achado aquilo um pouco engraçado. Bonitinho, talvez. Internamente, eu quero me esconder de tão infantil que aquilo soou. Que coisa de criança! Então, ele tira o café da minha mão, toma um gole e apoia a caneca na mesa.

— Estamos perdendo tempo, PG. Vamos logo.

Rainer alugou um conversível azul-neon, e, quando o pegamos no estacionamento, não posso deixar de reclamar:

— Você está de brincadeira, né?

— Ah, qual é? Onde está o seu senso de aventura?

— Você quer dizer o meu senso de ridículo?

Ele balança a cabeça.

— Você é impossível.

— Eu tenho senso de aventura. A questão é que ele envolve coisas como fazer trilhas, não dirigir carro de turista.

— Bem, sou eu que vou dirigir.

Rainer levanta os óculos e olha para mim. Não posso deixar de notar que, mesmo diante daquele veículo cor de água bem na nossa frente, seus olhos são intensamente azuis.

Ele segura a porta aberta para mim.

— Além do mais — ele explica, fechando a porta —, eu fico bem de azul.

Será mais fácil sermos localizados com essa coisa, não há dúvidas, mas até aqui isso nunca foi um problema. As pessoas sempre reclamam dos paparazzi, mas eu não entendo por que tanta irritação. Para falar a verdade, não é tão ruim assim ser reconhecido, pelo menos de vez em quando. Quero dizer, alguém querer tirar uma foto minha é meio que algo novo para mim. Até este momento, eu tenho que lutar para conseguir um lugar nas fotos dos cartões de Natal.

Wyatt não para de martelar em nossas cabeças, praticamente pregando que, a cada dia que passa, estamos ficando cada vez mais insanos, mas eu não acho. Houve um grande alvoroço quando fiquei com o papel — revistas, uma foto minha saindo de um Coffee Bean, entretanto, depois, tudo se acalmou quando chegamos aqui. Ninguém me reconhece. E como iriam reconhecer? Ainda não fiz nada.

Pego o grande mapa de Maui que estava dobrado dentro do meu guia. Vamos em direção ao oeste, com a praia à nossa esquerda e as encostas se estendendo até o alto das montanhas, à direita. Cada segundo parece um cartão-postal. O livro diz que as ilhas do Havaí são consideradas a terra de Deus. Se ele tivesse escolhido morar em qualquer lugar da Terra, seria aqui. Entendi o que eles queriam dizer. Aqui é o paraíso.

— O que você faz em Portland? — pergunta Rainer. A capota está abaixada, e o vento faz um barulhão. Meu cabelo não para quieto e eu tento segurá-lo para trás, com as mãos grudadas nos lados da minha cabeça, como protetores de ouvido.

— O quê? — grito.

— Portland!

É engraçado: Rainer me parece tão familiar, mas nunca chegamos a conversar muito sobre nossas vidas antes do filme. Fico feliz por termos essa chance.

A verdade é que eu sei muita coisa sobre ele. As coisas de conhecimento público, pelo menos. Cortesia da Cassandra. Como o fato de sua cor preferida ser laranja e de ele ter um cachorro chamado Scoot. Quando tinha doze anos, seu pai lhe deu de aniversário um jantar com Steven Spielberg. Ele cresceu em Beverly Hills, seus pais ainda são casados e ele é filho único, apesar de alguns boatos que dizem o contrário.

Os pais dele têm uma pista de boliche no porão e uma quadra de tênis no quintal dos fundos. Ele está na lista dos mais bonitos da revista *People*, e seu aniversário é em junho... ou talvez seja em janeiro.

De repente, percebo que a única coisa que Cassandra deixou de fora foi Britney.

Rainer olha para mim e sorri. Meus olhos lacrimejam muito e meu cabelo está igual ao daquelas mulheres de videoclipes dos anos 1980. Maravilhoso.

Ele fala alguma coisa que não consigo entender, e tampouco finjo entender, então seguimos em silêncio até Paia.

Paia é exatamente como está descrito no guia: uma cidadezinha hippie que tem mais restaurantes e vida nativa do que todo o lado sul da ilha. Identifico logo de cara que estamos na ilha de verdade, a parte que ninguém vê em uma temporada na praia. Estar na nossa parte da ilha é mais ou menos como estar presa em um cruzeiro — é lindo e tem muita comida boa, mas você nunca consegue ver nada de perto.

O lugar é composto por duas faixas. Uma que é ladeada pela estrada principal e outra que faz uma interseção perpendicular. Não há vagas para estacionar, e todos os restaurantes — a maioria cafés ao ar livre — parecem estar lotados. Fico esperando que Rainer pare em algum estacionamento com manobrista, mas, quando eu menos espero, ele entra em um pequeno estacionamento na saída da cidade.

— Parece que você escolheu a parte mais agitada — diz Rainer.

Ele estaciona, fecha a capota e dá a volta para abrir minha porta. Só que eu já fiz isso, então temos um momento cômico, em que eu quero sair e ele tenta ser gentil, porém acaba ficando preso entre a minha porta e o carro ao lado. É meigo e um pouco desconcertante.

Eis um fato engraçado: até mesmo Rainer Devon fica com cara de bobo quando está entalado entre dois carros estacionados.

Nós nos esgueiramos pelo estacionamento e caminhamos até o tal Mercado de Peixe. Apesar da fila absurda, que, claramente, dá a volta no quarteirão, insisto para ficarmos. Não estamos mesmo com pressa.

— Não duvide do livro — eu digo, e Rainer consente.

— A gente podia ir lá para a frente, sabe? — sugere ele, gesticulando para o caixa, cerca de vinte pessoas à nossa frente.

— Furar a fila, você quer dizer?

— Até onde eles sabem, temos que voltar para o set.

— Mas não temos que voltar para o set — ressalto.

Ele cruza os braços e olha sério para mim.

— Você ainda não entendeu, não é?

— Não entendi o quê?

Quem ele pensa que é, Brad Pitt? Será que o Brad Pitt furaria uma fila? Provavelmente. Mas só porque ele teria que salvar um órfão ou coisa parecida. A única coisa que Rainer tem a fazer é visitar uma praia.

— Sua ingenuidade é linda, PG, mas você agora é uma estrela. Chegou a hora de agir como tal.

— Isso não é agir como uma estrela — retruco. — Isso é agir como uma babaca.

Ele revira os olhos e pega minha mão. Dou um pulo, mas não reluto. Rainer me arrasta até a frente da fila, pede licença ao homem que está no caixa e sorri para a moça atrás do balcão — uma garota mais ou menos da nossa idade. Ela olha para o caixa e, em seguida, toma um susto ao perceber que está sendo observada por Rainer.

— Você acha que poderíamos fazer um pedido? — pergunta Rainer, olhando fixamente para ela. Ele ainda está segurando minha mão e me puxa para perto, mostrando-me como se eu fosse uma prova a ser oferecida.

A garota me encara e seus olhos ficam arregalados. O mesmo olhar que Cassandra me dá quando tem alguma coisa muito importante para contar, mas não consegue encontrar as palavras certas.

— V-v-você é a August — ela gagueja.

Olho para Rainer e novamente para a garota. Minha primeira reação é a de corrigi-la. Não sou August. Sou Paige.

Em vez disso, me limito a sorrir e concordar lentamente com a cabeça. Subitamente o restaurante inteiro fica em silêncio. Onde há um minuto parecia que eu estava de volta ao conversível de Rainer, tendo que gritar para ser ouvida, agora a única coisa que eu quero é que alguém espirre para encobrir o som da minha respiração.

E ela está rápida. Meu coração está a mil por hora.

— Eu amei os livros — a garota continua. — Estou superansiosa para ver o filme. Você pode me dar um autógrafo?

Rainer levanta as sobrancelhas para mim e dá um sorriso do tipo *eu não te falei?*. Vasculho minha bolsa, tentando encontrar uma caneta. Será que a gente precisa ter canetas quando é famosa? Faz parte do pacote? Ou são os fãs que as fornecem?

Encontro uma perto da caixa de óculos, no fundo da bolsa, e a puxo pela tampa.

— É... Claro. O que você quer que eu escreva?

A moça me olha como se não tivesse entendido a pergunta, e Rainer me entrega um guardanapo.

— Pode ser aqui? — ele pergunta.

Ela assente enfaticamente, e eu pego o guardanapo, apoiando-o no balcão. A esta altura, eu tenho a sensação de que todos no restaurante se viraram para me ver. Sinto-me um pouco como um daqueles manequins de lojas de departamentos, entre uma troca e outra: nus e completamente à vista de todos.

Exceto pelo fato de que os manequins não estão vivos.

Engulo em seco e então rabisco meu nome. Está confuso e mal dá para ler o T de Townsen. Para falar a verdade, eu não tenho assinatura. Acho que nunca assinei meu nome até poucos anos atrás, quando tive que tirar o passaporte. Tínhamos que ir a Vancouver para visitar o irmão do meu pai, que havia se mudado para lá cerca de cinco anos antes para abrir uma empresa de corte de madeira, mas nunca fomos. Tentamos de novo alguns anos depois, mas foi bem na época em que Annabelle nos agraciou com sua presença... Bem, se não fosse para comprar fraldas, viajar estava fora de cogitação.

Entrego o guardanapo para a garota e ela fica radiante. O sorriso de uma manhã de Natal.

— Muito obrigada! — diz ela. — Vou pegar os pedidos de vocês. É por conta da casa.

— Quanta gentileza — agradece Rainer. Ele entrega a ela uma nota de cem e várias notas de vinte emboladas, olhando por cima do ombro. — Você pode colocar o almoço dessas pessoas na minha conta?

A garota fica roxa e concorda com a cabeça. Rainer olha para mim. Posso sentir meus olhos arregalados.

— O que foi? — ele pergunta. — Eu gosto de retribuir.

Ele faz o pedido e as pessoas voltam a conversar, a hora do almoço voltou ao normal. Em algum lugar, alguém tira uma foto e uma garotinha se aproxima de Rainer e pede seu autógrafo. Ele aceita e se curva, dando-lhe um grande abraço. As bochechas dela ficam coradíssimas. Claro que ele não deixa de dar um autógrafo para a moça do caixa.

Pegamos nossa comida e eu coloco uma nota de vinte dólares no pote de gorjetas.

O restaurante é daqueles em estilo comunitário, com longas mesas de madeira e bancos nas laterais. Rainer pega nossa bandeja e nós vamos até uma das mesas no canto. Logo que me sento, um estranho me reconhece. Alguém que eu nunca vi na vida sabe quem eu sou.

— Está se sentindo bem? — Rainer se inclina, então eu vejo algumas sardas em seu nariz.

— Sim, tudo bem.

A verdade é que toda essa experiência parece surreal — como um sonho. Toda hora eu fico achando que vou acordar para a realidade.

— Você se acostuma — ele explica, tomando levemente minhas mãos e entrelaçando seus dedos nos meus, só por alguns instantes. — Não quero que fique preocupada.

— Isso é estranho para você? — pergunto. Tenho que engolir saliva para manter a voz estável.

— O quê? — ele pergunta, desenroscando os dedos, mas mantendo um deles no meu punho, antes de recuar a mão para o seu lado da mesa.

— Pessoas que você nunca viu na vida saberem o seu nome.

Rainer pega seu sanduíche e começa:

— Sim. Bem, não sei direito. — Ele faz uma pausa, dá uma mordida e mastiga, pensativo. — Para mim sempre foi assim. Digo, sou ator desde criança. Acho que não sei como é ser diferente.

Aceno e mordo meu hambúrguer. Delicioso. O livro estava certo: este negócio é incrível. Embora possa ter a ver com o fato de que eu não como um hambúrguer de verdade há meses. Jake é vegano, é claro, e está sempre tentando me fazer comer aquelas porcarias de tofu que ele compra. Ele chegou a convencer meus pais a mudarem o estilo de alimentação, o que foi um verdadeiro saco, porque, depois disso, minha mãe passou a fazer cachorro-quente de soja.

Comemos em silêncio por alguns minutos, momentaneamente acalentados pelo sabor. Ainda recebemos alguns olhares enviesados, mas a maioria das pessoas parece ter retornado a suas refeições.

Depois do almoço, vamos até a praia de windsurf. Li sobre um mirante em que se pode estacionar e caminhar até algumas rochas que pairam sobre o mar. Quando há muito vento, é provável que os praticantes de windsurf estejam no mar. E em Ho'okipa, aparentemente, está sempre ventando.

O vento bate e uiva à nossa volta ao sairmos do carro. Ainda assim está calor, e o sol queima forte e constante em minhas costas.

Rainer semicerra os olhos por causa da claridade e me joga um boné de beisebol que estava no banco de trás.

— Cuidado com essa pele, PG. A August é bem pálida.

Viro os olhos e enfio o boné dos Lakers sobre a testa.

— Fica lindo em você — ele diz, fazendo um gesto de aprovação.

Acabo tropeçando sem querer.

— Calminha aí — ele diz, pondo a mão nas minhas costas. — Vamos lá.

Escalamos pelo cabo de proteção, depois descemos até as rochas. Elas formam um recife ao longo do penhasco, uma vista de primeira, como se soubessem que as pessoas iriam querer observar o espetáculo. Ocupamos nossos lugares, e, assim que olho para o mar, perco o fôlego.

Há gente praticando windsurf em todos os lugares, mas não parecem seres humanos. Parecem pequenas borboletas. Borboletas minúsculas e coloridas, que afundam, balançam e voam através do oceano.

— Que lindo — suspiro.

Rainer concorda com a cabeça.

— É... E é bem difícil também.

— Você já tentou? — pergunto.

— Uma vez. Fazia parte de uma cena que gravei em *Wild Things*.

Eu me lembro de *Wild Things*. Foi lançado quando eu estava na sexta ou sétima série, eu acho. Era sobre uns surfistas competitivos. Rainer fazia o papel principal, o cara que se machucava na semana anterior à grande competição; todos achavam que ele ficaria de fora, mas, no último minuto, o rapaz muda de ideia, corre para a água e vence o torneio.

— Você surfa? — pergunto.

— Gosto de pensar que sim — ele responde. — Mas não, não exatamente. — Ele coloca as mãos na areia, com as palmas para baixo. — E você?

Balanço a cabeça para os lados.

— Nunca surfei, mas tenho vontade. Sou fascinada com tudo relacionado à água.

Eu teria ido surfar no primeiro dia aqui, se não fosse por todas aquelas cláusulas contratuais sobre não me lesionar e a "proibição da prática de esportes de impacto" enquanto estiver filmando. Perguntei aos produtores se surfar era considerado um "esporte de impacto", mas nunca me responderam.

O vento começa a aumentar, e eu me envolvo com meus braços. De repente, minha pele fica arrepiada. O sol se escondeu por trás das nuvens, e a sensação é a de que a temperatura caiu uns seis graus.

— Aqui — diz Rainer.

Ele pega um moletom de capuz cinza bem leve e o coloca sobre meus ombros. Sua pele alisa a minha. Estou imaginando coisas ou os dedos dele ficam ali mais tempo que o normal?

— Obrigada.

Ele pigarreou antes de responder:

— Imagine.

Rainer apoia os cotovelos nos joelhos e olha para o mar.

— As coisas parecem tão distantes vistas daqui, não acha? — ele observa.

Enfio os braços por dentro do moletom.

— O que quer dizer?

Ele não tira os olhos do oceano.

— Sabe aquilo que você me perguntou mais cedo, se eu achava estranho quando os outros me reconhecem? Eu acho esquisito, não pelo motivo que você comentou. Imagino que seja porque esse se tornou o padrão, mas essa é... — A voz dele falha, e, quando se recompõe, suaviza o tom. — Essa é uma maneira estranha de viver.

Ele olha para mim. Seus olhos mudaram. De alguma maneira, eles estão mais sombrios, mais nebulosos. Têm mais profundidade. Então, ele prossegue:

— Quero que você saiba que não precisa passar por nada disso sozinha. Aconteça o que acontecer, eu estarei por perto. Prometo.

Sinto meu coração disparar. Posso jurar que ele também sentiu.

— Obrigada — eu digo.

Ele continua olhando para mim, e eu acho que ele vai dizer mais alguma coisa, algo sobre o que costuma acontecer a esta altura do campeonato — um lugar comum a nós dois. O momento se alonga e o ar parece pesar. Até o vento se aquietou.

Mas ele não diz mais nada; pouco depois, sigo seu olhar de volta para o mar. Um windsurfista em particular chamou minha atenção. Ele tem a vela azul e está mais distante do que os outros. De tão longe, na verdade, fica difícil ver se ele está se movendo. A única coisa que sei é que ele está ficando cada vez menor. Quando nos levantamos para voltar ao carro, a vela azul parece uma das ondulações da água.

CAPÍTULO 7

Não nadei hoje de manhã. Fiquei passeando pelo hotel de pijama e, claro, pensando em Rainer. Sabe, não acho que ele goste de mim. Não daquele jeito. Tenho consciência de que ele é uma estrela de cinema de primeira grandeza e eu sou uma novata. Mas rolou alguma coisa ontem que me fez sentir como se aquela minha paixonite não fosse totalmente infundada. Fala sério: estou completamente apaixonada por Rainer Devon.

Uma batida forte na minha porta me traz de volta à realidade. Duas pancadas com os dedos. Quando abro, Wyatt está do outro lado. Meu estômago instantaneamente cola nas costas, como se alguém tivesse me dado um soco.

— Paige — ele começa. — Precisamos conversar.

Ele está vestindo uma camiseta do Sex Pistols e uma calça preta, e seu cabelo está todo bagunçado.

— Maldito vento — ele diz, notando que eu observei.

Wyatt me segue até a cozinha, e eu pego duas garrafas de água Evian que o serviço de quarto não para de colocar na minha geladeira. Eles me perguntaram no primeiro dia o que eu gostava de comer e beber e desde então não param de surgir na geladeira e nos meus armários salada de repolho e biscoitos com pasta de amendoim.

— E então — quebro o silêncio. Minhas mãos estão tremendo tanto que mal consigo abrir a garrafa. — O que houve?

Wyatt nunca vem ao meu chalé. Às vezes ele vai ao do Rainer, mas geralmente isso só acontece quando Sandy está lá. É alguma coisa ruim. Tenho certeza.

Ele me mostra alguma coisa. O seu iPad. Na tela aparecem fotos embaçadas de Rainer e eu, ontem, estampadas em um site de fofocas.

Vejo imagens nossas quando estávamos no carro com a capota aberta, e de mãos dadas no Mercado de Peixe. Fotos da hora em que ele colocou seu moletom em mim lá no mirante, e até mesmo de quando estávamos conversando, tão próximos que até parecia que a testa dele estava encostada na minha. E uma manchete estúpida no alto para completar: *Estrelas de* Locked *estão se conhecendo.*

De repente, começo a contar as luas crescentes no meu pijama.

— Ah... — tento dizer.

Ele fixa o olhar em mim, não parecendo nada satisfeito.

— Isso mesmo. Ah. Quer me contar o que está acontecendo?

— Nada — respondo. — Juro que essas fotos foram tiradas completamente fora de contexto. Estávamos apenas explorando a ilha...

Mas paro de falar quando vejo o olhar no rosto de Wyatt. Parece que qualquer explicação que eu dê será apenas uma desculpa.

— Para ser honesto, estou cagando para o que você faz da sua vida pessoal — ele fala. — Mas não vou ver meu filme ir para os ares pelo fato de vocês dois não conseguirem controlar os hormônios.

— Ei — reclamo. A raiva sobe pelo meu peito. — Não foi nada disso. Isso não afetou em nada... não vai... nós nem estamos... Rainer...

O que eu quero perguntar é por que ele não foi conversar com Rainer. Por que, de repente, é tudo culpa minha?

Wyatt levanta a mão.

— Talvez você ache que este filme seja apenas uma ficção adolescente, mas você faz ideia de quanto tempo, atenção e energia foram gastos neste projeto? Quantos milhões de dólares? Que carreiras dependem disso?

— Eu sei — respondo, mas não consigo continuar. Meu peito parece espremido. Fico com medo de começar a chorar.

Wyatt pisca os olhos, observando meu rosto.

— Você deve estar achando que eu estou sendo duro com você — ele continua. — Que estou sendo injusto. Deve estar se perguntando por que eu vim falar com você e não com ele.

Nem pisco. Ele continua:

— Rainer é quem ele é, mas você está apenas começando. Existem coisas que você ainda não sabe sobre como funcionam os negócios.

— Do que está falando?

— Estou dizendo que ele é filho de um produtor, mas você teve uma chance porque realmente é boa atriz. Mantenha-se na linha. Se não por você mesma, então que seja por mim. Não vou me contentar com nada menos que a perfeição. Você entendeu?

— Sim.

Wyatt tira os óculos e inclina a cabeça, do jeito que ele faz pouco antes de começar uma cena. Sei que está visualizando coisas em sua mente, procurando encontrar o melhor ângulo, ou a versão mais fiel do momento que está se desenrolando. Quando volta a falar, seu tom está mais suave, como um pedaço de plástico sobre uma chama — ele começa a derreter pelas beiradas.

— Você tem noção de que isso só tende a piorar, não é? — ele diz.

Não respondo. Me limito a enfiar as mãos nos bolsos da minha calça de pijama.

Ele pega a garrafa de Evian e toca sua testa com ela, então abre a tampa e a apoia sobre o balcão.

— Acho que você ainda não percebeu a responsabilidade que tem.

— Percebi, sim — respondo prontamente. Estou lutando contra as lágrimas, porque não precisava ouvir isso, não de novo, não agora. — Passo o dia todo pensando na minha responsabilidade.

— Então me mostre.

— O quê? — Eu o encaro.

Os olhos dele estão compenetrados, do mesmo jeito que ficam no set. Ele está me desafiando.

— Mostre que você entendeu.

Tenho vontade de lhe perguntar como, mas sei que isso só vai piorar a situação. Eu deveria saber como. Eu deveria agir como.

— Eu vou lhe mostrar — afirmo. Estou com as mãos na cintura.

— É a sua vida — ele diz. O tom ainda é forte, seco, mas suas feições se abrandaram. — Quando você imprime algo neste mundo, não pode voltar atrás. Entendeu?

— Entendi.

Wyatt termina de beber a água e apoia a garrafa no balcão. Ele não diz mais nada ao se dirigir à porta, então se vira novamente.

— Acho que encontramos o nosso Ed — ele avisa. — Vou trazê-lo para um teste com você no fim desta semana.

Abro a boca para dizer alguma coisa, mas não sai nada. Pelo que eu soube da última vez, o Ed só deveria aparecer no set no fim das gravações. Ele não tem muitas cenas no primeiro filme, muito menos um papel proeminente no primeiro livro. São só alguns flashbacks. Sobretudo, ele aparece no início e depois bem no fim.

Wyatt só me observa.

— Vamos ver como será o teste de química. Tirando o fato de ser um pouco repulsivo — seus olhos se dirigem rapidamente para o iPad —, ele é bom.

— Quem é? — pergunto. Não que isso importe. Sempre confundo os nomes das celebridades e, de qualquer forma, acho que estavam considerando outro desconhecido para o papel.

Wyatt olha para mim e eu posso jurar que seus olhos cintilaram. Foi a coisa mais estranha de se ver.

— Jordan Wilder — ele diz, antes de sumir porta afora.

Assim que ele sai, sinto meus olhos começarem a arder. Estou completamente enjoada. Ele acabou de me acusar de tentar sabotar o filme dele? Com um romance que nem é de verdade? A exaustão das últimas semanas — minhas inseguranças quanto ao filme — veio à tona. Desta vez eu não hesito: pego o telefone e ligo para Cassandra.

— Não acredito que você não me contou!

A voz de Cassandra me acusa, uma mistura de grito muito agudo com a explosão de um barítono, antes que eu possa sequer dizer oi.

Eu desmorono na banqueta à beira do balcão da cozinha. Já deveria ter imaginado que ela tinha visto as fotos. Acho que ela pôs um alerta do Google no meu nome.

— Não é verdade — expliquei.

— Você viu essas fotos?

— Vi — respondo. — Mas não aconteceu nada.

Não pensei que teria que me justificar para Cassandra como fiz com Wyatt. Subitamente, tenho um desejo intenso de desligar na cara dela e voltar rastejando para a cama.

— As fotos não mentem — acusa Cassandra. Seu tom é de indignação, e eu a imagino com o telefone fixo (ela fala menos ao celular agora — ao contrário de mim, ela dá ouvidos ao que Jake diz), torcendo o fio em volta do punho, como ela sempre faz quando está nervosa ou muito concentrada em alguma coisa.

— Nem eu — retruco. Minhas palavras estão embargadas, e eu sei que ela percebeu.

— Eu sei — ela diz. Seu tom se suaviza. — Como foi que você fingiu?

Passo uma mão pela testa. Penso no dia de ontem e tento explicar o que não consegui para Wyatt.

— O Rainer segurou minha mão por um segundo para eu não cair e, mais tarde, quando eu estava com frio, ele me deu seu moletom. Essas fotos são completamente fora de contexto. Elas só parecem reais.

Ouço Cassandra suspirar do outro lado, e imagino o fio do telefone se afrouxando.

— Desculpe — responde ela. — Eu não estava acusando você de nada.

— Não?

Ela fica em silêncio.

— Eu me sinto como se não soubesse mais o que acontece na sua vida...

— Eu sei — falo, interrompendo-a e engolindo saliva. — É que tem estado bem agitado por aqui.

— É o que parece.

Ela ri, e eu também. Mais de alívio do que de outra coisa.

— Eu sinto sua falta — ela diz.

— Eu também sinto a sua. Como estão as coisas por aí? — A linha fica muda por um instante. — Cass?

— Oi? — Sua voz está baixa.

— O que tem acontecido por aí?

— Ah, o de sempre — ela começa. — Manifestações. Protestos. E eu só tenho falado sobre o que tem acontecido nas aulas da Sra. Huntington.

Nós duas rimos. É tão bom. Familiar.

— Como está o Jake? — pergunto. Mordo o lábio ao dizer isso. Cassandra sabe o que eu quero dizer (ele sente a minha falta? Está saindo com alguém?), mas não gosta muito de falar no assunto. Jake e eu, quero dizer. Cassandra dá um pequeno grunhido, e eu a imagino mexendo a cabeça lentamente, com seus cabelos loiros subindo e descendo por seus ombros.

Quando éramos mais jovens, nós três fizemos um pacto de "três mosqueteiros". Colocamos nossos braços em triângulo — mão no ombro, mão no ombro, mão no ombro — e repetimos o lema "um por todos e todos por um". Ninguém sem ninguém. Havia uma árvore no quintal de Jake e um livro de regras que Cassandra redigiu. Decoramos o livro com glitter e folhas e o chamamos de Bob, embora eu não consiga me lembrar por nada neste mundo do porquê disso.

Quando eu e Jake nos beijamos, contei a Cassandra, é claro. Achei que ela fosse ficar empolgada. Ela sempre falava que achava que ele gostava de mim. Mas ela não ficou feliz. Nem um pouquinho. Só disse que deixamos de compreender nosso próprio lema, que estávamos quebrando todas as regras. Tinha acabado de acontecer. O beijo, digo. Foi na noite em que minha irmã fugiu de casa. Ela sempre fazia coisas do tipo passar um fim de semana prolongado em Seattle, ou roubar dinheiro dos meus pais e desaparecer por quarenta e oito horas. Normalmente era só para visitar um dos nossos irmãos ou algo assim, mas ela nunca contava a ninguém para onde estava indo ou quanto tempo ficaria fora. Meus pais ficavam em pânico. Toda vez que ela não voltava para jantar em casa, eles se convenciam de que ela estava morta. Eu nunca entendi isso. Ela fez isso tantas vezes... A probabilidade é que estivesse viva. Mas eles nunca viam dessa forma. Sempre ficavam aterrorizados. Como se daquela vez fosse diferente.

Aconteceu poucas semanas antes de ela ficar grávida, ou, pelo menos, pouco antes de descobrirmos. Ela havia saído para uma de suas jornadas, e meus pais estavam furiosos e com medo. Ligaram para a polícia e ficaram andando de um lado para o outro na sala de casa. Meus dois irmãos foram alertados, mas ela não estava com nenhum deles. E eu não a tinha visto na escola naquele dia.

Jake estava lá em casa, e estávamos estudando para alguma coisa. Provavelmente geometria — eu sempre precisava de ajuda em geometria.

Jake e eu estávamos na sala quando minha irmã finalmente chegou. Estava bêbada. Bêbada do tipo fedida e cambaleante. Era de pensar que meus estariam irritadíssimos. Com certeza estariam se fosse eu naquela situação. Mas não estavam. Ficaram, sim, aliviados. A pequena Joanna estava de volta. A estrela do time de futebol, a primeira menina depois de dois garotos. A criança de ouro. Sei que pareço amargurada, mas não é bem isso. É que naquele momento eu me dei conta da suprema injustiça da vida. Não fiquei chateada. Acho que nem senti nada. Foi mais uma questão de ter pensado nisso, entende? Como uma data em um livro de história ou um número em uma prova de matemática. Atestei um fato. Independentemente do que eu fizesse. Não importava quantos papéis eu conseguisse, ou quão boa eu fosse na escola, ou como eu fosse bem-comportada, eles nunca se preocupariam tanto comigo como se preocupavam com ela.

Jake ainda ficou mais um tempo comigo depois que os ânimos se acalmaram e uma Joanna chorosa subiu para o seu quarto sem qualquer castigo e rodeada de água e café. Observei tudo da sala, e, quando tudo acabou, lembro-me de Jake pegando minha mão e tirando o lápis que estava espremido entre meus dedos. Havia marcas vermelhas no meu dedo indicador.

— Você está bem? — ele me perguntou.

Não lembro o que eu disse, ou o que ele disse depois disso, mas sei que, quando ele pôs a mão no meu rosto e encostou seus lábios nos meus, eu deixei. E foi bom. Porque eu sabia que Jake estava do meu lado. Qualquer que fosse o meu lado, ele estaria lá. E acho que esse era o problema de Cassandra. Havia um lado depois disso.

Ela não falou conosco por um mês depois do acontecido, e nunca voltamos a nos chamar de os três mosqueteiros. Nem mesmo de brincadeira.

Isso já faz quase dois anos.

— Ele está bem — ela, finalmente, diz. — Ocupado. Nós dois estamos.

Cassandra fica quieta por um instante, e eu fico me perguntando se ela o vê frequentemente desde que eu saí da cidade. Uma onda de culpa me abate: e se eu fosse a cola deles?

Ela pergunta:

— Você tem falado com ele?

— Só alguns e-mails — respondo. — Você sabe como é Jake com o telefone.

Cassandra ri.

— Nossa. É verdade. E quando você vem para casa?

Dou uma volta na banqueta. O sol e o mar me saúdam.

— Acho que tenho uma pergunta melhor: quando você vem me visitar? Você sabe que eu estou no Havaí, certo? E que a sua estrela de cinema predileta está aqui?

Ela ri. A risada de Cassandra me lembra luzes cintilantes de Natal: radiante e suave, até um pouco mágica.

— Está na cara que Rainer está mais interessado em você do que em mim — ela retruca.

— Eu estava falando de mim.

Tenho quase certeza de que pude ouvi-la sorrindo.

— Quer dizer que agora se autointitula uma estrela de cinema, hein?

— Só com você — eu digo, e, ao fazê-lo, percebo que estou com uma saudade louca. Como se a emoção fosse uma pedra que tivesse sido jogada em um lago. Apesar de a pedra afundar, as ondas continuam se expandindo. Queria que ela estivesse aqui. Puxando seus longos cachos dourados e usando alguma combinação maluca e colorida, fazendo-nos dançar pela sala ao som de Madonna.

— Venham me visitar — convido. — Você e o Jake. No próximo fim de semana. O que me diz?

— Sei lá — ela responde. — Tenho um monte de coisas da escola. E gastei todo o dinheiro que ganhei como babá naqueles DVDs sobre o submundo dos oceanos.

— Eu pago.

— Ah...

— Não é nada de mais — eu digo, despejando as palavras de uma só vez. — Seria muito importante para mim. Você veria como é o set, e nós poderíamos passar um tempo juntos. Nós três.

A voz de Cassandra se alegra.

— Boa sorte tentando colocar Jake em um avião.

— Por favor — eu falo, porque, de repente, sinto a necessidade de tê-la por perto. Eu preciso dos dois aqui. É algo do tipo: se eles me visitarem, se eles me virem, talvez eu me sinta mais como eu mesma. Talvez isto se torne real.

— Tudo bem — ela diz. — Vou convencê-lo a ir. E, nesse meio-tempo, procure manter seus casos longe da imprensa internacional.

Eu rio.

— Parece loucura, não é?

— Loucura — ela responde. — Totalmente. Mas eu meio que adoro isso.

— Pelo menos alguém gosta — retruco.

Posso ouvi-la suspirar e estalar os lábios.

— Você vai achar uma saída — ela diz. — Você sempre consegue.

Nós desligamos e eu continuo a olhar através das imensas janelas, que vão do chão ao teto. Elas são a única coisa neste lugar que me lembra um pouco de casa. Meu quarto tem uma janela que dá de frente para o quintal dos fundos. Eu pegava minha cadeira nos fins de semana e me sentava ali, com uma grande caneca de chocolate quente e um bom roteiro nas mãos. Agora, minha irmã ocupa aquele quarto, e há um cercadinho de bebê encostado no vidro. Joanna queria ser massagista, e um tempo atrás havia começado um treinamento. Todos nós achamos que seria uma boa ideia, porque ela poderia fazer o próprio horário e ganhar um bom dinheiro, mas nunca deu certo. Ela acabou desistindo das aulas, dizendo que sentia falta de Annabelle. Em vez disso, arranjou um emprego de estoquista no supermercado. E passa mais horas trabalhando do que passava na escola.

Essa é uma coisa incrível na minha família: ninguém faz o que queria fazer.

Minha mãe acabou não sendo atriz; meu pai acabou não se tornando arquiteto. Meus dois irmãos acabaram em lugar algum, e na maior parte do tempo acho que minha irmã nem sabe onde está.

Não que nossa história seja trágica ou coisa parecida. Nada de muito ruim aconteceu conosco. Acho que essa é, exatamente, a questão. Dizem que o pêndulo oscila para os dois lados, glória e tragédia, mas o da minha família parece estar encalhado bem no centro.

Pensei em Cassandra e Jake. Jake será grandioso, e não porque está predestinado a isso, mas porque ele sabe o que pensa e não tem medo de trabalhar duro. Ele foi voluntário no abrigo de animais e criou um jardim aos cinco anos. Ele sempre quis ajudar no que quer que fosse desde que me entendo por gente, e, às vezes, isso me deixa louca (por exemplo, ele passa as noites de sábado arrancando plantas não nativas), mas também significa que ele se compromete com alguma coisa. E Cassandra? Ela é apaixonada por tudo, mas principalmente pelas pessoas com quem se importa. Não houve sequer um comício de Jake a que ela tenha faltado, ou uma passeata sobre a qual não tenha me contado. Os dois são extraordinários, porque se importam. Com o mundo e com as pessoas ao redor deles. Comigo.

Eles têm que vir me visitar. Se vierem, será tudo de bom. Tenho certeza.

CAPÍTULO 8

— Não acredito. Tem certeza que ouviu direito? — Rainer caminha de um lado para o outro em seu chalé, com os punhos cerrados.

Encolho os joelhos de encontro ao peito, sentada no sofá.

— Foi o que ele disse. Jordan Wilder.

— Por que iriam chamar Jordan? Achei que quisessem um desconhecido. — Rainer para e olha para mim.

Levanto os ombros e digo:

— Não tenho ideia. Você deveria perguntar ao seu pai. — Penso nas palavras de Wyatt. *Rainer é filho do produtor.*

Os olhos de Rainer ficam vermelhos.

— Você acha que ele sabia sobre isso?

— Digo, ele é o produtor, certo? — Enfio a unha do dedão na boca e mordo a ponta. É um tique nervoso. Lillianna está sempre gritando comigo por causa disso. Tento explicar que, se August estivesse numa ilha deserta com uma possível tribo que quisesse matá-la, com certeza também estaria roendo as unhas, mas ela não cai nessa.

— Ele não iria fazer isso comigo. Ele sabe sobre Jordan.

— O que houve? — pergunto.

Rainer está desmoronando diante dos meus olhos. Ele me chamou para jantar e eu acabei contando sobre os acontecimentos da manhã, sobre Wyatt aparecendo na minha porta, quando o nome de Jordan escapou.

Nunca vi Rainer daquele jeito. Geralmente ele é calmo, equilibrado. A simples menção do nome desse cara o tirou completamente do eixo.

Sei que existem boatos sobre Jordan e Britney, mas o próprio Rainer me contou que não está mais com ela. Independentemente disso, Rainer não é o tipo de cara que se deixa levar por fofocas. A menos que não sejam apenas fofocas.

Ele olha para mim, como se tivesse esquecido que eu estava ali.

— Nada — ele diz. — Fazíamos uma série de TV juntos. Não é importante.

— Pelo que vejo, parece muito importante.

— Tomara que ele não detone esse filme com as palhaçadas dele. Só isso.

— Que palhaçadas?

Os olhos de Rainer piscam e, então, se fecham, como se um fusível tivesse queimado; em seguida, ele se joga no sofá ao meu lado.

— Desculpe — ele diz. — É que eu odeio esse cara.

Ele levanta a cabeça, agora com um pequeno sorriso. De repente, noto que esta é a primeira vez que vejo Rainer com raiva. A sensação é estranha. Como se ele estivesse se tornando humano ou coisa assim. Não tão perfeito. Não que isso o tenha tornado desagradável — pelo contrário, agora ele se tornou ainda mais atraente. Gostei que ele tivesse me deixado conhecer uma parte sua que outras pessoas não veem. Que ele tenha mostrado que tem seus próprios demônios. E, pelo visto, Jordan Wilder é um deles.

— Ei — chamo. Estendo o braço e apoio a mão em seu ombro. — Se isso é tão importante para você, por que não fazemos algo a respeito?

Ele me encara, com os olhos semicerrados:

— O que quer dizer?

Mordo o lábio inferior. Não acredito que estou prestes a dizer isso, mas penso em Rainer me dizendo ontem que estamos nessa juntos. Sentados neste sofá, eu sei que sou capaz de fazer qualquer coisa por ele.

— Eu vou errar na minha leitura com ele — eu digo.

Rainer abre a boca para dizer alguma coisa, mas a fecha logo em seguida. Ele olha para mim, e o tempo para por um intervalo tão grande que eu sinto vontade de gritar. Finalmente, ele balança a cabeça, sua boca formando um sorriso.

— Não posso pedir que faça isso — ele reclama.

— Você não está pedindo.

Ele emite um som misto de risada e suspiro.

— Mas você não vai fazer — ele replica. — Não posso deixá-la fazer uma coisa dessas. Não diante do que você tem passado nas mãos do Wyatt.

Rainer pousa uma mão em meu ombro e a desliza pelo meu braço. Com certeza ele sente os arrepios que o contato dos seus dedos causa na minha pele. Nós nos tocamos tanto nas gravações, mas tão pouco fora delas. Gerei a expectativa do beijo de August e Noah desde que pisamos aqui — eu sei que a hora vai chegar. Acho que eles, pelo menos, vão chegar lá. Mesmo que nós dois nunca cheguemos.

— Vou confiar que a babaquice do Jordan fale por si.

— Tudo bem — assinto. Então, mudo de assunto. — Ei, acho que os meus amigos vêm me visitar no próximo fim de semana.

— Jake e Cassandra? — Rainer olha para mim e eu sinto alguma coisa subir no meu peito. Nem me lembro de ter falado muito sobre eles. — Que ótimo!

— Você vai estar aqui? — Seguro a ponta de uma almofada.

— Vou — diz Rainer. Sua voz está mais tranquila. — E eu adoraria conhecê-los. Ele está sorrindo.

— Mas eu não pedi — retruco.

— Mas você quer — ele brinca, movendo a cabeça para o lado.

Fico chateada comigo mesma. Detesto sentir o sangue esquentando nas veias deste jeito.

— Eles são incríveis — eu digo, porque não sei mais o que dizer. — Eu e Cassandra somos amigas desde sei lá quando, e Jake...

Rainer aproveita a pausa e me interrompe:

— Você nunca me deu muitos detalhes dele. É algum ex?

— Não — respondo rapidamente. — Só é estranho estar longe deles. Eles sabiam de tudo sobre mim até pouco tempo atrás.

— É complicado — ele diz. — Não é fácil manter relacionamentos neste mundo.

— Verdade. E Cassandra ficou... ela viu aquelas fotos estúpidas dos tabloides.

Contei a Rainer sobre a discussão com Wyatt, mas, antes que pudesse medir sua reação, acabei mencionando o nome de Jordan. Agora eu quero muito saber: como ele se sente quanto àquelas fotografias? O que ele pensa a respeito de o mundo estar achando que nós, realmente, podemos estar juntos?

Rainer sorri.

— Qualquer divulgação é boa, certo?

— Não é "nem toda divulgação é boa"?

Ele encolhe os ombros:

— Confundi. Ela estava chateada ou algo assim?

Baixo o olhar, sentindo as bochechas queimarem.

— Ela achou que eu não estava sendo totalmente honesta.

Levanto a cabeça e vejo os olhos de Rainer fixos em mim. Seu sorriso relaxou um pouco, e ele parece compenetrado.

— E você estava?

— Você sabe que aquelas fotos foram tiradas fora de contexto — eu digo. — Quero dizer, Wyatt exagerou. Você só estava sendo gentil quando me emprestou o moletom, e, quando segurou minha mão, foi...

Ele tira a mão do encosto do sofá e a pousa sobre a minha, no meu colo.

— Eu gosto de você — ele diz.

Olho para sua mão e depois para ele. Todos os pelos do meu corpo ficam eriçados ao mesmo tempo. Quando as palavras saem, parecem pequenas, como aqueles fogos de artifício que mal estalam antes de se apagarem.

— Como assim?

— Você é linda — continua ele — e inteligente. E talentosa. Gosto da sua coragem, da sua falta de pretensão. Eu gosto de ver como tudo isso é novo para você. Você é tão verdadeira.

Há uma tranquilidade em seu tom de voz, uma suavidade transparente, que me faz pensar que ele está me dando o fora com delicadeza. Que está trazendo à tona minha paixonite idiota e completamente inadequada para tentar seguir adiante. Para indicar, sem falar com todas as palavras, que devemos ser só amigos. Wyatt está certo. Todo mundo, menos eu, sabe que ficarmos juntos é uma péssima ideia.

— Obrigada. — Não encontrei nada melhor para dizer.

Ele ri um pouco.

— De nada, eu acho.

Rainer tira a mão da minha. Lamento imediatamente a sua ausência.

— Vamos ficar por aqui — ele sugere. — Acho que tenho alguns sushis na geladeira. Está com fome?

Concordo com a cabeça.

— Morrendo.

Minha voz está rouca e a boca, seca. Meu estômago ronca só de pensar em comida. Tento afugentar meu constrangimento, esquecê-lo. Afinal de contas, eu sou uma atriz.

Rainer vai para a cozinha e começa a tirar potes da geladeira. Viro-me no sofá para observá-lo.

— Acho que não tem nenhuma pizza perdida por aí, tem? — pergunto.

Rainer sorri.

— Vou ter que gravar de sunga amanhã.

Ele está na frente do balcão e levanta sua camiseta azul-marinho, revelando o abdômen perfeito. Dá duas batidinhas na barriga, como se estivesse mostrando uma pança de cerveja, embora não haja nada ali além de músculos. Pisco e desvio o olhar.

— É um desafio ser você — eu digo, procurando manter o tom brincalhão.

Ele continua sorrindo.

— Pelo menos eu tenho você.

Cruzo as pernas no sofá e afundo ainda mais. Minha cabeça está doendo de tanto pensar. Rainer. Jake. Essa história do Jordan. E eu ainda estou preocupada com amanhã. A visita de Wyatt volta a me assombrar como uma nuvem. Tenho que melhorar. Eu preciso.

Rainer traz um monte de rolinhos, soja natural e um pouco de macarrão verde e pegajoso, que ele me diz que é uma salada de alga. Nojento. Felizmente, há um pouco de fritura.

— Ei — chamo, jogando um rolinho de ovo na boca. — Você topa passar algumas falas?

— Agora?

Continuo mastigando, mas respondo:

— Sim.

Ele encolhe os ombros.

— Claro, se você estiver a fim. Não está cansada?

— Estou — respondo. — Mas o Wyatt...

Rainer ergue um sushi de atum com os palitinhos.

— O que eu disse sobre não deixar que ele a afete, PG? Você tem que superar isso.

— Eu sei. Mas acho que ele pode estar certo. Alguma coisa não está boa na minha atuação. E eu não sei o que é.

Rainer balança a cabeça, ainda mastigando.

— Você tem que pegar mais leve consigo mesma — ele argumenta, engolindo a comida. — Este é o seu primeiro filme. É muita coisa para assimilar.

Ele fica de pé e caminha até a janela, parando e abrindo a cortina por completo. Eu havia visto a varanda somente pela manhã, nunca à noite. Está bem escuro. Perdi o pôr do sol naquela noite, e o anoitecer é sempre maravilhoso por aqui. Um milhão de tons de rosa, vermelho e laranja iluminando o céu. Muito mais brilhante que o nascer do sol. Como se o sol ganhasse textura e profundidade. Todas as cores ficam mais poderosas à noite.

— Pronto. Muito melhor. — Ele se senta no sofá ao meu lado de novo, pegando os palitos. — Então, o que você quer passar?

— Qualquer coisa? Tudo?

Rainer apoia seu sushi.

— Sabe qual é o seu problema?

— Pontas duplas?

Ele balança a cabeça.

— Você não acredita em si mesma.

Fico quieta por um minuto.

— Você está esperando que Wyatt bata na sua cabeça com uma varinha mágica, mas isso não vai acontecer a menos que você comece a pensar que é capaz.

— Basicamente, você está admitindo que eu sou uma porcaria — suspiro.

Ele revira os olhos.

— Está mais para insuportável. Ouça: eu acho você incrível. Acho que está fazendo um ótimo trabalho. Mas quero que você curta o que está rolando. — Ele olha para mim por um longo instante. Sinto meu coração pulsar na garganta. — Quero que se sinta feliz aqui.

Terminamos de jantar e passamos as falas. Rainer vai falando entre uma mordida de sashimi outra. Ele sorri para mim, de forma encorajadora, quando eu respondo.

— Viu só? — ele diz, quando terminamos uma cena. — Tudo tranquilo.

Eu quero dizer a ele que existe um problema. Um problema enorme, para ser sincera. É que ainda estou com muito medo de decepcionar todo mundo.

Há muita coisa em jogo. Wyatt me disse isso. Todos os tabloides e fãs de *Locked* me dizem isso. Rainer não parece se dar conta. A maneira como ele lida com esse filme, como ele lida com Noah, é como se fosse seu outro "eu". Como se ele já tivesse feito isso um milhão de vezes. E acho que, realmente, ele já fez.

Passamos as falas inúmeras vezes. Até duas da manhã, até quase dar a hora de eu me apresentar a Lillianna para começar a me transformar em August.

Rainer me acompanha até a porta e nós dois estamos com os olhos inchados, quase dormindo. Então ele faz uma coisa que nunca tinha feito antes. Me puxa contra ele e me abraça. Não um abraço rápido, mas um longo e profundo, o tipo que me fez passar os braços ao redor do seu pescoço e ficar nas pontas dos pés. Sinto sua respiração — quente, doce e apimentada. Enterro o rosto em seu ombro. Sinto seus braços me apertando. Então, quando penso que ele nunca mais vai me soltar, ele se separa de mim. Eu adentro a madrugada e ando até a porta do meu chalé.

CAPÍTULO 9

É quinta-feira de manhã, e eu estou na cadeira de Lillianna, a quem deixei atacar meu cabelo com uma escova e fazer um interrogatório sobre os acontecimentos da semana. Mas eu não ligo. Primeiro, porque meu couro cabeludo já está perdendo a sensibilidade depois de tantas horas passadas aqui; em segundo lugar, estamos falando de Rainer.

Esta semana tem tido filmagens incessantes, mas no set as coisas estão diferentes conosco. Tudo bem, talvez ele só queira ser meu amigo. Bem, eu só posso estar maluca se sentir alguma coisa por ele. Está especialmente paquerador esta semana. Usando todas as desculpas que pode para me tocar no set. Noto que isso incomoda Wyatt, e, sim, todo mundo está percebendo, mas não que eles já não estejam de olho. Pela primeira vez, eu só quero relaxar e curtir o momento. Não sei o que está acontecendo entre nós, e talvez seja melhor assim.

Lembro-me de ontem, quando estávamos filmando a cena da cachoeira. Estávamos usando uns trapinhos, e o frio era intenso — o sol, definitivamente, não estava colaborando. Lá pela segunda hora, meus dentes estavam batendo, e entre uma tomada e outra Rainer me envolvia em seus braços e me apertava contra seu peito para me manter aquecida.

— Ele é um querido — eu digo, olhando para Lillianna.

Ela olha para mim.

— Alguma coisa está rolando entre vocês.

Eu rio. Mas não nego. Estou prestes a contar a ela sobre ontem quando ouço uma batida na porta. É Jessica.

— Oi, Paige, precisamos de você.

Levanto os olhos para Lillianna.

— Mas eu acabei de chegar aqui. — Viro meu relógio para ver as horas. — Só vamos filmar daqui a uma hora e meia.

Jessica sorri.

— Jordan Wilder chegou mais cedo ao set — ela explica. — Você vai fazer o teste de química com ele daqui a pouco, portanto mãos à obra. Já estamos atrasados.

Penso em minha conversa com Rainer no fim de semana passado. Eu sugeri estragar tudo. Ele recusou, mas, quanto mais o tempo passa, mas eu sei que quero fazer aquilo por ele. As coisas estão tão boas no set — não podemos arriscar. Eu não posso arriscar.

Aceno para Jessica.

— Não vou demorar.

Jessica morde o lábio, e eu a vejo olhando para o chão.

— Agora — ela pede, suavemente. Ela ergueu os olhos até mim. — Sinto muito, mas Wyatt disse que temos que ir agora.

Levanto-me e Lillianna encolhe os ombros para mim.

— Boa sorte, meu anjo — deseja ela. — Mostre quem você é para esse garoto. — Ela faz uma pausa e olha para mim de cima a baixo. — Para aqueles dois.

Jordan Wilder é mais baixo do que eu imaginava, muito mais baixo. Muito mais baixo que Rainer. Ele está à beira do mar, o sol nascente criando uma auréola em volta do seu corpo. Ele não se vira imediatamente, mas eu sei que é ele. Eu percebo assim que vejo sua cicatriz no pescoço, aquela que começa um pouco abaixo da orelha e desce pela mandíbula. Aquela que, de acordo com o *Hollywood Insider*, Jordan ganhou em uma briga no ano passado. Ele foi preso por perturbação da ordem. Por isso e por um processo em andamento contra seus pais, ele aparece toda hora nos tabloides.

Tudo bem, eu admito: quando vi a reação de Rainer à convocação de Jordan para o elenco, fiz uma pequena pesquisa.

Eis o que encontrei: Rainer não foi o único que Jordan tirou do sério. Nem de longe. Ele vive em Hollywood há algum tempo e já se relacionou com inúmeras atrizes. Existe também um drama familiar. Ele se emancipou dos pais por causa de dinheiro. Já foi preso. A lista de confusões é grande.

Ali parado, mesmo a distância, o cara já mostra que é encrenca. Posso sentir daqui.

Caminho até onde Wyatt está conversando com Rainer. Não sei direito se fico aliviada ou apavorada com esses dois juntos no set.

— Oi — digo. — Não sabia que Jordan viria hoje.

Minha voz sai trêmula. Ainda não sei direito em que pé estou com Wyatt. Ele não tira os olhos do roteiro em suas mãos.

— Você vai fazer o teste com ele mais tarde — avisa Wyatt. — Estamos gravando agora.

Camden se aproxima, e eu seguro no ombro de Rainer. Ele imediatamente passa um braço em volta da minha cintura, e tenho que engolir saliva para não perder a concentração.

— Ele vai assistir? — pergunto, com um pouco de pânico.

Rainer sobe a mão pelas minhas costas.

— Está tudo bem — ele diz, mas seu rosto não parece concordar.

Eu ainda estou agarrada ao seu ombro quando encosto os lábios no ouvido dele.

— Você falou com o seu pai?

Rainer olha para mim.

— Está preocupada?

Encolho os ombros:

— Não. Ele só parece...

— Destrutivo?

— Interessado — corrijo.

— Diplomática. — Rainer pisca e leva a mão até a curva da minha lombar. Isso me faz respirar fundo. Wyatt vira as costas para Camden. Ele nos oferece uma expressão cansada, o tipo que vimos usar muito na última semana. A expressão que diz: não tenho tempo para isso.

— Enquanto ainda aparento ser mais jovem — diz Wyatt.

Rainer ainda está com a mão em mim, e eu mantenho os olhos em Jordan. Ele está de frente para o mar, usando uma camiseta cinza de manga curta estufada com a brisa da manhã.

— Wilder, venha aqui um segundo — chama Wyatt. Nunca ouvi Wyatt usar o sobrenome de ninguém, e a familiaridade implícita me deixa inquieta. Então, lentamente, Jordan se vira.

Ele chama minha atenção na mesma hora. Você já viveu um daqueles momentos que simplesmente congelam? Como se a imagem fosse tão forte que você podia jurar que o tempo parou e se solidificou? Alguma coisa faz meu corpo enrijecer, como se toda a pele tivesse, subitamente, ficado pequena demais.

Os olhos de Jordan me penetram. Um preto intenso, da mesma cor que seus cabelos. É impossível saber onde terminam suas pupilas.

Ele desvia o olhar, conferindo lentamente o entorno. Vejo que observa a mão de Rainer na minha cintura e meus dedos no ombro dele. Eu, rapidamente, me afasto.

Jordan continua caminhando até nós. Ele está com a barba por fazer, mas ainda posso ver sua cicatriz descendo pela mandíbula até a parte de trás do pescoço, como um alpinista em uma trilha na montanha.

— PG? — Rainer está me encarando, e tenho a sensação de que não é a primeira vez que está me chamando. Sorrio distraída conforme Jordan se aproxima.

— Jordan, Paige. Paige, Jordan. — Wyatt olha para onde Jessica está acenando para ele. — Façam as devidas apresentações por um minuto — ele ordena, antes de correr até a barraca.

Dou um pulo.

— Oi. Paige.

Estendo a mão para ele, mas Jordan não retribui. Apenas faz um sinal com a cabeça para mim e se concentra em Rainer.

— E aí — diz ele. — Já faz um tempo...

Sua voz é baixa, mas assertiva. Envolve suas palavras como fumaça.

Rainer resmunga:

— Estou tão feliz que tenha decidido aparecer por aqui. — Sua voz é fria, ressentida.

Jordan cruza os braços. A ponta de uma tatuagem aparece quando sua camiseta se estica.

— Vejo que as coisas não mudaram quase nada.

— E as coisas mudaram para você?

Dou um passo para trás. O que quer que seja, não quero ficar no meio. Jordan deixa os braços caírem, e isso faz lembrar o vento soprando. Ou pode ser só o estrondo da minha respiração.

— Você não iria querer saber — ele responde.

Rainer balança a cabeça.

— Não — ele diz. — Eu realmente não iria querer saber. — Ele leva uma mão à testa. — Como achou que seria recebido aparecendo aqui do nada?

— Exatamente deste jeito.

Rainer vem para perto de mim, perto o bastante para que Jordan dê um passo para trás, mas ele não o faz.

— Foi você que criou essa situação, e sabe bem disso. E vai ser questão de tempo até ela perceber também.

Os olhos de Jordan se estreitam, e eu vejo sua paciência se quebrar como gelo fino — as linhas de expressão se espalham pelo seu rosto como rachaduras.

— Você gostaria que isso acontecesse, não é?

— O que eu gostaria mesmo era que você não estivesse aqui.

Jordan sorri, os cantos de sua boca se elevando como se alguém estivesse puxando pequenas cordas de marionete.

— Então você acabou de me motivar ainda mais para ficar.

Ele me olha dos pés à cabeça. Seu olhar é lento, hesitante. Percebo, pela forma como acompanha meus ombros e desce pelo meu corpo, que ele está fazendo isso para me impressionar.

A expressão de Rainer é a de quem está usando todas as forças para não se aproximar e dar um soco bem no meio da cara de Jordan. Eu não o culparia.

Dou um passo para o lado e saio do caminho, até que Wyatt berra.

— Estamos perdendo a luz. Vocês aí podem deixar esse momento de descontração para o almoço? Wilder, fique do lado de cá.

Jordan volta o olhar.

— Com prazer.

Ele encara Rainer mais uma vez, com um sorriso quase apavorante de tanta doçura, e, então, de forma descontraída, volta para a barraca, senta-se na cadeira de um dos produtores e cruza as pernas, com um pé apoiado no joelho oposto.

Rainer não olha para mim ao começarmos, e eu sinto alguma coisa esquisita no estômago.

Eu sei que Ed aparece no início e no fim do livro um, e que August fica dividida entre ele e Noah. Ela ama Ed, tem uma história com ele, mas se sente atraída por Noah. Desde sempre August teve uma queda por ele, e, sem Ed na ilha, seus sentimentos começam a se revelar. Mas ela terá que escolher, e eu não sei bem qual será sua escolha. Ao contrário do que as pessoas pensam, ou do que costumam dizer no Tumblr ou no Twitter, nem eu nem Rainer lemos o último livro. Ele está trancado a sete chaves na sede da editora. Tenho a leve suspeita de que Wyatt sabe. Acho que a autora lhe contou como as coisas terminam.

A questão é que Jordan pode vir a fazer parte das nossas vidas pelos próximos dois ou mais anos. Podemos ficar conectados nesse trio por um longo tempo. Por isso é muito, muito importante que ele não consiga esse papel.

Jamais vi Rainer tão fora de sua zona de conforto.

Ele está vibrando ao meu lado. De vez em quando ele faz isso pouco antes de entrar em cena, como se estivesse se libertando. Mas desta vez existe um propósito maior, como se não estivesse somente se libertando dele mesmo, mas de outra pessoa também.

Jordan.

Ele está ali sentado. Calmo, tranquilo, seguro de si. Um verdadeiro campo minado. Aquele que você não sabe que existe até ser tarde demais — até você pisar numa bomba sem querer — e você ser explodido em pedacinhos. Rainer erra uma fala e continua inquieto, o que resulta em alguém ter que retocar sua maquiagem umas seis vezes entre uma tomada e outra.

Lá pelo meio-dia, ainda não chegamos nem perto do que precisávamos. E Jordan ainda está lá. Com os braços dobrados contra o peito, os olhos negros fixos em Rainer. Como um caçador olhando através da mira de sua arma, preparando-se para o tiro certeiro.

Quando Wyatt anuncia a hora do almoço, Rainer sai correndo para uma das vans que voltariam para a hospedagem. Ele passa uma mão sobre o meu cabelo antes de ir embora, mas não pergunta se eu quero acompanhá-lo. Eu o deixo ir.

Respiro fundo e caminho até a cadeira de Jordan. Quero dizer alguma coisa, talvez até pedir que ele vá embora. Porém, assim que abro a boca, ele se vira para Wyatt e começa a falar. Como se não estivesse me vendo parada na frente dele. Ele me classifica como membro do Time Rainer, portanto, agora, não quer nem saber de mim. Beleza. Que comecem os jogos.

Pego uma van para os chalés e, ao chegar lá, percebo que estou morrendo de fome. Todo mundo — elenco e equipe técnica — geralmente almoça junto em uma tenda. Quando chego, a equipe já está comendo. Identifico Jessica e vou na direção dela. Sanduíches embrulhados estão dispostos sobre a mesa, e eu pego um de peru e queijo suíço no caminho.

Jessica está usando um boné de beisebol com o cabelo preso em um rabo de cavalo; ele balança como um pêndulo quando ela se vira para olhar para mim.

— Você viu o Rainer? — pergunto.

Ela faz um sinal negativo com a cabeça.

— Precisa de alguma coisa?

— Não, estou bem.

Sento-me ao lado dela, desembrulho o sanduíche e dou uma mordida. Tem gosto de areia aromatizada. E eu conheço bem, já que venho comendo isso regularmente durante a maior parte das filmagens na praia. Daria qualquer coisa por um hambúrguer do Mercado de Peixe agora.

— Então, você conheceu o Jordan? — Jessica espeta uma folha de alface com um garfo, sem tirar os olhos do prato. Seu tom de voz é casual, mas dá para notar, pela forma como suas sobrancelhas se erguem, que ela está tentando captar alguma coisa de mim.

— Conheci — respondo. — Rainer não parece gostar muito da presença dele. Acho que eles têm um passado ruim.

Jessica olha estupefata para mim.

— Um passado ruim? Você está de brincadeira.

— Britney... — Minha voz falha, porque não sei direito o que é verdade e o que não é. Rainer não me contou nada, e eu me recuso a continuar falando.

Jessica baixa a voz e continua:

— Britney Drake traiu Rainer com Jordan. — Ela limpa a garganta. — E eles ainda estão juntos.

— Rainer disse que ele terminou com a Britney.

— Sei — comenta Jessica. — Porque ela está com o Jordan. O Rainer só está tentando se passar por superior. — Ela contrai o rosto, como se tivesse acabado de chupar um limão bem azedo, e passa a mão pela testa. — Desculpe, eu não deveria ter dito isso.

— Está tudo bem — eu digo. Dou outra mordida no sanduíche e mastigo com calma. Então Wyatt não é o único que está de olho na gente... e daí?

— Aqueles dois são como inimigos mortais — diz Jessica. — Eles tiveram que se sentar em lados opostos no *Teen Choice Awards*. — Ela garfa, dessa vez, um tomate cereja. — Eu entendo por que ele está aqui, é um grande ator. Mas não sei como isso vai se desenrolar.

— Bem, tomara que ele não consiga o papel — eu confesso meu desejo, ensaiando um sorriso.

Jessica assente com a cabeça.

— É bem provável — diz ela. — Jordan fazendo o papel de um cara bonzinho? Não sei como isso seria possível.

Eu queria perguntar tudo o que ela sabe — tipo, se ele foi mesmo parar na cadeia, mas tenho o pressentimento de que o Google terá que me ajudar novamente, porque vi Wyatt na entrada da barraca, com o rosto vermelho e o roteiro na mão.

— PG — ele berra. — *Agora*.

Jessica recolhe sua bandeja e eu a sigo até Wyatt.

— Boa sorte — ela gesticula com os lábios. Não pude deixar de pensar que vou precisar de muita.

CAPÍTULO 10

Jordan mal olha para mim. Vamos fazer a leitura juntos no estúdio, e eu tento, mais uma vez, cumprimentá-lo quando chego, mas ele nem se dá ao trabalho de se virar. Wyatt entra logo atrás de mim e Jessica vem em seguida. Nossos produtores, David Weiss e Joe Dodge, também estão lá. Eles normalmente ficam por perto, ao contrário do nosso produtor executivo (e pai de Rainer), Greg Devon, que só veio uma vez no início. Parece que é prática comum entre os produtores "ficarem desaparecidos" em um filme dessa magnitude. Geralmente, há três ou mais produtores para dividir as tarefas, e nem todos ficam no set o tempo todo. Alguns deles nunca vêm. David e Joe são os que ficam constantemente no Havaí. O restante permanece em Los Angeles para lidar com o lado empresarial da coisa. Pelo menos foi isso que Wyatt me disse no curso intensivo de vinte minutos que me deu no primeiro dia aqui.

— Vocês podem dar uma olhada no alto da página? — diz Wyatt. Ele entrega para nós dois um roteiro de quatro páginas. É uma cena de flashback. Ed e August estão de férias, antes do acidente, e ele escreve uma carta de amor como presente de aniversário. É uma cena linda. Uma das minhas favoritas, porque mostra realmente o que Ed e August tiveram. E o quanto ele a ama. Era uma cena romântica, e está difícil ver como Jordan vai fazê-la. Como é que ele vai fazer o papel de um cara apaixonado? Ele parece ter nascido de chocadeira!

Jordan lê rapidamente as falas. Ele ainda não está falando comigo, mas percebo que se aproximou de mim. Há só alguns centímetros de distância entre nós, não mais um campo de futebol. Ele baixou as mangas da camisa, ocultando qualquer detalhe de sua tatuagem, e eu noto que se barbeou durante o almoço. A pele de seu rosto está macia agora, mais lisa do que eu imaginava também, como se ele tivesse passado uma borracha no rosto.

Ele olha para mim, concentra-se em mim e me dá um sorriso irônico. Eu desvio o rosto. Alguma coisa em seu olhar me faz sentir exposta.

— Está pronta? — ele pergunta. Está tudo tão silencioso à nossa volta que eu penso ter ouvido errado. Ou pode ter sido só minha surpresa por, finalmente, ouvir a voz dele. Está mais grave do que quando ele conversou com Rainer esta manhã, mais suave.

— Sim. — Eu nem cheguei a ler as páginas. Estava muito nervosa.

— Na hora em que estiverem prontos — avisa Wyatt, de sua cadeira. Wyatt trocou de roupa naquela tarde. Ele está usando uma camiseta nova, mas não é só isso. Seu tom de voz é diferente com Jordan. Não é tão grosseiro como de costume. Talvez seja pelo fato de não estarmos filmando. É engraçado não ter câmeras em volta, e tão poucas pessoas por perto. Completamente diferente de quando Rainer e eu gravamos. Lembro-me de todas aquelas rodadas de testes em Los Angeles, e de repente meu corpo se enche de ansiedade — do tipo que paralisa.

Então Jordan começa, e, no minuto em que ele o faz, sinto como se o mundo tivesse parado, voltado no tempo. Não há mais medo, não há mais ansiedade. Está tudo estranhamente calmo, sereno, pacífico, como se fôssemos dois viajantes atravessando uma floresta silenciosa e monótona. Os únicos habitantes daquele lugar.

— Vou sempre estar do seu lado.

Eu me transformo em August, e subitamente o espaço que nos separava, aquelas rusgas que não se resolviam, desaparecem. Eu, na verdade, *sou* ela. A garota dividida entre a vida anterior e a nova. Estou presa em uma ilha deserta com um homem por quem estou me apaixonando, e amo alguém lá de fora. Não consigo mais ver com clareza. Não sei qual é a escolha certa.

Conforme prosseguimos com a cena, lembro-me de algo que estava em um roteiro que li certa vez. Era uma versão antiga de um clássico, e tinha uma anotação de um diretor rabiscada na margem. Um recado para um determinado ator. Dizia: *Frank, me faça acreditar que ninguém mais poderia estar no seu lugar.*

Estar ali, ensaiando com Jordan, eu sei, sem sombra de dúvida, que ninguém mais poderia estar naquele papel. Porque algo inacreditável está acontecendo. Ele não está se tornando Ed: Ed está se tornando Jordan, e, ao mesmo tempo, August está se transformando em mim. Pela primeira vez desde que cheguei aqui, eu a compreendo perfeitamente. Todas aquelas semanas de luta desapareceram. Eu desapareci. Estou me perdendo nela. Tanto que, assim que Jordan para de ler, pisco os olhos para me lembrar de onde estou. Como se, ao restabelecer meus olhos, eu pudesse restabelecer o tempo também. Trazer-nos de volta para o agora.

Todos na sala ficam em silêncio. Nem mesmo Wyatt faz qualquer barulho.

Então David começa a aplaudir, depois Camden, depois Joe e, por fim, Jessica; são apenas quatro aplaudindo, portanto não dá para dizer que o som é ensurdecedor nem nada, mas acho que é o melhor barulho que já ouvi. Melhor até do que o som da voz de Greg Devon me dizendo que o papel era meu. Porque, pela primeira vez desde que cheguei aqui, acho que posso realmente ser boa no que eu faço.

Olho para Jordan, e por um instante nossos olhares se casam. Vejo algo nele. Algo que não estava lá esta manhã. Um brilho na escuridão.

— Obrigado, Jordan — diz Wyatt. Ele desce da cadeira, caminha até nós e põe a mão no meu ombro. O gesto me faz dar um pulo. Ele nunca fez nada tão amigável. Nem de longe.

Então ele diz para mim:

— Foi espetacular.

— Maravilhoso! — Jessica se empolga e, em seguida, recua para olhar para David e Joe, mas eles também estão sorrindo.

— Venha aqui — Wyatt me chama. — Jordan, nos dê um minuto.

Jordan acena com a cabeça, desviando nossos olhares. Sinto como se tivesse acabado de correr uma maratona e fico radiante, uma mistura de exaustão e pura adrenalina saindo pelos poros, como se meus esforços estivessem fora de mim, de certa forma visíveis. Como uma pintura ou uma poesia. Se eu quisesse, poderia até tocá-los.

Quando me viro para olhar novamente para Jordan, ele já saiu.

— O que você achou? — Wyatt me pergunta. Ele está batendo uma caneta em sua prancheta, do mesmo jeito que faz quando está tentando apressar nosso ritmo.

Penso em Rainer, e no quanto ele ficou irritado. Penso no quanto ele tem cuidado de mim aqui — no quanto eu devo a ele. Penso no carinho que sinto por ele, mesmo que ainda não saiba o que isso significa. E sei o que eu deveria fazer por ele. Mesmo ele não concordando, eu deveria tentar afastar Jordan deste filme o máximo que pudesse.

Respiro fundo e me preparo para dizer a Wyatt que eu não estou convencida, que acho que poderíamos encontrar alguém melhor, quando olho para ele. Wyatt está olhando para mim da mesma forma que, de vez em quando, faz entre as tomadas. É um olhar duro, e eu sei que ele o usa para incutir medo, mas também para desafiar. É um olhar que pergunta: *o que você tem para me mostrar?* Por causa disso, eu não posso mentir. Nem mesmo por Rainer. As palavras saem pela minha boca antes que eu possa impedi-las.

— Ele é perfeito — eu declaro.

Wyatt acena com veemência. Triunfante.

— Vocês dois juntos. — Ele para de bater a caneta e olha para mim mais de perto. — Eu vi algo hoje que nunca vi antes. Eu vi você parar de se esforçar tanto.

Não sei direito o que dizer, então não digo nada.

Wyatt olha para Joe, David, Jessica e Camden, todos com aquela expressão no rosto, como a de Cassandra quando contei a ela que tinha conseguido o papel. Como se não pudessem mais esperar para gritar *ISSO!*

Então eu digo primeiro. Eles me acompanham na comemoração, e, sem demora, até mesmo Wyatt perde sua costumeira indiferença, percorrendo o estúdio, a boca se movendo e os braços balançando. Ele vai até David e Joe, e eles se abraçam, como meus irmãos e seus amigos faziam quando jogavam futebol no nosso quintal aos sábados. Eles acenam, balbuciam algumas palavras e, logo depois, chamam Jordan de volta. Fico ali parada quando Wyatt lhe comunica que o papel é seu. Camden, Joe e David se aproximam e o parabenizam.

Jordan está sorrindo ligeiramente, mas a única coisa que eu tenho para comparar com esta cena foi quando consegui o papel, e eu estava, bem, menos controlada. Histeria foi o que veio à minha cabeça. E Jordan parece mal ter ligado para a notícia. Só disse um obrigado de forma educada, como se Wyatt tivesse recolhido seu prato da mesa.

Então ele olha para mim. Nossos olhos se fixam apenas por um instante, o suficiente para me fazer sentir o impacto. Fisicamente. Como se houvesse arremessado uma bola de beisebol direto no meu peito. Isso me faz hesitar e dar um passo para trás. Tem alguma coisa nele. Alguma coisa que me faz achar que ele pode me transformar. Que ele *vai* me transformar.

— Ligue para o Andrew — diz Wyatt. — Discuta os detalhes. Mas já está decidido, o papel é seu.

Eu soube mais tarde que Andrew é o agente dele e que Jordan veio para a audição durante a noite. Que os produtores tinham outra pessoa em mente para o papel até o último minuto, quando Wyatt exigiu que vissem a leitura de Jordan. Pessoalmente. Que ele era sua escolha desde sempre.

— Parabéns — cumprimento.

Ele nem me responde. Ao menos, não com palavras. Mas tenho certeza de que me ouviu. Vejo seus olhos vacilarem, uma piscada rápida, como um vaga-lume na escuridão.

E foi assim que aconteceu. Foi assim que Jordan Wilder entrou para o elenco.

As pessoas sempre dizem que há milhões de maneiras de resolver um problema, que não existe resposta simples para uma pergunta. Não é verdade. Existem apenas duas vias a serem seguidas a qualquer instante. A via que leva você para alguma coisa — estrelato, amor, desastre — e aquela que afasta você de tudo isso. A todo momento, a qualquer instante, você precisa fazer o melhor que pode para saber qual é qual.

Então, Jordan conseguiu o papel.

Portanto, não estamos apenas caminhando em direção a uma determinada via. Estamos voando na velocidade da luz.

CAPÍTULO 11

Jordan volta correndo para Los Angeles, a tempo de Cassandra e Jake chegarem. Na loucura daquela semana, quase esqueci que, na manhã de sábado, eu teria que ir buscá-los no aeroporto.

Convenço Rainer a me emprestar seu carro azul-neon.

— Achei que você não quisesse ser notada... — provoca ele.

Ele vem lidando incrivelmente bem com a escolha de Jordan para o elenco. Não que eu esteja tão surpresa. Se Rainer tivesse um lema, provavelmente seria Fique Calmo e Seja Supergostoso.

— Preciso buscar Cassandra e Jake.

— Se quiser que eu vá com você, é só pedir.

Estamos na porta do chalé de Rainer. Ele está sem camisa, só com uma calça de pijama de cintura baixa, e eu tentando com todas as minhas forças desviar a atenção das linhas do seu abdômen ou o "V" perto dos quadris. O cabelo dele ainda está bagunçado, amassado pelo travesseiro. Ainda não são seis da manhã.

Infelizmente, nós dois temos que trabalhar hoje. Rainer tem que estar no set, mas eu só estou escalada para a parte da tarde. O voo de Cassandra e Jake chega em uma hora.

— Você não pode — eu digo. — Você tem que trabalhar.

Ele se curva contra o batente da porta e olha para mim por entre seus cílios longos.

— Anda me vigiando, é?

— Você é o segundo na lista de chamada — disparo. — É meio difícil não ver.

Ele boceja, e eu tento não prestar atenção à maneira como os músculos de sua mandíbula se contraem. Penso na semana que passou. Todos os nossos pequenos momentos. Talvez eu esteja com muitas histórias na cabeça sobre paixões entre colegas de elenco. Colocadas lá pela Cassandra, é claro.

Balanço os cabelos enquanto digo:

— Então, posso pegar emprestado ou não?

Rainer sorri.

— Claro — ele responde. — Só se você me deixar levar seus amigos para jantar hoje.

Ele olha para mim, dentro dos meus olhos, e eu sinto o sangue subindo para o rosto.

— Se isso for necessário... — respondo, com o coração batendo na garganta.

— Vejo você no set — ele se despede, antes de abrir os dedos, revelando as chaves.

Já faz tempo desde a última vez que peguei no volante, mas, assim que entro no carro neon ridículo, percebo o quanto senti falta de dirigir. Meu pai não saía muito nos fins de semana, e sempre me emprestava o carro — mesmo quando Joanna precisava dele. Eu pegava Cassandra e Jake, e nós ouvíamos música no volume máximo. Às vezes só passeávamos, se eu não tivesse que trabalhar ou Cassandra não precisasse ir à casa de alguém. Jake, de vez em quando, reclamava por causa da gasolina, mas não sempre. Acho que ele também adorava os passeios. Fico me perguntando por que ele gostava de passar tanto tempo conosco. Ele tinha outros amigos. Amigos homens. Cassandra dizia que era porque ele queria ficar comigo, mas nunca achei que isso fosse verdade.

Mal posso esperar para vê-los. Preciso conversar com Cassandra sobre Rainer, sobre o que está acontecendo, e toda aquela história de Jordan. Há muita coisa a ser dita, e eu, sem dúvida, preciso dos conselhos dela, já que eu não sei direito o que está se passando na cabeça de Rainer. Antes mesmo de eles chegarem, já me sinto triste, pois eles só vão ficar dois dias.

Pedi a uma das mulheres da recepção para reservar para mim alguns daqueles colares de flores típicos; enrosco-os no braço após estacionar no aeroporto. São feitos de jasmim, e instantaneamente sou transportada de volta àquele jantar com Rainer. Mas prefiro evitar esses pensamentos. Este fim de semana era só de Cassandra e Jake.

Espero por eles no andar de baixo, perto da esteira de bagagens. O aeroporto de Maui é pequeno, e todos se enfileiram para pegar o mesmo lance de escadas.

Primeiro vejo Cassandra. Sapatilhas de balé de couro vermelho, short jeans, uma blusinha florida de manga longa e, finalmente, seus cabelos loiros angelicais.

— Paige! — ela grita.

Ela acena, empolgada, e dá um cutucão em Jake, que está ao lado dela; ele se vira e sorri.

Cassandra desce correndo as escadas e pula nos meus braços. Eu a seguro e a abraço com força.

— Você está magrinha demais — ela diz, embaixo do meu cabelo.

— Todo mundo come sushi por aqui — explico.

Afasto-me dela, e Jake acaba de se aproximar de nós. Por um instante, ficamos na dúvida sobre o que fazer, mas Cassandra revira os olhos e o puxa até estarmos os três juntos — rostos pressionados, braços entrelaçados. Como sempre fizemos.

— Você está de brincadeira — diz Cassandra, jogando os sapatos para longe no corredor do meu chalé. — Isto é tudo seu?

Jake está em uma luta desigual contra as malas. Cassandra confessou no carro que foi difícil convencê-lo a entrar no avião, mas ela o lembrou de que o voo ocorreria, estando ele lá dentro ou não, então ele cedeu.

— Aqui é incrível — diz Jake.

Ele coloca as malas no chão e segue Cassandra até a sala. Ela abre rapidamente a porta deslizante de vidro e caminha para a varanda.

— É verdade — respondo. — É bem legal.

— Uma *piña colada*, por favor — diz Cassandra.

Eu a vejo se debruçar sobre a balaustrada, sentindo no rosto a brisa do mar. Eu rio e Jake se vira para mim.

— É bom ver você — ele admite.

Olho para ele; seu traje é o de sempre: camiseta azul e jeans. Aqui na minha frente, parece que estou vendo um garotinho — toda a nossa história juntos. Ando até ele e passo os braços em volta de seu pescoço. Seus braços se fecham ao meu redor. Ele é tão menor que Rainer, e minha cabeça se encaixa direitinho no seu ombro.

— Também senti sua falta — ele continua.

Eu me afasto e vejo alguma coisa em seu rosto. Hesitação, talvez.

— Está tudo bem?

Jake acena com a cabeça.

— Está, sim. Olha só, eu queria conversar com você sobre uma coisa.

Ele olha para onde Cassandra ainda está tomando sol no rosto, com a cabeça tombada para trás.

— O que houve? — pergunto. Sento-me em um dos bancos próximos ao balcão e gesticulo para que ele faça o mesmo, mas ele continua de pé, com as mãos nos bolsos.

— Desde que você foi embora... — Ele olha para mim e eu percebo seu olho direito tremelicando. Isso sempre acontece quando ele fica nervoso.

— Ei, sou eu — eu digo. — Jake, você pode me falar o que quiser.

Tenho o pressentimento de que ele vai me contar o que eu suspeitava — que, desde que eu saí de casa, ele não vê muito mais a Cassandra. Que as coisas não são mais como antes, e eu sinto a culpa começar a brotar em meu estômago.

Ele assente com a cabeça.

— Eu sei. É que...

De repente, a campainha do chalé toca. Solto o ar pelos lábios.

— Desculpe — eu digo. — Espere um segundo.

Vou até a entrada e lá está Jessica. Ela está exaltadíssima. Começa a falar antes mesmo de eu abrir a porta.

— Você está atrasada — ela diz.

Olho para o relógio: onze da manhã.

— Só tenho que estar no set às duas.

Ela enfia um papel na minha cara.

— Mudança de agenda. Você provavelmente não viu. Vamos andando. Agora.

Nunca cheguei atrasada. Nunquinha. E meu estômago se contorce só de pensar na reação de Wyatt.

Olho para trás.

— Meus amigos estão aqui — eu explico. — Você pode...

— Posso — responde Jessica, passando por mim. — Só corra até a Lillianna.

Ela joga o roteiro na minha mão, dando um tapa no meu bumbum e me expulsando do chalé.

— Peça a eles para virem — eu digo, mas ela já me fechou para fora.

Lillianna corre como louca, xingando muito, e eu entro no set em quarenta e cinco minutos. As filmagens estão ocorrendo no nosso estúdio, então eu entro e vejo Wyatt fervendo de raiva, como era de esperar.

— Estamos interrompendo suas férias? — ele grita, me repreendendo. — Você está uma hora atrasada. Faz ideia de quanto custa uma hora?

Começo a tremer. Abro a boca para me desculpar, me explicar, quando Rainer intervém.

— Os amigos dela estão aqui — ele avisa. — Ela estava se baseando na agenda anterior. Ela não sabia da mudança.

Ele olha para mim, e eu sinto uma onda de gratidão tão grande que quase o abraço ali mesmo. Mas não o faço. Meus pés estão fincados no mesmo lugar.

— Vejo que nossa conversinha teve um grande impacto sobre você — diz Wyatt. Ele ignora Rainer. — Podemos voltar ao trabalho? Ou vamos interromper alguma massagem marcada para agora?

— Não. — Minha voz está frágil e sem vida.

— Ótimo.

Após colocarem os microfones em nós, Rainer se vira para mim e gesticula com a boca:

— Desculpe.

Balanço a cabeça. Vamos filmar a cena em que August acorda na cama e Noah lhe conta onde eles estão.

Era para eu estar nua sob as cobertas. Estou de sutiã sem alça cor da pele e short. Subo na cama. Na verdade, são tábuas de compensado revestidas de cobertores velhos. Ainda assim, os cobertores são de algodão *soft*, gostosos demais.

Nós ensaiamos. A cena é assim: Noah se ajoelha sobre a cama. Fazemos nosso diálogo. Ele conta a August que os dois estão em uma ilha. Que ninguém sabe onde eles estão, porque ela é magicamente protegida de influências exteriores. Ela é bloqueada. Fazemos aquilo de diferentes maneiras. Em uma, August fica hesitante, um pouco assustada e, ao mesmo tempo, com raiva de Noah. Em outra, ela está implorando. Ponho minhas mãos ao lado do rosto de Rainer. Ele olha dentro dos meus olhos. August está muito apaixonada por Noah. Dolorosa e profundamente apaixonada. Ela está comprometida com seu melhor amigo, que àquela altura deveria estar morto, e mesmo assim não queria nada além de apaixonar-se por Noah. Ela sabe que não pode. Os dois sabem.

Começamos as filmagens. Respiro fundo e me concentro, como sempre faço. Quero compensar o tempo desperdiçado. É a minha chance.

— Por que não reagendamos toda essa merda para quando for *conveniente* para você *atuar*? — grita Wyatt.

Mordo o lábio inferior com força. Tão forte que sinto gosto de sangue. Eu sei que Cassandra e Jake estão aqui em algum lugar, e a humilhação é devastadora.

Isso faz meu sangue ferver. Quero mandar Wyatt calar a boca, mas não preciso. Rainer faz isso por mim.

— Por que você não pega mais leve com ela, cara? — Seu tom é tranquilo, mas incisivo. — Dê um tempo a ela de vez em quando.

Os olhos de Wyatt piscam. Sinto a equipe se agachar à nossa volta.

— É isso o que você quer? — ele pergunta, em tom gélido. — Que eu torne o trabalho da sua *namoradinha* um pouco mais fácil? Talvez eu possa ir embora, daí vocês poderão voltar a fazer o que quer que estivessem fazendo.

Os punhos de Rainer se cerram e relaxam. Posso ver o sangue subindo em seu rosto, tornando suas feições, geralmente calmas, ainda mais tensas.

— Só estou dizendo que você não tem que ser um babaca o tempo todo.

Wyatt fica de pé, encarando Rainer. Vejo que algo é dito sem palavras entre os dois — algum acordo tácito —, quase como se estivessem recordando a mesma situação. Então, Wyatt vira de costas, fala alguns palavrões em voz baixa e pede para retomarmos as filmagens.

Rainer aperta minha mão sob as cobertas.

— Você está bem? — ele sussurra.

De soslaio, vejo Cassandra e Jake, ombro a ombro, segurando canecas de café.

Nem respondo. Só engulo as emoções. Quero ser melhor que isso. Quero que Cassandra e Jake vejam que eu não saí de casa à toa. Que houve uma razão para eu ter sido escolhida. Que o meu lugar é aqui.

Wyatt acalma os ânimos, então filmamos a cena e mais uma depois daquela. Trabalhamos rápida e eficientemente. Wyatt não grita mais. Não sei dizer se é porque eu estou extremamente concentrada ou por causa de seu desentendimento com Rainer — talvez um pouco dos dois. Mas eu não dou a mínima. A única coisa que importa é que tudo fluiu perfeitamente. O importante é que Cassandra e Jake me viram trabalhando.

Apesar da minha confusão com a agenda, terminamos quase na hora certa. Wyatt sai do set com Camden, e Rainer e eu vamos até onde Jake e Cassandra estão. Cassandra agarra o cotovelo de Jake ao nos aproximarmos, e logo vejo que ela está empolgadíssima. A vergonha que senti com as palavras de Wyatt quase se dissipa. Pelo menos eu não vou ter que incomodá-la com aquilo.

— Cass, este é o Rainer. Rainer, Cassandra.

Rainer coloca um sorriso estonteante no rosto e estende a mão.

— Muito prazer — ele diz. — Sinto como se já conhecesse vocês.

Ele se vira para Jake e, por um segundo, meu coração acelera no peito — como eles vão interagir? —, mas Jake parece tão feliz em ver Rainer quanto Cassandra.

— Prazer, cara — diz Jake.

— Eu soube que você é um ativista e tanto — começa Rainer. — Temos que conversar mais tarde, no jantar. Meu pai começou a *Environment Now*.

O rosto de Jake se ilumina.

— Nossa! — ele exclama. — Ele anda fazendo umas coisas ótimas.

Rainer sorri para mim de canto de lábio, como se dissesse: *viu só?*

— A diretoria dele está — diz Rainer para Jake. — Venham, vamos comer alguma coisa.

Voltamos ao hotel e nos trocamos. Visto um vestido de alcinha que comprei nas lojas da cidade e percebo Rainer olhando para mim quando vem nos buscar.

— Vocês estão prontos? — ele pergunta, os olhos examinando atentamente meus ombros desnudos.

Apesar do calor da noite, sinto um arrepio.

— Estamos — respondo. — Quase prontas.

Jake aparece na entrada.

— A que horas o sol se põe por aqui?

Rainer gira o relógio.

— Assim que essas garotas saírem por aquela porta.

Jake entra de novo e volta com Cassandra, ainda sem sapatos, que reclama:

— Não estou pronta... — Mas Jake a empurra para fora.

Ela dá um risinho, o que é estranho. Cassandra normalmente não gosta de ser interrompida quando está escolhendo a roupa.

— Sapatos — diz Jake, jogando no chão uma das minhas sandálias.

Cassandra enfia os pés, e nós finalmente conseguimos sair.

Rainer nos leva para comer sushi. Não saímos muito de Wailea, e é bom estar de volta àquele carro, com a capota aberta, o sol se pondo à nossa volta a caminho do centro da cidade.

Deixo Jake sentar-se no banco da frente, e eu me sento com Cassandra no banco atrás. Ela agarra e aperta meu joelho com tanta força que chega a deixar marcas. Eu sei o que significa aquele apertão. Ela não acredita que está em um carro com Rainer Devon. Aperto-a de volta e torço para que aquele gesto transmita a mensagem que eu não posso falar em voz alta: *Tenho tanta coisa para contar.*

Rainer abre a porta para nós e me oferece a mão ao sairmos do carro. Eu aceito. Então, ao mesmo tempo, ele se inclina.

— Você está linda — ele elogia. — Caso ainda não esteja óbvio.

Ele fala baixinho, praticamente no meu ouvido, mas eu tenho certeza de que Cassandra ouviu. Eu sei, porque, enquanto Rainer caminhava na frente com Jake, ela espremeu meu cotovelo, com muita força, e me virou de costas.

— Fala sério — ela diz. — Não acredito que nada esteja acontecendo entre vocês dois.

— Cass — eu começo, mas sei que meu rosto está me entregando. — Nada aconteceu — conto, fazendo uma pausa. — Ainda.

Os olhos de Cassandra se arregalam. Eu continuo:

— Você consegue se segurar?

Ela ri e responde:

— Acho que a questão não é bem essa. A questão é: você consegue?

Rainer é divertido e charmoso durante o jantar. Ele deixa Jake interrogá-lo sobre as fundações de seu pai e responde a infindáveis perguntas sobre os jovens de Hollywood.

— Qual foi a atriz com quem você mais gostou de contracenar? — pergunta Cassandra. Ela já está toda debruçada na mesa, olhando para Rainer como se ele fosse uma equação que ela está tentando solucionar.

Jake está rindo, com o braço sobre as costas da cadeira dela:

— Esse é o preço para ser aceito por nós.

Eu queria que Cassandra se acalmasse um pouquinho, mas, se Rainer está incomodado com o interrogatório, não está dando qualquer sinal de tensão. Ele se curva para olhar para mim:

— Você.

Posso ver Cassandra olhando de Rainer para mim e vice-versa.

— Tenho certeza de que você diz isso a todas as atrizes — brinco, na esperança de que ele discorde, desejando que sua fala fosse verdadeira.

Jake tira o braço de cima da cadeira de Cassandra e diz para mim:

— Eu sempre soube que você era talentosa.

Olho para ele através da mesa. Jake. O doce e firme Jake. É uma sensação estranha. Não ele exatamente. Quem eu costumava ser ao lado deles. De repente, sinto como se o espaço de uma mesa tivesse se tornado um oceano — talvez seja mesmo.

Despedimo-nos de Rainer no lobby do hotel. Posso ver o cansaço da semana pesando sobre ele, e eu me sinto da mesma maneira. Foi bem puxada. Massacrante em todos os sentidos.

Jake fica com o outro quarto e Cassandra se aninha na cama comigo. Ela está toda agitada. Quer conversar. Eu também, mas o sono está crescendo. Todas essas horas... Não vou durar muito tempo. Viro-me de lado para vê-la, mas meus olhos estão pesando.

— Tenho que lhe falar uma coisa — ela sussurra. Seu hálito é quente no meu rosto.

— O que foi?

— Você não me contou sobre Rainer — ela começa, mas não parece uma acusação, nem de longe.

— Eu já te falei — reclamo. — Nada aconteceu. E provavelmente nada vai acontecer.

— Mas você gosta dele.

Olho para ela. Não posso mentir. Não agora. Não para Cassandra. Apesar do meu cansaço, tudo o que eu venho engolindo, tudo o que eu venho negando a mim mesma, vem fervilhando até a superfície e sai de uma vez só.

— Gosto. Digo, eu acho que gosto. Não que eu tenha muita experiência com esse tipo de coisa... É tudo tão confuso. Em alguns momentos, sinto como se estivéssemos prestes a, sei lá, nos tornarmos alguma coisa. Em outros, parece que somos apenas bons amigos. Ele é tão difícil de entender, mas, pensando bem, acho que o problema sou eu. Talvez seja eu que não saiba o que está acontecendo. É complicado. Toda esta história de filme... — Balanço a cabeça, segurando um bocejo. — Desculpe, estou tagarelando demais.

— Verdade — diz Cassandra. — E eu me perdi no meio.

Reviro os olhos.

— Você queria me falar alguma coisa.

Cassandra sorri.

— Dá para esperar.

Estico o pescoço e a beijo no rosto. O cabelo dela no travesseiro coça meu nariz.

— Estou feliz que vocês dois estejam aqui — eu digo. — Muito feliz.
— Eu também — ela replica.

Quando acordo, já está dia claro. Há semanas que eu não acordo depois do nascer do sol, e a luz solar me assusta por alguns instantes. Me espreguiço, mas meus membros não alcançam nada. Rolo na cama e noto que Cassandra não está ao meu lado.

Coloco os pés no chão e pego meu roupão da cadeira. Vou até a sala. Não pensei no que fazer com Cassandra e Jake hoje. Talvez voltemos para Paia. Ou quem sabe possamos ir à praia. Ou podemos almoçar no centro. As possibilidades são inúmeras, e isso gera uma bagunça na minha cabeça por causa do calor do sol.

Ainda estou esfregando os olhos, espantando o sono, por isso não noto imediatamente os dois ali. Na verdade, não os avisto até, praticamente, tropeçar no sofá.

Cassandra está sentada com Jake, as pernas casualmente apoiadas sobre o colo dele. As mãos dela estão pressionadas contra os ombros dele, seus dedos se movendo como se estivesse procurando alguma coisa.

E os lábios dela? Bem, estão exatamente onde estão os dele.

Fico parada no meio da sala, chocada com a cena, completamente sem saber o que fazer, porque minha primeira reação não foi a que eu esperava. Não houve raiva ou confusão, nem mesmo tristeza. Minha primeira reação foi achar que eles combinam direitinho. O jeito como ele tocava o rosto dela e, gentilmente, passava seus cabelos por sobre os ombros. A maneira como ele olhava bem dentro dos olhos ao se afastar, pouco antes de me ver. Um olhar que fez meu estômago e coração se contraírem como punhos cerrados. Porque ele estava olhando para ela de um jeito que eu nunca vi antes. Achei que soubesse tudo sobre eles. Mas nunca notei nada. O que significa que nunca dei tanta atenção.

— Paige?

Cassandra é quem fala primeiro. Ela tira rapidamente as pernas do colo de Jake e dá um pulo no sofá.

— Não sabíamos que você estava acordada — ela diz, como se isso explicasse alguma coisa.

Jake olha para mim e fica de pé.

— Eu fiz café — ele diz. — Quer que eu sirva um pouco para você?

Ele gesticula para a cozinha, mas eu balanço a cabeça.

— O que está rolando entre vocês? — pergunto.

Cassandra morde o lábio.

— Tentamos contar para você. — Ela olha para Jake, com a expressão preocupada.

Lembro de Jake dizendo que precisava me contar alguma coisa, depois os sussurros urgentes de Cassandra na noite passada. Sinto-me incrivelmente estúpida. Aqui estou eu, achando que eles estavam perdendo contato sem a minha presença. Na verdade, eles estão seguindo em frente.

Queria que aquilo não tivesse sido o que eu disse — fico me sentindo uma criança petulante —, mas o que saiu pela minha boca, com todo o sarcasmo do mundo, foi:

— Deu para ver o quanto vocês se esforçaram.

Cassandra olha para mim com os olhos arregalados. Mas ela os baixa instantaneamente.

— Desculpe — ela diz, a voz falha.

Eu não sei o que dizer. Nem o que sentir. Devo ficar com raiva? Queria não ter dado de cara com aquilo. Queria que nós três estivéssemos assistindo a uma maratona na TV. Não que eles estivessem se agarrando no sofá.

Ninguém fala por alguns instantes, então Jake começa.

— Paige — diz ele. — Queríamos te contar. É que...

Ele vem andando até mim. Chega tão perto que eu posso sentir seu cheiro. Um cheiro tão familiar — como sabão em pó, aquele cheiro de roupa que acabou de sair da máquina de lavar. É subliminar. Sempre está lá.

Eu quero abraçá-lo, envolvê-lo em meus braços. Quero que Cassandra chegue perto e nós nos abracemos, como fizemos no aeroporto — do jeito que sempre fizemos. Mas há algo diferente agora.

— Por que não me contaram? — pergunto. — Por que não me contaram antes?

Cassandra olha para Jake.

— Não sabíamos como você iria reagir. Se você ficaria irritada.

— Por que eu ficaria irritada? — Cruzo os braços.

Nós todos ficamos ali de pé. Eu e Jake a menos de meio metro de distância, Cassandra do outro lado do sofá. Subitamente, eu queria não saber de nada. Queria que eles nunca tivessem vindo. Assim eu poderia continuar fingindo que aquilo não tinha mudado.

— Sinto muito — diz Jake.

Aceno com a cabeça, mexendo com a pele do meu cotovelo.

— Há quanto tempo vocês estão...

Jake encolhe os ombros.

— Um mês.

Estou fora de casa há seis semanas. Eles não perdem tempo mesmo.

— Não sei se deveríamos ter vindo... — A voz de Cassandra falseou ao mesmo tempo em que cruzou os braços na frente do peito.

— Não — eu digo. — Está tudo bem. É que... — Eu não sabia como terminar a frase. Limpo a garganta, pigarreando. Quando volto a falar, não olho para eles.

— Tenho que ver minha agenda no set — continuo.

É mentira; hoje é domingo. Talvez eles saibam disso. Pelo olhar deles, eu diria que sim.

— Paige... — começa Jake, mas eu balanço a cabeça.

— Está tudo bem. Vocês deveriam descer para tomar café. Peçam o que quiserem. Falo com vocês mais tarde.

Jake morde o lábio quando eu me viro para sair.

— Você tinha saído de casa para ter esta vida fantástica — ele argumenta. — Você estava longe. Cassandra queria contar para você. Nós estávamos... sei lá...

A voz dele se perde, mas ele continua olhando para mim.

— Eu sei — eu digo, porque é verdade. Havia alguma coisa acontecendo ali. Não sei por que demorou tanto para nos darmos conta disso.

De repente, lembro-me de como Cassandra ficou chateada quando Jake me beijou. Ela não ficou feliz por estarmos juntos. Disse que agora não éramos mais um trio.

Pela primeira vez, entendo como ela se sentiu.

Cassandra dá a volta no sofá, estendendo sua mão para tocar a minha.

— Sinto muito — é a vez de ela dizer. — É que você não estava conosco.

Balanço a cabeça e me viro.

— Vocês podem ligar para a recepção se quiserem pedir alguma coisa.

— Quer ir mais tarde à praia? — pergunta Cassandra. Há esperança na voz dela. Isso me atinge diretamente.

— Vou ver como será a agenda de hoje.

Eu sei que estou sendo injusta. Sinto isso. O orgulho vibra nas minhas veias, bombeando seu veneno junto com o fluxo sanguíneo. Quero me livrar dele. Correr para Cassandra e dizer a ela que claro que eu não me importo, mas não consigo.

Algo me impede. Abro a porta bruscamente, mas, antes que eu possa sair, ela vem para me abraçar. Eu me inclino para longe dela, e seu braço apenas segura meu ombro. Vejo a tristeza em seus olhos. Tão diferente da noite anterior. Esta não é a amizade que eu deixei para trás há seis semanas, e nós duas sabemos disso.

— Nos vemos mais tarde — ela diz.

Forço um sorriso.

— É... — complemento. — A gente se vê.

— Paige — diz Jake. Olho para os dois ali parados, com as mãos soltas ao lado do corpo.

— Você é nossa melhor amiga — sussurra Cassandra.

Os três mosqueteiros. Mas não somos mais isso há muito tempo. Porque não ficamos juntos há muito tempo. São só os dois antes do Havaí. Talvez sempre tivesse sido os dois.

Sorrio para eles e, em seguida, saio do chalé. Não sei bem aonde ir. Para a praia? Antes mesmo de meus pés me levarem até lá, eu sei para onde estou indo. E, quando apareço na sua porta, ele não parece surpreso.

— Oi — ele diz. Vejo a marca do travesseiro em seu rosto, vestígios do sono recente. Ele está sem camiseta, e sua pele bronzeada se destaca com os raios de sol.

— Posso entrar?

Rainer abre a porta para mim, e, antes que eu possa me segurar, lanço meus braços em volta de seu pescoço. Ele faz uma pausa rápida, vacila um pouco, mas logo envolve seus braços em mim. Quentes e fortes.

— Venha — ele diz no meu ouvido. — Entre.

CAPÍTULO 12

Rainer e eu almoçamos e jantamos com Cassandra e Jake. Foi estranho, mas, honestamente, não sei bem se eles notaram. Pareciam muito felizes. Abertamente felizes. Um casal apaixonado de férias no lindo Havaí. Férias pelas quais eu paguei.

— Não acredito que tenho aula amanhã — diz Cassandra, melancolicamente, durante o jantar.

A escola parece uma coisa tão distante — como uma vida que pertence a outra pessoa. A ideia de me sentar em uma carteira, tendo aula de história, estudando para o vestibular.

Só preciso fazer um teste de conclusão. Tecnicamente, não são exigidas todas as matérias, como seria necessário se eu estivesse frequentando uma escola, então eu só tenho aulas das matérias básicas: matemática, gramática, as coisas que eu preciso saber para o teste.

— E você vai *ficar aqui* — diz Cassandra, com a voz acelerada. — Todo mundo ficou maluco quando soube que nós viríamos te visitar.

Eu e Jake trocamos olhares. Meu rosto esquenta. De repente, fico envergonhada.

— Não é divertido? — continua Cassandra, quando estamos entrando no carro. Ela puxa meu cotovelo, segurando-me para trás. — É como se estivéssemos em uma viagem de casais.

Mas esta não é uma viagem de casais. Isto é o meu trabalho, e Rainer não é meu namorado.

O fato de ela não perceber isso, de não entender que não é um tipo de fantasia, faz meu coração doer. Porque isso significa que não me compreende. Quando os deixo no aeroporto, nós três ali na calçada, a despedida não é como normalmente seria.

— Quando você volta? — pergunta Cassandra. Estamos ao lado do carro, e Jake está tirando a bagagem do porta-malas.

— Não tenho certeza — respondo. — Depois das filmagens, eu acho.

Ela coloca a mochila no ombro e acena com a cabeça.

— Obrigada por nos receber.

— Imagine! — Faço uma pausa e olho para meus pés. — Foi divertido.

Ergo o olhar e ela está me encarando. Percebo que está prestes a chorar. Ela quer me dizer que me ama e que nada mudou. Nossa amizade era eterna, será que eu não sei disso? Ela é quem parece não saber. Em vez disso, pega a mão de Jake quando ele se aproxima de nós.

— Façam uma boa viagem — eu digo. Dou um abraço rápido em cada um e, apressadamente, volto para trás do volante. Não paro para vê-los entrar. Também não quero saber se estão olhando para trás.

Uma folha com a programação está à minha espera, embaixo da porta, quando volto para o chalé. Às cinco da manhã, devo me apresentar para fazer cabelo e maquiagem. Mas desta vez não será para filmar. Vamos fazer nossa primeira matéria para a revista *Scene*. Faço um chá para mim e adormeço antes de o sol se pôr.

Algumas horas depois, lá estou eu, sentada no chão do meu quarto do chalé, com revistas espalhadas pelo carpete. Fiz assinaturas de tudo: *People, Us Weekly, Glamour, InTouch, Cosmopolitan*. Até aqueles tabloides safados. Estão todos aqui.

Não me tornei uma Cassandra da noite para o dia; a questão é que eu preciso de algumas respostas, e imagino que este material será o melhor para eu começar a me inteirar. Preciso aprender a dar uma entrevista em cerca de duas horas, e não tenho a menor ideia do que dizer. Está na hora de fazer um treinamento de mídia urgente.

Jordan estará de volta quando amanhecer, e eu espero que a indiferença de Rainer continue, mas algo me diz que não vai ser bem assim no momento em que eles ficarem cara a cara.

Olho para o relógio na mesinha de cabeceira: 4h30. Pego um exemplar da *Scene* do chão e o seguro na minha frente. Uma "patricinha" de dentes brilhantes, que eu não sei quem é, sorri para mim, puxando a camiseta para baixo para que se veja a parte de cima do seu sutiã. É rosa, da mesma cor da caneta marca-texto que eu usei no livro de história que estou lendo para a aula de Rubina.

Chego até a matéria da garota de dentes brancos. Nas fotos, ela está chupando um pirulito e usando um vestido com estampa de cerejas no meio de um campo. O título é *A Casa de Hayley*.

— Estou feliz sendo quem eu sou. É como se, finalmente, eu me sentisse na minha própria pele.

Fecho a revista e uso o dedo do pé para empurrá-la para o outro lado da sala.

Eu achava que essas mulheres glamorosas e artificiais fossem exatamente isso: irreais. Mas agora estou me preparando para fazer justamente a mesma coisa. Não sei bem se estou animada ou completamente envergonhada. Provavelmente as duas coisas.

Jogo um moletom por cima da regata e do meu short jeans e ponho o chinelo perto da porta. Está frio lá fora, então eu puxo o capuz a caminho do set. Apesar do escuro, já dá para ver o contorno do oceano, os primeiros sinais do sol batendo nas ondas. Espero poder compensar minhas braçadas amanhã, já que temos a entrevista hoje. Tudo neste filme está sendo feito com os minutos contados. Se alguém perde trinta segundos para espirrar, tem que compensar com outra coisa, mas isso tem que ser negociado com o sindicato de tempos em tempos.

Quando chego ao acampamento-base, Rainer já está lá, examinando a mesa do bufê. O cabelo dele está um pouco embaraçado, e há uma marca de travesseiro em sua bochecha. Não posso deixar de pensar que ele fica um gatinho com aquela camiseta azul desbotada e a bermuda de surfista.

— Oi — eu digo.

Ele se vira, esfregando os olhos:

— Oi, menina. Dormiu bem?

Fiz que sim com a cabeça, embora não tenha dormido bem coisa nenhuma. Claro, desmaiei por algumas horas, mas, basicamente, sonhei com o fim de semana estranho e incoerente que passei com Cassandra e Jake. Depois me sentei no chão, olhando para celebridades perfeitas, tentando imaginar (1) como as pessoas falam em entrevistas, (2) o que eu estou fazendo nesse ramo e (3) como me censurar para não começar a contar à *Scene* sobre a ocasião em que derramei chocolate quente na minha calça jeans, na segunda série, e todos ficaram me chamando de "Paige da Calça Molhada" pelo resto do ano.

Jake uma vez me contou que é difícil dormir durante a lua cheia, então fiz uma anotação mental para observar o céu quando isso acontece. Eu adoraria poder resolver minhas inseguranças com base nos padrões lunares.

Preparo-me para pegar uma xícara de café quando sinto uma mão na minha cintura. Isso me assusta tanto que dou um giro, e, quando o faço, Rainer me puxa para perto dele. Ele desliza a outra mão pelas minhas costas e entrelaça os dedos para me abraçar, peito com peito. É como se eu tivesse injetado um *espresso* quíntuplo nas veias. Meu corpo inteiro acorda. Seus braços estão quentes e sua camiseta, macia. É quase impossível não notar o motivo pelo qual ele se enroscou em mim daquele jeito.

Então, vejo Jordan parado na entrada. Ele fica enquadrado pelos primeiros raios de sol, iluminado de uma forma que Camden e Wyatt dariam tudo para colocar aquela imagem em um filme. Está olhando diretamente para nós.

A última coisa que eu quero é que Jordan fique com alguma ideia errada. Ele já me odeia, e minha lealdade é de Rainer, óbvio, mas não quero arranjar problemas desnecessários entre nós antes mesmo de começarmos a trabalhar juntos. Somos profissionais. Isto é trabalho.

Os braços de Rainer, felizmente, se afrouxam ao meu redor e ele me dá um beijo no rosto antes de me deixar ir.

Estico o pescoço para olhar novamente para a porta, mas Jordan não está mais lá. Até agora, não conversamos muito sobre Jordan ter entrado para o elenco, mas eu sei que Rainer vai aguentar. Ele tem que aguentar.

Wyatt vem caminhando em nossa direção. Ele me olha de um jeito que agora faz sentido para mim: *Deixem seus assuntos pessoais nos chalés.*

Dou um passo para me afastar de Rainer, e Wyatt vira para a esquerda, para a mesa do café, assim que Sandy vem voando até nós. "Voando" é a melhor maneira de descrevê-la, porque ela está usando calça e blusa de seda na cor marfim, o que a faz parecer estar flutuando. Não são nem seis da manhã. Fico meio envergonhada, pensando no ninho de rato que está o meu cabelo. Ainda nem tirei o capuz.

— Eu não sabia que você viria — diz Rainer. Um grande sorriso brota no rosto dele quando os dois se abraçam.

Sandy passou as últimas semanas em Los Angeles.

— Só para esclarecer, eu voltei por causa do sol. — Rainer balança a cabeça e Sandy pisca para mim. — Como andam as filmagens, PG?

— Muito boas — respondo. — Aprendendo muito.

— Eufemismo do ano. — Ela se vira novamente para Rainer. — Você está magro demais, garoto. Tem comido direito?

— Ele fica bem sem camisa — brinca Wyatt, entregando uma xícara de café a Sandy.

Ele sorri para ela, um acontecimento incrivelmente raro, e ela retribui.

— Você sabe que eu não tomo esse negócio.

Ela mexe o nariz de um lado para o outro, isso me lembra Cassandra. Fico me perguntando o que ela estaria fazendo. São oito e meia em Portland. O voo deles saiu às quatro da manhã, eu acho. Ela deve estar na escola. Primeira aula.

No ano passado, eu e Cassandra tínhamos aula de artes juntas. No início do semestre, nós convencemos a Srta. Delancey de que estávamos trabalhando em uma instalação artística para o nosso projeto final. Levávamos telas enormes para o campo dos fundos e nos deitávamos em cima delas, olhando para o céu. Basicamente tomamos muita chuva, mas nem ligávamos. Ficávamos deitadas, às vezes conversando, às vezes não, até o sinal tocar. No fim do semestre, as telas tinham todo tipo de mancha de grama, terra e água. Eu tinha certeza de que seríamos reprovadas, mas Cassandra nos fez virá-las ao contrário. Acabamos tirando A menos. A Srta. Delancey chamou nosso trabalho de "inovador e provocativo".

Wyatt vira os ombros para a entrada.

— Onde está Jordan?

Rainer bufa tão alto que acho que deve ter sido involuntário, e vejo Sandy olhar séria para ele. Um olhar que parece dizer *comporte-se*.

Wyatt o ignora e anda até Sandy.

— Venha comigo. Quero passar uma coisa com você.

Sandy concorda e Wyatt pega uma prancheta. Ele sempre tem um caderninho consigo. Lista de filmagem, lista de cenas, lista de chamada etc.

— Vocês têm até o meio-dia para esse negócio da *Scene* — continua ele, balançando a prancheta. — Depois vamos filmar.

— O sucesso não o deixou mais bonzinho, né? — brinca Sandy.

Ela sorri e eu vejo pequenas linhas em volta de seus olhos, como marcas de lápis em uma folha. Fico me perguntando há quanto tempo eles se conhecem, e como se conheceram. Parece haver uma história entre esses dois.

— Ainda não.

Wyatt olha para ela, e pela primeira vez me dou conta do quão pouco o conheço. Eu sei que ele não é casado nem tinha filhos, mas será que tem namorada? Será que mora em Los Angeles quando não está filmando? Como era a sua vida antes daqui? Eu sempre soube que ele tinha a reputação de ser daquele jeito — durão. Mas será que ele é sempre desse mesmo jeito? É difícil imaginá-lo de outra forma, mas vi algo diferente nele no teste de química com Jordan. Vi o quanto ele ama o que faz. Que ele faria o que fosse preciso para dar certo.

Um grupo de pessoas que não reconheço se junta no canto da tenda. A equipe da *Scene*. Ouço alguma coisa sobre eles quererem fazer uma visita aos bastidores antes da nossa sessão de fotos. Jordan está ao lado deles. Ele diz alguma coisa, e uma das mulheres acena atentamente com a cabeça. Ela deixa as pontas dos dedos tocarem brevemente o braço de Jordan.

Wyatt e Sandy desaparecem, e Rainer está conversando com Jessica, que acabou de chegar, com um suco de laranja nas mãos.

— A Urth Caffé faz entregas? — Eu o ouço perguntar a ela.

Ela sorri e Rainer dá um beijo em seu rosto. Ele é uma graça.

Logo em seguida, Lillianna chega. Ela me olha de cima a baixo e declara em voz alta:

— Ah, meu anjo. Se eu visse você desse jeito, não a vestiria como uma lata de sopa.

Eu nunca admitiria isso em público, mas meu filme preferido não é *Casablanca*. Também não é *Laranja Mecânica*. É, na verdade, *Ela é Demais*. Sabe aquele em que o Freddie Prinze Jr. se apaixona pela nerd da escola? Não é nenhum Hitchcock, mas eu amo. Minha cena predileta é aquela em que o personagem principal está esperando na frente da casa dela, pouco antes do baile da escola, e ela desce as escadas totalmente transformada. De repente, ela fica linda.

Não são oito da manhã quando entro pela porta do estúdio. Porém, ao fazê-lo, sinto como se estivesse em um filme. Não atuando em um, mas *dentro* de um. As cabeças das pessoas se viram quando entro. Rainer e Jordan olham para mim como se nenhum dos dois me conhecesse.

Rainer é o primeiro a se virar, e eu vejo seu sorriso largo, quase rindo. Sua boca, na verdade, está aberta. Ele está boquiaberto por minha causa. Algo me agita por dentro. É ótimo ser observada dessa maneira, desejada até. Sinto seu olhar. A forma como ele me encara — pesadamente, intensamente. O jeito como seus olhos percorrem meus ombros e sobem até meus olhos, como se estivesse procurando alguma coisa. Como se eu tivesse algo que ele quisesse. Então ele assobia, e Jordan se vira.

Sabe como, quando você está tirando uma foto, o obturador trava e a imagem fica congelada? Minha imagem de Jordan fica retida no visor. Eu o vejo engolir em seco, seu pomo de Adão se movendo. Olho para suas mãos ao longo do corpo. Seus punhos se abrindo e fechando. Logo seus olhos se encontram com os meus, e eu reconheço a expressão que ele me lançou lá na praia. Seus olhos negros parecem feitos de vidro. Parece que, se ele olhar com intensidade o bastante, por tempo suficiente, ele pode me cortar em duas.

— Está quente aqui — murmuro.

Ninguém me ouve.

Normalmente as celebridades trazem seus próprios cabeleireiros e maquiadores para as sessões de fotos, mas, já que eu ainda sou nova nesse meio e estamos no set de filmagens, Lillianna os substituiu. E meu *look* não pode estar mais distante dos cachos suaves e ondulados e da maquiagem rosada de August. Agora meus olhos estão levemente esfumaçados, destacados por delineador preto e por uma sombra dourada que cuja poeira fina desce até as bochechas. Ela, de alguma maneira, deixou meu cabelo com o ondulado perfeito. Os cachos balançam conforme eu ando. Como se estivessem dançando.

Meu vestido é preto e de renda, com alças finas e um cinto. Está tão apertado e curto que estou com medo de mexer os braços.

Salto plataforma de doze centímetros.

Batom vermelho.

Eu me sinto... linda. Gostosa, até. Do jeito que eu sempre imaginei que as animadoras de torcida da *Portland High* se sentiam quando elas abriam os jogos de futebol americano. Como se valesse a pena vê-las ali. Como se valesse a pena que Rainer Devon e Jordan Wilder me vissem.

— Caramba — exclama Rainer.

Caminho até ele, a equipe da *Scene* separando-o de Jordan. Enquanto eu estava me arrumando, um imenso estúdio foi armado lá dentro. Papéis com pontos grandes e pretos estão por toda parte — colados no chão e nas paredes. Bexigas vermelhas flutuam em volta de máquinas antigas de fliperama, e doces gigantes de alcaçuz estão dispostos em grandes barris cor-de-rosa. Sinto como se estivesse na fábrica de chocolate de Willy Wonka. Tenho que admitir: é maravilhoso.

— Isso é comestível? — pergunto a Sandy, apontando para os doces de alcaçuz.

— Mais ou menos — ela responde. — Eu não recomendaria.

Rainer coloca a mão nas minhas costas de novo. Eu me viro para encará-lo.

— É sério — sussurra ele. — Você está absurdamente sexy. — Ele baixa os lábios até meu ouvido. — Está me deixando louco aqui.

— É mesmo? — provoco.

As pontas dos meus dedos estão formigando e dormentes ao mesmo tempo. Não tenho ideia do que está acontecendo entre nós, mas tenho certeza de que estamos flertando. Sei que não é coisa de amigos. Também não é uma relação profissional. Não mais, pelo menos.

— Sim — ele diz, acenando com a cabeça perto da minha. — Você está incrível.

Não sei se é a maquiagem, ou o cabelo, ou o fato de eu estar me sentindo, de fato, uma estrela de cinema, no set do que a *People* havia acabado de chamar de "a produção mais atraente desde o verão", mas eu quero me enroscar no pescoço dele. Quero beijá-lo ali mesmo.

Rainer está usando uma camisa quadriculada vermelha e branca aberta na gola, e uma calça jeans escura. Está atraente demais. Ao dar um passo para trás, aproveito para apreciar a vista.

Ele sorri para mim.

— Como está se sentindo?

— Bem — respondo, gesticulando com a cabeça. Não deixa de ser verdade.

— Primeira matéria oficial de revista — ele diz.

— Não a sua.

Deixo minha mão passear por sua gola. Finjo tirar um pedaço de fio solto, mas não há nada lá. Eu só queria estar mais perto dele.

Rainer cobre minha mão com a sua. Está quente. Isso faz o resto do estúdio ficar um pouco confuso.

— Somos apenas coadjuvantes — ele diz. — Toda essa parafernália é para você.

Abro a boca, mas as palavras não saem. Ele não tira os olhos de mim, e sua expressão me faz sentir nervosa, excitada e totalmente protegida, tudo de uma só vez. Como se ele não fosse deixar nada acontecer comigo. Nesta sessão de fotos, neste set ou em qualquer outro lugar.

A equipe da *Scene* se separa, então Jordan aparece. Ele está usando calça e camisa pretas, com uma gravata roxa afrouxada. Um vestígio de barba por fazer.

Meu coração acelera, como se estivesse pulando uma batida, e aquele nervosismo familiar começa a voltar com tudo. Esforço-me para não me concentrar em Jordan. Toda vez que o faço, meu estômago se contorce. Ele me faz sentir instável. Esta é a segunda vez que nos encontramos e sua presença já me perturba. Não quero ficar distraída agora. Quero continuar perto de Rainer. Quero que ele continue a falar o que acha de mim.

Solto o ar pela boca e afasto os pensamentos sobre Jordan. Os problemas dele não vão arruinar o meu dia. Eu estou presente, de corpo e alma, vivendo esta incrível fantasia. E a melhor parte é que não é uma fantasia; é real. Vou estrelar um grande filme e estava prestes a ser fotografada para uma revista. Sentir qualquer coisa que não fosse excitação, alegria ou completo *entusiasmo*, parecia como uma traição àquele sonho. Não vou permitir que Jordan acabe com aquele momento.

Alguém põe uma música, e, logo, o estúdio inteiro, todos os quase trezentos metros quadrados, é preenchido pelos Smiths, depois Kanye, depois Katy. A *playlist* está rolando solta enquanto posamos. Eu e Rainer de ombros colados, Jordan só assistindo. Rainer com os braços ao meu redor, Jordan deixado de lado. O pessoal da revista grita orientações para nós, e as coisas começam a... dar certo. Cliques para todos os lados. Este é o primeiro trabalho com os três juntos, e eu posso sentir a química no ar. Não só entre Rainer e eu e Jordan, mas *nós três*. Eu me sinto da mesma forma que nos testes em Portland com Rainer ou com Jordan aqui. Só que, desta vez, estamos os três juntos.

É o suficiente para me fazer esquecer, momentaneamente, que Rainer e Jordan não suportam olhar um para a cara do outro. Rainer pega um alcaçuz grande e rasga uma ponta com os dentes. Ele o balança na direção de Jordan e os dois fingem lutar com os doces, como se estivessem brandindo espadas.

Pego uma bexiga vermelha e a jogo no ar, e, quando a câmera fotografa, pouco antes de a bola começar a cair, percebo que estou me divertindo. A diversão é verdadeira. Não estou mais me sentindo inibida. Nem preocupada em ser boa o bastante para o trabalho ou em fazer isto ou aquilo. Só estou curtindo ser eu mesma, vivendo o aqui e agora. Este mundo é louco e esquisito, mas também espetacular. E dá para ver que Rainer e Jordan estão com a mesma sensação. Posso notar pela forma como os dois mandam olhares um para o outro ou tentam destruir um ao outro. De repente, o passado e tudo o que ele representava — Cassandra, Jake e até Britney, o que quer que ela signifique para esses garotos —, parece estar a milhões de quilômetros de distância. Como se não fosse somente um oceano que nos separa, mas algo além também, algo sólido.

A música muda, e Rainer me levanta nos braços. Ele me faz girar, muito rápido. Conforme o estúdio gira, eu me concentro no rosto dele. Ele está sorrindo e falando alguma coisa, mas, em meio à velocidade e à música, não consigo ouvi-lo. Ele me põe no chão e continua falando, mas eu ainda não consigo ouvir o que ele diz. Fico agitada demais por causa da adrenalina e da música da Madonna.

Com o canto do olho, vejo Jordan encostado em uma parede, a mão na mandíbula, olhando para a câmera. Alguém passa a mão e um pente no cabelo dele.

Rainer se aproxima, e, assim que o volume daquelas músicas irreverentes vai baixando, ele repete o que havia dito:

— Quero dar um beijo em você. — Dessa vez eu ouço.

A notícia ruim é que todo mundo ouviu.

A equipe da *Scene* se entreolha como se não soubesse ao certo o que fazer, então Sandy e Wyatt imediatamente intervêm para controlar os danos, assistindo à reprise do vídeo para que as palavras de Rainer não apareçam.

— Os produtores vão adorar — diz Sandy a Wyatt.

— Mas eu não. — Wyatt olha para mim quando diz isso, e eu me lembro novamente de nossa conversa no meu chalé. Quanta raiva ele parece sentir com a mera possibilidade de Rainer e eu ficarmos juntos. Porém, neste instante, penso que talvez ele esteja errado. Subitamente, fico incrivelmente incomodada com a repercussão de tudo isso. Porque não é da conta de ninguém o que eu faço fora do set. Eu e Rainer não somos August e Noah. Se gostarmos um do outro, e daí? Não vamos parar de trabalhar por causa disso. Olho outra vez para Rainer, ali parado — esperando algum tipo de reação da minha parte. Ele não se importa. Ele não está preocupado com a empolgação de Sandy, ou com os comentários irritados de Wyatt, nem mesmo com o pessoal da *Scene* perambulando de um lado para o outro, esperando para saber como proceder. Porque não se trata deles: trata-se de nós. Eu quero dizer a ele que tenho a mesma vontade. Quero que ele me beije mais do que tudo. Quero que ele me envolva em seus braços e torne aquele momento eterno, capturado junto às câmeras.

Porém, algo me impede. E não é Sandy ou Wyatt. Sinto minhas costas quentes, e eu sei, instintivamente, que Jordan ouviu. Sinto o peso de seu olhar. Não sei explicar por que eu me sinto culpada.

Não estou escondendo nada. Wyatt e Sandy estão reunidos, e a equipe da *Scene* está se preparando para outra série de fotos – pelo menos estão fingindo que não estão ouvindo. Baixo a voz, aproximando-me do ouvido de Rainer, e sussurro:

— Você não pode fazer isso.

— O quê? — ele pergunta. Seus olhos analisam meu rosto. Sugo meu lábio inferior.

— Você não pode dizer esse tipo de coisa no trabalho. — Olho para ele. — Isso não é um *não* — eu quero dizer. — É um *agora não*.

O rosto de Rainer se ilumina com um sorriso.

— É difícil me controlar quando estou perto de você — diz ele.

Ele segura meu cotovelo com a mão, alisando minha pele com o dedo. O calor percorre meu braço, indo direto para o meu âmago. Então, ele completa:

— Mas, se é o que você quer, eu vou tentar.

Meu peito se enche; minhas têmporas pulsam. Respiro fundo, tentando reprimir meu impulso rebelde.

— Boa parte de nossas vidas já está exposta por aí. — Gesticulo por sobre o ombro, vagamente na direção do mar, para o que quer que esteja do outro lado.

— Vai ficar tudo bem — ele diz. Ele põe as duas mãos nos meus braços; sinto-as fortes, como se quisessem manter meus pés no chão. Suas sobrancelhas se uniram ao continuar. — Eu prometo.

— Chega de gracinhas no set — eu peço.

Rainer sorri.

— A senhorita insulta minha dignidade. — Ele afasta as mãos e lança uma delas contra o peito, fingindo estar horrorizado.

— Isso é porque você insulta a minha.

Ele sorri, descontraindo o rosto. Suas feições se transformam em linhas suaves e convidativas.

— Tudo bem — ele sussurra.

A música recomeça e Rainer vai até Lillianna fazer alguns retoques na maquiagem. Ergo os olhos outra vez, e, quando o faço, flagro Jordan me observando. Imediatamente ele se vira. Sinto como se tivesse perdido qualquer chance de relacionamento profissional que poderia ter com ele, antes mesmo de começar. Minha mãe dizia que não se pode ter tudo neste mundo. É assim que as coisas funcionam. E eu acho que ela estava certa.

A diretora da revista, uma senhora com mais ou menos a idade dos meus pais, vem até mim.

— Precisamos tirar algumas fotos suas — diz ela.

— Está bem. — Olho para Rainer, que está enchendo uma xícara de café. — Então vou chamar...

— Não os rapazes — interrompe ela —, só você.

Ela me dá aquele olhar típico de quem trabalha no departamento de trânsito. Tipo *já te expliquei tudo. Agora, por favor, vá preencher o seu formulário e pare de me fazer perguntas.*

Aceno com a cabeça e a deixo me ajeitar sobre uma almofada gigante no formato de um *cupcake*. Ela me faz flexionar as pernas, com os joelhos unidos. Arqueia minhas costas e passa meu cabelo para a frente, depois para o lado. Dá alguns passos para trás e semicerra os olhos, como se eu fosse uma pintura que ela não tinha certeza se pendura ou não na parede. Então ela posiciona um ventilador diante do meu rosto.

— Consegue inclinar a cabeça um pouco mais para a esquerda? — ela me pergunta. — Só a cabeça, não os olhos.

Tento imaginar o que aquilo significa, mas, no momento em que começo a assimilar a informação, a câmera já está fotografando, aproximando-se do meu rosto, vindo cada vez mais para perto. O vento faz meus olhos lacrimejarem, e eu não paro de enxugar as bochechas, pedindo desculpas.

— Divirta-se! — ela pede.

Diversão. Certo. Eu tento. Eu sorrio, eu rio. Tento acessar aquele sentimento de poder e grandiosidade que estava experimentando há poucos minutos. Arregalo os olhos e moldo meus lábios em um semicírculo perfeito. Mas não é tão fácil como quando estávamos todos fotografando juntos. Os olhos de todos estão voltados para mim, e eu me sinto exposta, como se aquele vestido transparente tivesse sido tirado de mim e eu, subitamente, estivesse completamente nua na frente da equipe e dos meus colegas de trabalho. Posso senti-los me examinando, com seus olhares competitivos. O impacto combinado é quase insuportável.

Finalmente, a câmera para, e Rainer e Jordan são chamados de volta. Hora de tirar algumas fotos imóveis. Eu ainda sentada, eles de pé, um em cada lado. Estávamos próximos, nós três, e a música estava baixinha, quase um zunido dentro do estúdio.

Rainer me abraçou e eu me encostei em seu peito. Depois, levantei-me e fizemos a mesma coisa. Em seguida, a diretora fez menção para que Jordan se aproximasse da foto.

— Segure a Paige – ela pede. Eu mantenho os olhos fixos na câmera.

Jordan se vira.

— Ei — eu digo. Sinto como se essa fosse a primeira palavra que falo para ele.

— Oi — ele responde. Seu rosto está a poucos centímetros do meu.

Então ele me puxa para perto de si. Rápido. Ele tem cheiro de sabonete, de banho recém-tomado, de Dove. É um cheiro tão conhecido que me faz sentir no meu banheiro de Portland. Aquele com os patinhos de borracha de Annabelle, o xampu antifrizz da minha irmã e o ralo que nunca funciona direito, não importa quantas vezes meu pai o conserte. E isso, mais do que qualquer coisa, me faz derreter em seus braços. Ele acomoda minha cabeça em seu peito e me abraça bem apertado. Não sei explicar direito, mas, no instante seguinte, eu me sinto completamente entregue. Como se eu fosse uma massinha de modelar nas mãos de alguém. Desmanchada, largada. Como se pudesse ser moldada. Por qualquer um. Até mesmo na forma de August.

CAPÍTULO 13

Contagem oficial de beijos no fim do dia:
August e Noah: 1
Paige e Rainer: 0

Finalmente, vamos filmar o primeiro beijo deles — uma cena que acontece na cabana durante uma grande tempestade. Romântico, com certeza. Nervos à flor da pele, sem dúvida. É claro, o sol está a pino e fervendo em nossa ilha havaiana, e naquele momento estamos ensaiando dentro do estúdio.

Eis a situação: Noah e August vêm lutando contra seus sentimentos desde que chegaram à ilha. Afinal de contas, August é a namorada do melhor amigo dele. Mas, conforme vão passando as semanas, eles começam a perceber que talvez jamais sejam resgatados, e se entregam a seus sentimentos. A revista *Cosmo*, na verdade, está chamando o nosso beijo de "a troca de fluidos mais esperada do ano". É um exagero muito grande, mas eu entendo. No livro, é incrivelmente sensual. E eu quero fazer direitinho na hora da cena. A verdade é que eu estou, em partes iguais, morrendo de medo e não vendo a hora de filmar, e meio que não acredito que isso está, de fato, acontecendo.

Noah e August parecem estar na mesma sintonia. Rainer e eu também, eu acho. Jantamos juntos ontem. Fomos ao Longhi's, onde algumas garotas da minha idade reconheceram Rainer e pediram seu autógrafo. Aquele jantar foi diferente dos outros. Parecia um encontro de verdade. Dividimos a sobremesa. Nossas colheres tilintaram e ele tocou meu joelho sob a mesa. Senti aquelas garotas nos observando, *me* observando. A garota que está saindo com Rainer Devon — e eu gostei.

Após o jantar, ele me acompanhou até a porta e segurou minha mão, depois a levou ao seu rosto. Como ele é lindo... Eu só queria passar meus braços em volta de seu pescoço e puxá-lo para perto. Eu sei que ele também queria. Todas estas semanas juntos têm aumentado a eletricidade entre nós.

Só que, quando veio para tocar seus lábios nos meus, não consegui seguir adiante. De repente, tudo parecia apavorante. Era como se muita coisa já tivesse sido investida em nossa história. Como se, no momento em que nos beijássemos, tudo mudaria. E eu queria estar pronta para aquilo, mas não tinha certeza se estava. Ele é a única pessoa na minha vida, neste momento, que me entende. Que me apoia em tudo. E se nós ficarmos juntos e tudo terminar, e se eu o perder? Estou disposta a correr esse risco?

— Desculpe — eu digo. Estendo os braços e corro o polegar em sua nuca. Sinto meu peito pressionado contra o dele, como se meu coração estivesse tentando se alinhar com sua caixa torácica. — Parece... parece que, se nos beijarmos, vai ser mais que um beijo. Entende o que eu quero dizer?

— É o que todas as garotas me dizem — ele brinca.

Eu o empurro.

— Ah, meu Deus, você fala sério em algum momento?

— Ei... — Ele pressiona sua testa na minha. — Temos muito tempo. — Ele coloca a mão no meu rosto e a mantém ali. — São três filmes pela frente ainda.

Nós dois começamos a rir. Então ele me beija na testa e desaparece pelo corredor.

Agora cá estamos nós, prontos para filmar o tal beijo. Pelo menos no papel. Mas não podemos começar, porque, ao contrário de ontem, hoje não está chovendo.

Jessica está segurando um grande pedaço de bambu cheio de areia e pintado com uns desenhos africanos malucos. Ela o chama de "pau de chuva", e o traz quase todos os dias — tentando fazer chover, ou tentando fazer a chuva parar. Por causa da imprevisibilidade do tempo, começamos a nos preparar para cinco ou seis cenas, para o caso de não podermos filmar aquelas que estavam planejadas para um determinado dia. Eles montam cenários em um galpão velho perto da praia, e até mesmo um no chalé de Wyatt. Qualquer lugar físico onde seja possível gravar fica à nossa disposição.

Wyatt acha uma loucura essa história do pau de chuva e toda hora grita com Jessica para ela "deixar essa porcaria de lado", mas acho que, secretamente, lá no fundo, ele acredita que o negócio funciona. Porque, sinceramente, na maioria das vezes, meio que dá certo.

Rainer está correndo ao redor do set com o pau de chuva, cantando aquela música sobre a chuva na África. A segunda unidade da equipe foi lá para fora filmar algumas cenas extras, e Wyatt e Camden estão tentando decidir como e se vão poder rodar a cena aqui e trazer chuva falsa; Jessica está conversando com a produção, tentando descobrir o que aconteceu com a lama falsa. Ainda não sei ao certo por que a lama dos filmes precisa ser falsa. Não é como sangue, não se machuca nada nem ninguém para se obter a coisa verdadeira. Apesar de que, imagino eu, Jake acha que animais são machucados, sim.

— Cante comigo, PG — convida Rainer, segurando o pau de chuva na minha frente, como um microfone.

— Você está de bom humor — comento.

Ele olha para mim e ergue as sobrancelhas.

— Eu vou conseguir beijá-la hoje — ele explica. — Não é um bom motivo?

Fico com o rosto vermelho como um camarão. Desvio o olhar para Jessica, que está correndo com alguma coisa na mão que eu não consigo enxergar.

Estamos à beira de algum acontecimento, como o ar que fica úmido e quente pouco antes de uma grande tempestade. Uma vez que nossos personagens se beijem, será que alguma coisa vai mudar entre nós? Os atores sempre falam que as cenas de amor são pouco românticas, que milhões de pessoas ficam em volta do local, que é tudo estratégico. Ainda assim, os lábios são *meus*. Ainda assim, os lábios são os do *Rainer*. Eu sei que é diferente, duas situações distintas, mas eu me sinto do mesmo jeito que ele. É como se não pudéssemos dar esse passo, então nossos personagens farão isso por nós.

Wyatt toma uma decisão executiva: vamos filmar do lado de dentro. A equipe de produção imediatamente arregaça as mangas para montar uma estrutura de cenário que combine com aquela que já filmamos na parte externa. Eles vão usar uma tela verde em volta para poderem projetar, na sala de edição, o fundo que corresponde às tomadas já feitas.

Wyatt requisitou um set recluso para essa tomada, ou seja, seremos apenas Rainer, eu e a equipe básica. Sem Sandy, sem equipe excedente. Sem Jordan.

Eu me lembro disso ao me repassar as falas na minha cabeça. O fato de ele não estar presente vai ajudar muito.

Observo Rainer fora do cenário, dançando com o pau de chuva. Seu sorriso e seu charme natural. Ele cutuca Jessica, e, mesmo sendo óbvio que ela está fazendo um milhão de coisas, não está brava. Rainer é alguns anos mais velho que Jordan e eu, mas há algo de muito jovial nele. Ele simplesmente é feliz como uma criança na manhã de Natal. Também tem o dom de fazer os outros sorrirem. Eu pensava que isso era calculado — charme de celebridade. Mas eu sei que não. É muito verdadeiro.

Rainer é muito diferente de Noah. Noah tem um passado complexo e sombrio, e uma aura misteriosa. Mas ambos são incrivelmente leais. Companheiros. E eu acho, que no fim das contas, os dois querem me beijar. Meu sangue parece acelerar nas veias só de pensar nisso, e eu, mais uma vez, tenho que acalmar meus batimentos.

— Você parece preocupada, PG. — Rainer coloca o pau de chuva no chão e vem até mim. Apoia as mãos nos meus ombros, depois as desce até meus cotovelos. Eu solto o ar dos pulmões. É bom demais tê-lo por perto deste jeito. É relaxante.

— Não estou preocupada — digo.

Ele inclina a cabeça para a frente.

— Tem certeza?

Encolho os ombros.

— Talvez um pouco nervosa.

— Entendo. — Ele me vira, me conduz até uma caixa do lado do estúdio e faz menção para que eu me sente. Ajeito a parte de baixo do meu figurino, um vestido branco tipo camisola, embaixo de mim e cruzo os braços na frente do peito.

Rainer gentilmente coloca as mãos nos meus joelhos e se ajoelha na minha frente, ficando na altura dos meus olhos.

— Olha só — ele diz —, vai ficar tudo bem. Seremos só eu e você.

Ele sorri — aquele sorriso caloroso, convidativo e que me faz derreter — e eu começo a me acalmar.

— As pessoas dão importância a isso — eu comento. — Todo mundo diz que esse beijo vai ser muito importante... — Enterro a cabeça nas mãos.

Rainer espreme meu joelho.

— Não pense neles. Agora somos só nós. Ei... — Ele tira os meus dedos do rosto. — Vamos fazer o nosso melhor. É tudo o que podemos fazer.

— E se o meu melhor não for bom o bastante?

Ele sorri para mim, os olhos fixos nos meus.

— Vai ser. Nós temos uma boa química. — Ele toca meu ombro. — Certo?

Engulo em seco, acenando com a cabeça.

— Vocês estão prontos? — Wyatt se aproxima, Jessica vindo logo atrás. Ele está usando sua camisa dos Ramones, o que significa que hoje é um dia sério. É a sua camisa da sorte, por isso eu sei dizer que esta tomada vai ser importante.

— Prontos — respondo. Tento não deixar minha voz falhar.

Rainer põe as mãos em mim, pouco abaixo dos ombros, e me empurra para a frente. Seguimos Wyatt até onde um cenário provisório foi criado em questão de minutos. Às vezes as coisas que eles fazem por aqui são meio mágicas. Como se houvessem elfos escondidos nas palmeiras ou coisa parecida.

Fecho os olhos e respiro profundamente. Inspiro e expiro. Estou tentando imaginar o que August estaria sentindo neste instante. Ela quer estar com aquele homem mais do que tudo neste mundo, e finalmente ele vai beijá-la. Ela vai permitir que isso aconteça. Será uma entrega total — ao passado, ao futuro. Tudo se resume ao presente. Sem pensar. Só *atuando*.

A primeira tomada é desleixada. Eu me curvo rápido demais e meu nariz bate no de Rainer. Estou tremendo. Fica difícil ter qualquer tipo de contato.

A segunda tomada é ainda pior. Eu contraio um soluço, que sempre aparece quando estou nervosa, e, quando Rainer se curva, meu corpo todo é jogado para trás.

— Corta! — grita Wyatt. Ele passa uma mão sobre a testa. — Olha só, do que você precisa? — ele me pergunta.

— Desculpe — eu digo, com o corpo chacoalhando por causa de outro soluço.

— Não sei o que está acontecendo entre vocês dois, mas pelo menos finjam ser outras pessoas por um minuto.

— Eu *sou* outra pessoa — respondo. — Eu sou August. — Isso está se transformando em "Atuação para Idiotas".

Wyatt balança a cabeça.

— Saia dela também.

Como dizer a Wyatt que beijar Rainer agora, como August, será igual a beijá-lo como Paige? Toda essa paquera, todos esses olhares e momentos especiais. Foi tudo uma construção para chegarmos até aqui, e eu não consigo deixar a Paige de lado.

— Quem, então? — pergunto.

— Uma modelo? — sugere Rainer. — De preferência francesa, obrigado.

Ele sorri para mim, encolhendo os ombros.

— Você precisa sair da sua cabeça — Wyatt fala para mim.

Pela maneira como ele está franzindo a testa, fico com medo de ele começar a gritar, mas, em vez disso, ele diz:

— Às vezes você precisa ser alguém completamente diferente. Alguém que agarraria Noah e o pegaria de jeito. Quem faria algo assim?

Britney?

— Não sei — respondo.

Wyatt me afasta com a mão e continua falando.

— Saia do caminho. Assuma uma personalidade que tornaria isto realidade. — Ele olha para mim outra vez com sua intensidade peculiar. — Mas *faça* essa merda.

— Tudo bem — eu digo.

Porém, o problema não está no fato de eu ser outra pessoa. Está no fato de Rainer ser outra pessoa. Eu estou nervosa para beijá-lo por tudo o que isso pode significar para nós, nossa relação. Mas agora não somos nós mesmos. Somos August e Noah. Uma garota e um garoto perdidos.

Eu faço o primeiro movimento. Praticamente antes de a câmera começar a rodar, estou atacando Rainer, agarrando seu rosto e o puxando contra o meu. Não é muito sensual, mas, poxa, é algum contato. Bom, vamos seguir em frente. Rainer parece entretido com tudo isso e começou a rir na hora. Wyatt, é claro, grita "corta".

Quarta tomada. Rainer coloca uma mão no meu cotovelo. Me puxa para perto, alisa minha mandíbula com o dedo. Deixo meus olhos se fecharem lentamente. Eu me aproximo dele. Sinto Rainer em cima de mim. Corta.

Espere aí. Por quê? Olho para Wyatt.

— Mais intensidade! — ele grita.

Quinta tomada. Levanto o pescoço e Rainer se inclina até mim, então nossos lábios se encontram. Funciona. Funciona muito bem. Envolvo meus braços no seu pescoço e ele me puxa para perto. Suas mãos estão firmes ao meu redor, e seus lábios estão colados nos meus, tanto que eu mal consigo respirar. E eu não quero mesmo. Quero que ele continue me beijando desse jeito — como se só nós dois estivéssemos na ilha. Seus braços percorrem minhas costas, e eu enlaço meus dedos no cabelo dele. Meu corpo inteiro está pegando fogo, e por um instante tudo se dissolve. Não estamos em um set. Estamos em uma ilha. Nada mais importa. Nada além desse beijo.

Então, Rainer se afasta. Sinto seus lábios deixarem os meus, mas eu me projeto para a frente, incapaz de romper o contato. Meus olhos ainda estão fechados quando o ouço dizer:

— Você não devia estar aqui.

Jordan. Eu soube antes mesmo de olhar. Camiseta cinza desbotada, braços cruzados.

— Está chovendo — ele diz, como se isso respondesse alguma coisa.

— Merda. — Wyatt olha para ele, depois para nós de novo. — É um cenário fechado, Jordan.

Jordan enfia as mãos nos bolsos.

— Tudo bem — ele responde. — Eu vou embora.

A mão de Rainer ainda está em volta da minha cintura, e eu o sinto me puxar mais para perto.

— Pode ficar — ele diz a Jordan.

Observo-os se olhando, noto Jordan observando minha mão no ombro de Rainer. O desafio é recíproco, e por um breve instante eu sinto o fervor da raiva de Rainer me pedindo para ficar bem ali, na frente de Jordan.

— Então sente essa bunda aí — grita Wyatt. Ele se curva na direção de Camden e eles discutem se devemos ir para fora, agora que está chovendo de verdade.

Enquanto isso, Jordan puxa uma cadeira de diretor para si. Seus pés, com tênis desgastados, balançam de um lado para o outro, os braços sempre cruzados. Posso ver o brilho das gotas de chuva em seus antebraços, os pingos de água escorrendo por seu pescoço.

— Seu coração está acelerado — diz Rainer para mim. Ele acomoda minha cabeça sob o queixo. Sinto seu peito se dilatando e se contraindo sobre mim, constante e forte.

Mas ainda não consigo afastar a ideia de que Jordan está de olho em mim. Quero perguntar a Rainer por que ele pediu para Jordan ficar, mas, como estou com o microfone, é impossível. Mesmo eu sabendo a resposta, quero ouvi-lo.

Começamos mais uma vez. Rainer curva a cabeça e eu o puxo para perto. Sua boca está quente na minha, seus cabelos, macios. Tento permanecer concentrada, não me perder nele. Não quero dar a Jordan a satisfação de ver esse tipo de coisa. Eu posso sentir o coração de Rainer pulsando contra mim.

— Corta! — grita Wyatt. Ele olha para nós, depois para Jordan. — Muito bem — elogia ele, olhando para o relógio. — Vamos fazer uma pausa para o almoço.

O "almoço" acontece em qualquer horário que coincida com a metade das cenas que temos que fazer no dia. Normalmente ele acontece por volta do horário do jantar, o que significa que, enquanto eu só posso gravar mais algumas horas, os rapazes vão continuar gravando noite adentro.

Disfarçadamente, olho para conferir se Jordan ainda está lá. E está; sentado, nos observando, mas, quando me volto, ele vira a cabeça bruscamente e começa a conversar com Camden. Eu quero fazer um esforço. Quero que as coisas fiquem em paz dentro do set. Mas estou começando a ficar de saco cheio dessa atitude dele.

O cara do som tira os nossos microfones e pontos eletrônicos.

— Ei, PG — diz Rainer. Ele ainda está muito perto de mim, com a mão pousada na minha cintura. — Quer dar um passeio?

Concordo com a cabeça.

Ele pega minha mão. Me afasto um pouco para ver se Jordan está nos vendo sair de lá, mas não consigo enxergá-lo, e Rainer já está caminhando para a porta. Quando vamos para o lado de fora, descubro que, de fato, está chovendo forte. Caminhamos lado a lado pelo canto do estúdio de som, onde há uma pequena marquise, não tão grande a ponto de evitar que nos molhemos. São só uns vinte segundos, mas meu vestido fica praticamente ensopado. Rainer põe uma mão na minha cintura, exatamente de onde a tirou antes, e me puxa para perto dele.

— Venha aqui — ele chama.

Seu olhar é o de alguém que quer dizer alguma coisa. Prendo a respiração, mas ele não fala. Ele não diz nada; apenas me beija.

Meu peito está travado, mas depois se expande quando seus lábios tocam os meus. Minhas mãos viajam pelos seus braços, chegando até os ombros. Ele me pressiona contra o seu corpo, eliminando qualquer espaço entre nós. Seu beijo é intenso. Gentil, suave, forte e doce, tudo ao mesmo tempo. Tudo o que eu sempre quis. Sinto a chuva em nossos rostos, os dois corpos ficando ensopados, mas não ligo. Finalmente o momento chegou.

CAPÍTULO 14

Rainer tem que voltar para o set para concluir as filmagens, e eu corro de volta para o chalé, ensopada e tremendo. Estou sem ar. Parece ser o início de algo especial, e só preciso deixar a empolgação superar o medo. Eu quero, quero estar com ele. Ele me faz sentir confortável, confiante e protegida. Segura nessa nova normalidade. Percebo que o problema não são os meus sentimentos em relação a Rainer. Eu sei o que sinto por ele. O problema é o que eu sinto por Jordan.

Ele invadiu os meus pensamentos. Eu sei que a nova relação com Rainer vai tornar as coisas ainda mais difíceis entre nós, mas Jordan também não faz nenhum esforço em contrário. Ele nem tentou desenvolver uma conversa de verdade comigo. Tudo se resume a olhares perfurantes e cumprimentos secos. Tão incrivelmente estúpido. Eu deveria simplesmente ser leal a Rainer. Deveria tratar Jordan do mesmo jeito que ele me trata. Porém, há alguma coisa de diferente nele. É como se eu quisesse impor uma distância entre nós e, ao mesmo tempo, descobrir, bem de perto, quem ele é. O que o transformou naquilo... sua família? Sua história com Britney? Fico me perguntando se ela conhece os segredos de Jordan ou o que ele diz a alguém com quem se importe.

Não consigo dormir. Não consigo parar de pensar em Rainer.

Enfim, saio da cama às quatro e meia da manhã e visto o maiô. Preciso arejar, e já faz bastante tempo desde a última vez que mergulhei no mar em um dia de semana. As gravações têm começado cada vez mais cedo.

Ainda está escuro quando enfio os pés nos chinelos, apoio uma toalha sobre o ombro e me ponho a caminhar até a praia. Vejo o contorno dos surfistas na água, seus corpos prateados, iluminados pelos primeiros raios de sol. Parecem aqueles peixes voadores sobre os quais, certa vez, li em um livro grande sobre lagos que era do meu pai. Nunca vi aqueles surfistas de perto, mas seus corpinhos voam para fora da água, fazendo-os parecer pequenos arcos prateados, raios de luar, quase como o reflexo de estrelas cadentes.

Coloco minha toalha sobre uma pedra, jogando os chinelos de lado. A areia está fria sob meus pés, como se tivesse ficado na geladeira, e, por um momento, duvido da minha capacidade de mergulhar. Afastando essa ideia, respiro fundo e pulo de cabeça no mar.

A água me toca, fria e cortante, e eu começo a nadar. Braçadas longas e fluidas. Não levanto a cabeça para tomar ar até completar dez. Quando olho para cima, cuspindo e ofegando, vejo que já estou a vários metros da orla. Viro-me de costas e deixo a corrente me carregar mais para longe. O céu está mudando — azul-escuro, mudando para cinza, mudando para um tom claro de violeta. Logo o sol vai surgir — como um dançarino solo no palco — e começar a exibir seus raios em todas as direções.

Ainda está cedo, então eu nado para mais longe, até onde os surfistas estão reunidos, remando em suas pranchas, esperando pelas ondas boas. Penso em Wyatt, que me mataria se soubesse que estou aqui, e por alguma razão isso me faz nadar ainda mais rápido, para mais longe. Passo os surfistas e as rochas da costa. Tão distante, na verdade, que, quando olho para os chalés lá atrás, eles parecem cubos de açúcar: pequenos, brancos e capazes de se dissolver sob o volume das ondas que quebram à minha volta.

Nado um pouco mais para longe. Há uma sensação de paz aqui — ao contrário do que está acontecendo no mundo real.

O problema aqui no Havaí é que não existem salva-vidas. Lembro-me do pessoal contando isso durante nosso tour de apresentação pela ilha. Quando eles falaram sobre aqueles rios de lava. Não existem salva-vidas, porque a corrente é forte, muito forte, e, se você for nadar, será por sua conta e risco.

Muitos turistas morrem no mar por estas bandas. Não por causa de mordidas de tubarão, embora eu tenha estupidamente pensado nessa possibilidade durante a apresentação, mas devido às correntes. Essas pessoas são arrastadas para tão longe que não há como voltar, então ondas gigantes surgem e elas se afogam. Achei aquilo ridículo. Conheça seus limites. "Eu consigo me virar na água", pensei. "Sou uma nadadora forte. Sempre fui".

Por isso o que acontece em seguida é tão maluco.

Eu sei que o certo é passar por baixo da onda quando ela se aproxima. Se for muito grande, você nada até a base, porque, se não conseguir chegar ao topo, a força da onda o atinge e o puxa para baixo. Mas já é tarde. Eu só a vejo quando ela já está me engolindo. Não dá tempo de mergulhar. Eu congelo e, naquela fração de segundo, o mar decide por mim.

As ondas quebram sobre o meu corpo, surgindo de todos os lados, até eu começar a me sentir pressionada contra o chão. Onde eu estou agora é muito fundo para tocar o chão, e eu estou sendo empurrada para cada vez mais longe sob as águas. Eu sei que lá embaixo só existe mais água. Uma escuridão sufocante.

Sufocante mesmo. Meus pulmões parecem estar pegando fogo, e eu não consigo parar de pensar que minha boca está escancarada, tentando gritar. Tenho um *flash* mental de que a água está inundando meus pulmões, enchendo minha traqueia a ponto de explodir, como as bexigas com água que eu e Cassandra costumávamos jogar pela janela do meu quarto na calçada em dias de verão. Dez pontos para quem acertasse uma pessoa em cheio, três pontos se só espirrasse a água no alvo.

Meus pensamentos começam a se embaralhar. Imagino Cassandra, meus irmãos, meus pais e Jake na sala de casa; nós três brincando; o Trinkets n' Things. Visualizo um pôr do sol cheio de laranja e vermelho — tão brilhante que se parece com os fogos de artifício que preparam para o Quatro de Julho em Portland.

Então eu vejo a praia, o estúdio de som e Wyatt com cara de bravo. A imagem é defeituosa, granulada e desbotada, como uma fotografia que foi deixada no sol. A figura vai sumindo, e, com isso, eu vejo outra coisa. Outra pessoa. Alguém que imaginei muito antes de visualizar. Ele está aqui. Real e humano, de um jeito que eu não sou mais. Eu sei que estou morrendo da mesma maneira que sei que tenho que tomar banho, ou que vou levar bronca se não colocar o lixo para fora. É uma espécie de conhecimento prático, e eu nem tenho como lutar contra. Apenas fecho os olhos e desejo que tudo aconteça bem rápido. Para que eu pare de pensar. Porque, quando penso nele, sinto vontade de ir embora.

Eu o ouço chamar meu nome, primeiro bem baixinho, depois mais alto. Fico surpresa, porque imagino que meus sentidos estejam sumindo aos poucos. Achei que quanto mais perto da morte, mais silencioso tudo seria. Mas não era. Ela é cheia de barulhos. Meu nome sendo gritado, a água espirrando, depois, outra coisa também, algo que me convence de que eu já morri: o rosto dele, tão perto que eu mal posso respirar.

— Paige. — Ele fala meu nome de maneira áspera, e por um momento me lembro do meu professor de matemática da oitava série, o Sr. Steeler. Não sei ao certo por que estou pensando nele agora, no momento da minha morte.

O meu nome novamente:

— Paige.

Abro a boca para responder, antes de me lembrar de que estou debaixo d'água. Eu me preparo para a pressão que vai me arrebatar e para o gosto de sal, mas nenhum dos dois aparece. Em vez disso, eu me vejo tossindo, cuspindo, como eu fiz assim que entrei no mar. Então, abro meus olhos.

A primeira coisa que percebo é que estou deitada sobre alguma coisa. Tento me levantar para ver, mas um braço gentilmente me recosta de novo. Eu ainda posso ouvir a água à minha volta, mas agora mais suave, menos ameaçadora. Em vez dos choques intensos, há apenas um som leve e envolvente de *xuá xuá*, quase como uma canção de ninar.

— Paige?

Viro a cabeça e o vejo descendo e subindo no mar ao meu lado, com um braço acomodado sobre meu abdômen, o outro dando braçadas na água. Estou em cima de uma prancha de surfe e Jordan Wilder está me puxando para a praia.

Sua testa está franzida, as rugas parecendo cordas de marionete.

— Jor... — tento falar, começando a tossir de novo. A mão dele que sobe para tocar meu ombro, depois tira o cabelo da minha testa. Fecho os olhos outra vez. É bem possível que eu esteja morta. As chances de isso ser verdade não eram muito promissoras.

— Aguente firme — ele pede. — Estamos quase lá.

Percebo, então, que ele está impulsionando a prancha com as pernas, mantendo-me firme com a ajuda dos braços. Levanto a cabeça e vejo a orla a alguns metros — a longa faixa de areia é a visão mais linda da minha vida —, ampla, sólida e firme.

— Como está se sentindo? — A voz de Jordan surge.

— Bem — respondo. Tusso um pouco e, em seguida, começo a me recompor. — Como você...

Olho para ele, que balança a cabeça.

— Você estava bem lá no fundo — ele conta. — Não se pode fazer isso no Havaí, a menos que conheça muito bem o mar, o que ficou na cara que não é o seu caso.

— Você me *seguiu*? — Estamos perto da praia, a ponto de Jordan já conseguir tocar o fundo. Jogo minhas pernas para o lado oposto e também fico de pé. Só que elas estão bambas, e, quando se dobram, apoio as mãos na prancha.

— Eu precisava — ele diz.

— Não precisava, não.

Ele se surpreende.

— Tem certeza disso?

— Não — respondo.

— Sei.

Ele põe a mão nas minhas costas e eu me assusto com o calor do contato. Meu corpo inteiro está congelando.

— Obrigada.

— Pelo quê? — Há uma leveza na sua voz, um bom humor, que eu nunca vi antes.

— Por salvar minha vida — murmuro.

— Desculpe, como é que é? — ele provoca.

Levanto os olhos e o encaro. Mesmo depois de ele ter me salvado da morte, Jordan Wilder ainda é um cara detestável.

— De nada.

Eu o ajudo a trazer a prancha para a areia, e, em seguida, desmorono. O sol está começando a esquentar a praia, e eu posso senti-lo em minhas costas. Respiro fundo algumas vezes e me inclino para trás me apoiando nas mãos.

— Você vem muito aqui? — pergunto.

Ele assente com a cabeça, sentando-se ao meu lado.

— Todas as manhãs.

Eu me viro e o encaro.

— Sério? Por que eu nunca o vi aqui?

Ele olha para mim, gotículas de água penduradas em seus cílios.

— Acho que você nunca procurou.

— Você já me viu?

Ele abre a boca para responder, mas eu volto a tossir — engasgos intensos, ondulantes e cheios de água. Sinto as mãos de Jordan nos meus ombros, e depois uma delas desce para as minhas costas, fazendo círculos grandes e contínuos. Mesmo com o sol, esse movimento arrepia minha pele.

— Obrigada.

— Acho melhor você entrar — ele aconselha.

— Não. — Eu não quero entrar. Eu não quero ir a lugar algum. Estou tomada pela necessidade de permanecer. Ficar nesta praia pelo máximo de tempo que eu puder.

— Você deveria tomar alguma bebida quente. E talvez se enxugar com uma toalha decente. — Sua voz é determinada, mas eu aponto para as rochas, onde estão jogados os meus chinelos e a minha toalha de praia com uma estampa de abacaxi.

— Eu trouxe uma — explico.

Ele fica de pé, limpa as mãos na bermuda e corre até as rochas. Observo seu corpo bronzeado e o contorno de seu tronco quando ele joga a toalha sobre o próprio ombro. Ele é tão "da paz" dentro da água e nesta praia. Se parece muito com os surfistas que moram aqui. É como se pertencesse a este lugar.

Ele volta com a toalha e a desdobra, envolvendo meus ombros como se fosse uma capa.

— Ah, obrigada. Não precisava.

Ele se senta novamente na areia.

— Você é uma mercadoria muito valiosa hoje em dia — ele diz, esfregando uma mão na outra. Fico olhando para a areia caindo entre elas. — A estrela do filme. Eu provavelmente teria que pagar para substituí-la, se você tivesse uma hipotermia. — Ele olha para mim. — Acho que não teria dinheiro para tanto.

— Aqui é o Havaí. Hipotermia parece meio improvável. — Desvio rapidamente o olhar, porque tenho medo de mostrar, em meu rosto, como eu me sinto por dentro. Como meu coração bate mais rápido por saber que ele está perto de mim do que quando eu achei que estivesse morrendo afogada.

Jordan olha para mim, e há algo de novo em seu olhar. Algo além de um ponto dourado — uma estrela no céu noturno. Seus olhos parecem mais suaves também. Mais castanhos do que negros.

— Ainda não tivemos muita chance de conversar — ele diz, e torce o nariz.

— O quê?

— Nada.

— Fale.

Ele se inclina para trás, apoiando-se nas mãos, esticando as pernas para a frente.

— Você está amarrada, é isso o que eu quero dizer.

— Amarrada?

Ele balança a cabeça.

— Qual é? Não faça isso. Não aja como se não soubesse do que estou falando.

Lembro-me dos braços de Rainer à minha volta no primeiro dia de Jordan no set. Depois, mais uma vez, na sessão de fotos.

— Rainer — eu digo.

Ele levanta as sobrancelhas.

— Vocês estão juntos, certo?

Puxo a toalha mais perto de mim.

— Sei lá. — É a resposta mais sincera que eu posso dar. Além do mais... — Não sei bem o que isso tem a ver com a possibilidade de nós sermos amigos.

Ele põe as mãos para o ar, como se eu estivesse lhe apontando uma arma.

— Ei, é a sua carreira, não a minha.

— O que isso quer dizer?

Ele suspira:

— Rainer gosta de estar nos holofotes. — Jordan começa a falar mais lento, como se estivesse explicando algo para uma criança. — A gente chama mais a atenção quando está namorando uma atriz.

— Não é assim que as coisas funcionam — eu digo. — Ninguém sequer me conhece.

Ele olha para mim intensamente.

— Mas você vai ficar famosa.

— Talvez — respondo. — Mas quem Rainer deveria namorar? Ele é um ator. Você não faz a mesma coisa?

Os olhos dele se contraem.

— Eu não namoro atrizes.

— Só *pop stars*.

— Como é? — ele pergunta, virando o corpo para ficar de frente para mim. — Tem alguma coisa que você quer me dizer?

— E quanto a Britney?

Ele expira longamente, pega um punhado de areia e deixa os grãos escorrerem por entre os dedos.

— A Britney não é, nem nunca foi, minha namorada.

Falo sem pensar:

— Então você só deu uns amassos nela pelas costas do Rainer?

Seus olhos fazem meu coração descer até o estômago. Depois suavizam outra vez. Não porque ele tenha ficado preocupado, e sim porque se magoou.

— É isso mesmo o que você acha?

Balanço a cabeça.

— Não — respondo. — Não sei. Eu ultrapassei todos os meus limites. Desculpe.

— Olha só, se você quer fazer parte deste mundo, precisa entender que existem coisas que você não comenta com ninguém, porque elas são sagradas. As pessoas vão querer saber sobre elas. Até desenterram mortos por uma fofoca. Quando não encontram nada, inventam coisas.

Então ele fica de pé, como se o assunto tivesse acabado.

— Vamos lá — ele diz. — Temos que entrar.

Ele me estende a mão e eu aceito. É forte e tem calos — o tipo de mão que já carregou coisas. Que segurou coisas com bastante força.

Caminhamos em silêncio; um silêncio cheio das milhões de coisas que quero perguntar a ele, mas não pergunto. Ele não parece querer conversar, e, depois de ter salvado minha vida, o mínimo que eu posso fazer é respeitar essa vontade.

— Obrigada — eu digo assim que ele me deixa na porta do chalé.

Ele encolhe os ombros.

— Boa sorte. Que bom que eu estava por perto.

Seus olhos se encontram com os meus, e nós ficamos ali, encarando um ao outro, sem piscar. Fico imaginando se ele se sente da mesma forma, se ele pensa em mim também.

— Para você também — eu respondo, suavemente.

Então ele baixa a cabeça, cruza os braços com as mãos nas axilas e vai embora. Eu o vejo caminhar pelo corredor até sumir quando dobra uma esquina. Mesmo assim, demoro um pouco para pegar meu cartão-chave.

CAPÍTULO 15

Estou lendo alguns roteiros que recebi da minha agente. A ideia de estar em outro projeto é bastante empolgante. Me ajuda a lembrar de que August é um momento. Um dos grandes, mas só um momento. Há um monte de outros personagens para serem interpretados. Tem um roteiro sobre uma garota má que engravida, outro sobre uma sereia, também baseado em uma série best-seller, ainda, um filme de época no qual eu faria a filha do protagonista. Vai ser filmado em Seattle, portanto eu estaria perto de casa, o que me leva a uma confusão de sentimentos. Estou quase terminando esse roteiro, que é muito legal.

Apoio as páginas ao meu lado e abafo um bocejo. Está frio lá fora, mais fresco à noite do que quando cheguei aqui, então eu enfio os pés embaixo do corpo, reacomodando-me na cadeira da varanda. Se eu fechar os olhos, estarei de volta a Portland no inverno. Imagino Cassandra e eu caminhando sob a chuva fina até o *Saturday Market*, os guarda-chuvas abertos e os pés ensopados. Ou tomando um chocolate quente na casa de Jake, vendo a mãe dele revirar os olhos para mim enquanto Jake nos dá uma lição sobre as ramificações da queima da cana-de-açúcar ou os efeitos danosos de algum tipo de bactéria disseminado pelas gaivotas.

Cassandra. Jake. Eles surgem como negativos de fotos.

Algo está acontecendo por aqui, algo que eu não esperava. Estou esquecendo quem eu sou. Está ficando normal estar em um set de filmagens, sair com a equipe, ter alguém para cozinhar para mim e fazer brotar na minha geladeira tudo de que eu gosto sem eu ter que deixar um bilhete para minha mãe. Não preciso me preocupar que meu cabelo e maquiagem estejam sempre perfeitos nem pedir que minhas mensagens de e-mail ou da caixa postal sejam constantemente verificadas por assistentes. Recebo um milhão de mensagens da minha agente sobre tudo o que está acontecendo no mundo. Achei que atuar fosse só atuar, mas eu estava errada. Há muito mais. Tantos prós e contras que parece que eu nunca vou aprender.

Não consigo esquecer o que Jordan disse hoje de manhã sobre manter algumas coisas mais reservadas. Mas não tenho ideia do que eu devo manter reservado na minha vida. O que é sagrado para mim? Achei que minhas amizades fossem, mas não falo com Cassandra e Jake desde que eles foram embora. E minha família nem entende o que eu estou fazendo, como é a minha nova vida. Talvez o meu sonho, este filme, seja sagrado. Mas não foi exatamente isso que me fez ser alguém que as pessoas querem conhecer melhor? E como eu vou saber se Rainer é sagrado se todo mundo é contra o nosso relacionamento?

— Toc, toc.

Levanto os olhos e vejo Rainer encostado na porta da minha varanda, com sua camisa havaiana estufada pela brisa noturna e uma flor de jasmim atrás da orelha. A interrupção me fez dar um sobressalto. É assustador ele aparecer justamente enquanto estou pensando nele. Depois da minha quase-morte hoje de manhã, estou me sentindo meio desconectada do mundo.

— Essa é sua ideia de bater? — pergunto.

Ele acena lentamente com a cabeça.

— É, sim.

— A propósito, como você chegou à minha porta?

Ele sorri.

— Queria ver você.

Meu coração acelera.

— Isso não responde à minha pergunta.

Rainer vem na minha direção e se senta na cadeira ao lado.

— Tenho alguns amigos em postos estratégicos. Para ser mais específico, na recepção.

Eu rio.

— Então quer dizer que agora você está paquerando a recepcionista?

— Tudo por você, PG — ele diz.

Não conto a Rainer sobre o afogamento. Não sei bem por quê, só sei que se refere a Jordan. Só sei que ele não vai gostar de saber que nós dividimos um momento. Mesmo que esse momento tenha sido quase o meu fim. Conversar sobre Jordan parece pesado... pesado demais para esta noite.

— Como foi seu dia? — Rainer pergunta.

Abraço minhas pernas e apoio o queixo nos joelhos.

— Tudo bem — respondo.

— Então, por que está se escondendo?

— Não estou me escondendo — eu digo, virando a cabeça de lado. — Só estou cansada.

Rainer e Jordan tiveram o dia de folga. Nós precisamos filmar algumas cenas em que August estava sozinha na ilha. Fomos só eu, Wyatt e a equipe, e eu mal conseguia manter os olhos abertos.

— Venha aqui — convida Rainer. Ele me pega com um só braço e eu me sinto arrastada da cadeira para perto dele, para seus braços. É tão bom estar ali. Um pouco da tensão do dia começa a ser tirado de cima de mim.

Ele me coloca no colo, se afasta um pouco e põe a mão no meu rosto. Então ele se aproxima de novo e eu, de certa forma, espero que ele me beije, mas, em vez disso, ele tira a flor de trás de sua orelha e a oferece a mim.

— Para você.

— Obrigada. — Eu a aceito, pegando-a pelo caule. Aproximo as pétalas do nariz e inspiro. O perfume é doce e apimentado, como baunilha de verdade.

— O que está acontecendo? — eu pergunto lentamente, com cuidado, meus olhos atraídos pelas pétalas de jasmim.

Ele encolhe os ombros.

— Assisti um pouco de TV hoje, comi um sanduíche. Foi legal ter um tempo de folga.

Sinto suas mãos nas minhas costas, passeando pela minha coluna. Procuro controlar o arrepio.

Então coloco a flor de lado.

— Não foi isso o que eu quis dizer — replico.

Ele empina a cabeça.

— Então o que você quis dizer? — Sua voz é leve, melodiosa, como se flertasse comigo.

Dou um tapinha leve em seu ombro.

— Nós.

Os cantos de sua boca se levantam e formam um sorriso.

— Nós?

Eu me sinto ridícula, pois estou sentada em seu colo, com as mãos dele em mim, e ainda não sei o que isso significa.

— É. Bem, você me beijou.

— Já sei disso — ele diz, ainda com um sorriso de canto de boca. — Por que acha que eu estou aqui?

A suave palpitação em meu peito se transforma em uma bateria intensa e veloz.

Ele se curva para perto de mim, mas desta vez não me entrega uma flor nem se afasta.

— Estou aqui porque você é inteligente — ele conclui, aproximando-se ainda mais. Dá para sentir seus cílios roçando meu rosto. — E engraçada. — Mais perto. Seu nariz acaricia minha mandíbula. — E linda. — Ele passa com sua boca perto da minha. — E eu gosto muito de beijar você.

Minha pulsação acelera. Parece que meu coração vai saltar de dentro de mim.

— Tudo bem, mas...

— O que mais? — ele sussurra.

Inspiro, tentando manter a voz estável. É como se eu tivesse que lutar para que cada palavra saia.

— O que você quer?

Ele suspira e coloca uma das mãos no meu joelho, em cima da minha mão. Seu toque é suave e acolhedor.

— Achei que já estivesse bem óbvio — ele afirma, alisando meu polegar com o dele. — Eu quero você.

— Rainer...

Ele levanta minha mão e a põe sobre a dele, bem em seu coração, que bate forte e constante.

— Relaxe — ele diz.

Mordo meu lábio inferior.

— Tudo bem — concordo. — Ótimo.

Ele segura meu rosto e me puxa em sua direção. Beija meu nariz, depois minha testa, depois um pouco acima das minhas bochechas. Quando se afasta, sua respiração está ofegante.

— Você é tão linda — ele diz.

— Você está de brincadeira — reclamo.

— Não estou, não. — Ele beija a lateral do meu pescoço, logo abaixo da minha orelha. Está ficando quase impossível pensar com clareza.

— Por que eu? — pergunto. Pigarreio para limpar a garganta e o afasto. Lembro do que Jordan disse, sobre Rainer namorar atrizes porque gosta de estar na mídia. Mas como isso pode ser verdade? Eu ainda não sou ninguém. — Além da questão óbvia de eu ser a única garota que você conhece nesta ilha.

— Não é verdade — ele diz, entrelaçando nossos dedos, o que me faz olhar para baixo. — Você se esqueceu da recepcionista.

— E da Jessica — completo, mantendo o olhar baixo.

Rainer concorda com a cabeça.

— E da Jessica.

— E então? — insisto, desenlaçando nossas mãos e pousando a minha sobre o meu colo. Eu tenho que manter as mãos unidas para conseguir não roer minhas unhas.

— Por que você? — pergunta Rainer. — É isso o que você quer saber?

— Sim. — Direciono meu olhar a ele.

Ele balança a cabeça como se eu fosse a única que não entende o motivo.

— Isso, bem aí — ele diz. — Você não faz ideia de como as pessoas veem você. Você é incrível.

Então ele me beija. Dessa vez de verdade. Minha vontade é dizer alguma coisa, mas nosso beijo me impediu. Fico entretida com o cabelo, os dedos e as fortes batidas do coração dele. *Você é incrível*. Com sua boca se movendo contra a minha, suas mãos na minha cintura, essas parecem ser as únicas palavras que importam. O jeito como ele me vê. Como ele se sente a meu respeito.

Suas mãos estão em todos os lugares — minhas costas, minha cintura. Ele me puxa para perto. Estendo as mãos à frente e toco os ombros dele, sentindo seus músculos. Sinto Rainer suspirando dentro da minha boca, mas nossos lábios não se desgrudam. Ele continua me beijando e, lentamente, começo a sentir o mesmo. Que talvez ele esteja certo.

CAPÍTULO 16

— Você está com aquele garoto? — minha mãe pergunta, em meio a um monte de ruídos. Ela sempre me liga do celular, porque não temos plano de chamadas de longa distância no telefone fixo, e o sinal nunca é bom em nossa casa.

— Desde quando você lê tabloides? — pergunto.

Estou de pé na cozinha do chalé, diante de um artigo chamado: RAINER DEVON E PAIGE TOWNSEN SE APAIXONAM NO HAVAÍ. Eles reaproveitaram aquela foto nossa no Mercado de Peixe — eu e Rainer com as testas coladas. Foi tirada há algumas semanas. Como pode ainda ser relevante?

— Desde que minha filha foi parar neles — mamãe responde. Mesmo com a ligação péssima, posso sentir a secura em seu tom de voz.

— Você realmente acredita nisso tudo? Não fico pensando muito no que realmente mudou desde então. O fato de que eu e Rainer nos beijamos. Algumas vezes.

— Não sei, meu amor — ela diz.

Coloco a revista de lado.

— Você chegou a assinar a *Star*?

Eu ainda não acredito nela. Minha mãe jamais saberia como localizar um tabloide, mesmo que fosse o único livro na biblioteca da escola. O que, obviamente, tabloides não são. Ela faz compras na mercearia do bairro, não no supermercado, e as únicas revistas que existem lá são a *Yoga Journal* e uma porção de panfletos de astrologia. Eu tenho outra teoria.

— Cassandra ligou para você — eu acuso.

Minha mãe suspira. Sua respiração fica entrecortada pelos ruídos.

— Por favor, responda minha pergunta, Paige.

— Foi ela, não foi?

Há uma pausa suspeita na conversa, e então:

— Ela se importa muito com você.

Se importa, sim. Conta outra. Por isso tem me ligado tanto desde que ela e Jake vieram ao set.

— Ela só quer *saber o que está acontecendo* — corrijo.

— Querida, acho que, se ela quisesse saber o que está acontecendo, teria ligado para você. Não é do seu feitio duvidar da Cassandra. O que está havendo?

Imagino minha mãe de pé em nossa cozinha, com os cotovelos no balcão, ou vasculhando a geladeira, e começo a pensar quanto tempo se passou desde a última vez que a vi. Nunca fiquei tantos dias longe dela. Eu deveria dizer alguma coisa. Que a amo. Em vez disso, eu digo:

— Não quero tornar isso público.

— Estamos falando da Cassandra e da sua mãe — ela afirma. — Qual de nós, exatamente, é a figura pública?

— Ela está namorando o Jake — deixo escapar.

Não ouço um suspiro, um sinal de surpresa, nem mesmo o silêncio entre as palavras.

— Eu sei. Eu os vi juntos — diz minha mãe, como se nada estivesse acontecendo, como se eu tivesse dito que havia comido no almoço um sanduíche de manteiga de amendoim ou de geleia.

— Então você já sabia?

Eu a imagino parada na frente da geladeira, colocando o leite de volta lá dentro e pondo a mão na cintura.

— Querida, vocês todos são amigos há muito tempo. As coisas mudam.

— Ela está namorando o *Jake* — eu repito, lentamente. Como se o fato de eu dizer cada palavra separadamente a fizesse compreender melhor.

— Mas eles não têm o direito de ser felizes?

Inspiro fundo antes de dizer:

— Claro que sim. É que... — Minha mãe não sabia sobre as vezes em que Jake e eu nos beijamos e que Cassandra ficou irritada com isso. — Cassandra sempre disse que, se dois de nós ficássemos juntos, nossa amizade iria para o espaço.

— E o que você acha?

— Sei lá — respondo. Deslizo as mãos pela bancada de mármore. — É que foi estranho tê-los aqui e vê-los desse jeito. Eu meio que entrei em parafuso.

Sento-me em uma das banquetas e giro, de frente para o mar. Quase nunca converso com minha mãe sobre esse tipo de coisa, mas a conversa simplesmente flui. Ver Cassandra e Jake no meu sofá. Os jantares com Rainer. Como foi estranha a nossa despedida.

Ela não responde imediatamente quando termino de falar.

— Mãe?

Ouço sua inspiração, e depois um suspiro de expiração.

— Eu entendo, querida — começa ela. — Mas acho que você precisa ser mais compreensiva com eles. Acho que você não está irritada porque eles estão juntos; acho que está irritada porque eles também seguiram em frente. As coisas mudam, meu amor.

— Achei que não mudaríamos — confesso. Há um nó na minha garganta que eu não sabia que estava lá.

— Você não pode culpar seus amigos por tocarem a vida deles sem você.

— Mas eles tinham que seguir adiante *juntos*?

Ouço um quê de risada na voz dela.

— Bem — ela diz. — Acho que a questão é: vale a pena perder as duas amizades?

Ela muda de assunto, falando da minha irmã e de Annabelle, e então conclui:

— Tenho que ir. Eu te amo — e desliga.

Coloco o telefone no balcão. Ela está certa, é claro. E eu sinto a falta deles. Dos dois. Quero ligar para o Jake e contar a ele sobre a *Clean Ocean Initiative*, que Wyatt acabou de criar, para compensar quaisquer impactos ambientais que o filme possa causar. Quero ligar para Cassandra e contar que Rainer finalmente me beijou, ouvir seu grito histérico e as intermináveis perguntas sobre como era, se seu cabelo era macio, o que ele me fala quando estamos sozinhos.

Mas eu tenho um ensaio, e tenho que ir até a sala de edição esta manhã para ver as filmagens brutas do dia anterior. Nós regravamos a primeira cena do filme, a cena em que August chega à praia, ensanguentada e fraturada. Ficou bem melhor desta vez, e Wyatt pareceu mais satisfeito também. Na verdade, ele me chamou para dar uma olhada na filmagem. Ele nunca havia pedido minha opinião, então eu tive que ser extremamente pontual. Cabelo e maquiagem seriam em vinte minutos.

A edição fica nas salas de conferência do primeiro andar do hotel. Os *blackouts* estão sempre fechados, então eu fico com pena pelos editores. Eles ficam trancados, olhando para aquelas telas o tempo todo, enquanto estamos no Havaí. Pelo menos nós podemos trabalhar quase sempre ao ar livre.

Gillian, a editora de efeitos especiais, me cumprimenta quando chego lá. Ela é incrivelmente alta, com cabelos vermelhos e óculos de armação multicolorida. Nunca contei isso a ela, porque não somos muito próximas, mas ela me faz lembrar Portland.

— E aí, mocinha? — ela diz, pousando sua mão firme no meu ombro. — Preparamos tudo para você. Vamos ao meu escritório.

Ela abre a porta com o pé e me leva até uma sala com paredes cinza e uma grande mesa de plástico. Em cima dela há quatro computadores e três teclados. Uma imagem congelada da praia está na tela.

— Sente-se. — Gillian rola uma cadeira para mim, e eu me acomodo. Ela se curva e começa a digitar no teclado. — Fico feliz que esteja aqui. Rainer também vem?

— Não — respondo, esticando o pescoço para olhar para a entrada. — Eu acho que não, pelo menos.

Gillian se vira na cadeira e rola para o meu lado, com o peito pressionado contra o encosto.

— Está pronta?

Sorrio de maneira afirmativa e faço sinal de positivo com o dedo.

Começamos a passar as cenas. É estranho ver a mim mesma na tela daquele jeito. Já me vi outras vezes, em comerciais e em algumas peças teatrais que foram filmadas, mas isto é completamente diferente. Os efeitos especiais ainda não foram aplicados, mas não há a pretensão de ser um palco ou um cenário. Somos só nós, como se estivéssemos assistindo a um vídeo caseiro de mim mesma, só que não era exatamente eu.

— Está cru — explica Gillian. — Mas está bem legal, não é?

— E como — eu concordo, meneando a cabeça.

Ela pisca para mim e clica em alguma coisa para passar a cena adiante. Wyatt sempre falava sobre combinar tomadas, que as minhas mãos tinham que ocupar o mesmo espaço quando eu estivesse falando determinada palavra, assim, mais tarde, quando estivessem editando as cenas, eles conseguiriam fazer as coisas combinarem entre si. Na teoria eu meio que entendia, mas agora tudo faz sentido. Um filme é como um quebra-cabeças gigante — uma porção de peças espalhadas no chão da sala. Só bem depois, quando tudo é colocado no lugar, você se dá conta de que tudo faz parte de uma só história.

O celular de Gillian começa a tocar *Dancing Queen*, do Abba.

— Minha música predileta dos anos 1970 — ela comenta. — Eu sou velha. Não conte a ninguém.

Gillian pega o telefone rapidamente. Acena com a cabeça algumas vezes, então cobre o aparelho com a mão.

— Vou ver se já tem alguma filmagem no set — ela diz. — Você pode aguardar uns cinco minutos?

— Claro.

Talvez eu devesse sair por um tempo, mas eu quero ficar. É divertido ficar com Gillian. Ela me lembra uma daquelas personagens de tias descoladas dos filmes. O tipo que deixa você tomar vinho no jantar e ajuda você a "pegar emprestado" o carro do seu pai para dar uma escapada no fim de semana. Meus pais são filhos únicos, então eu nunca tive nada parecido. Uma vez meu irmão se ofereceu para comprar vodca para mim e para Cassandra, para uma festa do pijama que faríamos. Concordamos, mais porque queríamos parecer "legais", eu acho, mas acabou que o plano não deu certo. Quando falei com ele, nossos pais nos ouviram, e nós dois ficamos de castigo por uma semana.

Não estou dizendo que Gillian daria bebidas para menores, mas existem alguns adultos que não parecem ter grande admiração por regras. Geralmente são aqueles que não têm filhos.

Ela sai, dando algumas ordens pelo telefone, e eu sou deixada com a minha imagem na tela. É uma cena de close, que mostra o corpo inteiro, imóvel como uma estátua, na praia. Eu estou ensanguentada, e meu cabelo está espalhado como uma teia de aranha ainda sendo feita. Sinto como se estivesse sangrando até a morte, ou ela está, o que é ridículo, porque (1) August não morre, e (2) aquilo nem é sangue. Eu estava no local quando foram misturados gel de cabelo, xarope de chocolate e corante alimentício, então me pediram para me deitar, desenharam um X no meu abdômen e começaram a derramar aquela mistura em cima de mim.

Ainda assim...

Havia alguma coisa em ver meu corpo daquele jeito — minhas pernas afastadas, a mão solta com os dedos esticados — que me lembra do momento da morte. É assim que acontece. Você flutua por cima do seu corpo e se vê lá embaixo, como se estivesse em um filme.

— Estranho, não é?

Não o ouvi se aproximar, mas sinto a voz de Jordan no meu ouvido. Aquilo me choca mais do que a cena que está na tela à minha frente.

Puxo meus cabelos para trás e olho para ele.

— Um pouco — respondo, tentando manter a voz estável.

Jordan acena com a cabeça. Ele está vendo a cena na tela, com os olhos de um lado para o outro. Eu tenho plena consciência de que sou eu ali deitada, que é para o meu corpo seminu que ele está olhando. Quero jogar um cobertor sobre a garota na praia e outro sobre mim também. Porque não tenho como nos separarmos. Parece que ele não está de olho na tela, mas em mim. Quando seus olhos percorrem o abdômen de August, eu travo a respiração, e, quando ele olha para o rosto imóvel dela, minhas bochechas ficam vermelhas; quando ele estende a mão e, gentilmente, toca a tela, posso sentir sua mão em meu ombro — como uma vela de ignição.

— Por que você não está no ensaio? — pergunto. Minha voz sai rouca, então eu pigarreio para limpar a garganta.

— São só você e Rainer hoje — ele diz, tirando os olhos da tela para me ver; fico me perguntando se ele também já viu aquelas revistas idiotas. Tenho o forte desejo de lhe dizer que não é verdade. Mentir.

— Entendi — eu digo. — E aí?

Jordan vira a cadeira de Gillian e se senta.

— Gosto de vir aqui e ver como as coisas estão daqui de cima. — Ele gesticula para o monitor. — E você?

— Wyatt queria que eu desse uma olhada — falo. — Nunca vi as filmagens brutas antes.

Que vergonha. Eu já deveria ter vindo aqui. Eu deveria aproveitar cada oportunidade de aprendizado que estão me oferecendo naquele set.

Jordan continua olhando para a tela.

— Acho interessante ver o processo, sabe? Dá para aprender muito nisso.

Ele vira a cabeça para olhar para mim.

— Sempre gostei de ver como as peças se unem. Talvez essa seja a parte de que eu mais gosto na profissão de ator. Como uma coisa depende da outra.

— Pode ser — concordo. — Mas atuar não é muito cooperativo.

Ele analisa meu rosto meticulosamente.

— Claro que é.

— Sei lá. Não penso assim.

Não faço ideia de por que estou sendo tão do contra. Tudo o que eu queria era que ele conversasse comigo e não me tratasse como uma leprosa. Agora que está acontecendo de fato, eu o afasto.

— Essa é uma coisa que eu não entendo nos atores — diz Jordan. — Eles não veem que o que fazem seria impossível sem a ajuda de dezenas de pessoas. Nenhuma arte é feita no vazio.

— Mas, quando você atua, não deveria ser uma coisa só para você? Quero dizer, será que importa quem assiste à sua peça ou ao seu filme? Você não faz isso por amor?

Jordan se inclina na cadeira e entrelaça as mãos atrás da cabeça.

— Não — ele argumenta. — Na melhor das hipóteses, a arte é um diálogo. Você faz o que faz para que as pessoas possam assisti-la para se divertir e confraternizar. É *para* as pessoas.

Dá para notar, pela maneira como ele fala — cuidadoso, mas fluido e sereno —, que essa não é a primeira vez que ele pensa no assunto. É uma opinião desenvolvida através dos anos, sempre pensando no processo. Algo nisso me faz sentir coagida — uma combinação de admiração por seu comprometimento e decepção pela minha falta dele.

— Você já pensou muito nisso.

Ele semicerra os olhos, como se não tivesse entendido direito a pergunta.

— É a minha vida — ele diz. — É claro que já pensei nisso.

Ele tem o dom de me tirar da minha zona de conforto, como se as coisas que eu acho do mundo — em que eu acredito e que penso ser verdade — fossem véus para outras coisas, coisas maiores. Conversar com ele me faz sentir como se eu estivesse abrindo uma cortina, e eu não tivesse certeza do que estava por trás.

Fico tentando formular uma resposta quando Gillian entra de supetão na sala.

— E aí, J? — ela o cumprimenta.

Jordan sorri para Gillian. É a primeira vez que eu o vejo sorrir, o que muda todo o seu rosto. Parece que seus olhos clarearam de negros para castanhos. O sorriso os suaviza.

— Roubei sua cadeira. — Ele faz menção de se levantar, mas ela o impede.

— Sente-se. Esta aqui tem que ir embora mesmo.

— Eu? — pergunto.

— Wyatt está esperando por você, mocinha. Terminamos isto aqui mais tarde.

Murmuro qualquer coisa e me levanto. Eu não queria deixar a sala de edição.

— Bem, obrigada — falo. — Depois eu volto.

— Elas sempre voltam — ela diz, piscando para Jordan.

Ela se senta na minha cadeira e cruza os braços. Jordan puxa o teclado e as imagens na tela começam a se mover, meu corpo volta à vida. Ele vai pulando as cenas, como Gillian havia feito.

— Tchau — eu digo.

Eu esperava que ele mantivesse a cabeça baixa, para me ignorar, mas, em vez disso, ele replica:

— Tchau, Paige. Bom falar contigo.

Tento identificar algum traço de sarcasmo, mas não há. É possível que ele, realmente, tenha sido sincero.

— Você está atrasada, amor.

Rainer me cumprimenta assim que piso no trailer de cabelo e maquiagem. Ele está vestido de Noah, e está maravilhoso. Sem camisa, com a pele perfeitamente bronzeada. Como se aqueles deuses gregos tivessem tomado vida.

— Não se preocupe, meu anjo — diz Lillianna. — Vamos fazer dar tempo.

Mas eu não estou preocupada. Não sinto como se precisasse tirar o pai da forca. Afinal de contas, foi Wyatt quem me pediu para falar com Gillian.

— Eu deveria parar de fazer você dormir até tão tarde — diz Rainer, e meu rosto esquenta imediatamente, com lembranças da noite anterior. Nós na minha varanda. Eu no colo dele.

— Eu estava na sala de edição — explico.

— Sala de edição? — Ele está na frente do espelho, ajustando um pouco o cabelo. — Por quê?

— Wyatt me pediu. Além do mais, é bem interessante. Ser parte do processo... Atuar não é um vácuo — eu digo, indevidamente.

Rainer sorri:

— Eu confio em você.

— É que eu gosto de conhecer mais — eu digo.

— Legal.

Desabo na cadeira ao lado dele. Ele estende a mão e toca de longe o meu joelho.

— Ei — ele diz.

Inclino a perna para perto de seus dedos. Ele se debruça para receber um beijo, mas eu me desviro, sorrindo sem graça para Lillianna.

— Já vi coisa pior, meu anjo — ela diz, dando um tapinha de leve no topo da minha cabeça. — Vocês fazem um casal muito bonito.

— Não é mesmo? — brinca Rainer. Ele solta meu joelho e dá um salto para fora da cadeira. — Vou aliviar sua barra com o Wyatt. Vejo você lá embaixo? — Ele se curva novamente, mas dessa vez eu o deixo chegar aos meus lábios. — Até mais tarde, minha linda — ele sussurra.

CAPÍTULO 17

Rainer foi chamado de volta para Los Angeles na semana seguinte para fazer a divulgação de um filme que ele fez no ano passado. Que saco! Eu não queria que ele fosse embora, e ele também não queria ir. Mas, independentemente de qualquer coisa, mais tarde naquela noite ele já estava dentro de um avião na direção leste. Ele ficaria fora por oito dias. Iria para Los Angeles, Nova York e Londres antes de voltar para cá.

— Queria que você viesse comigo — diz ele. — É um barato, toda aquela gente, toda aquela energia. Não vejo a hora de você também passar por isso. É como receber o maior abraço do mundo.

— Em breve — brinquei. Estamos no lobby do hotel, esperando o carro dele.

— O que você vai fazer esta semana? — pergunta Rainer. Seu tom é casual, mas eu sei o que ele tem em mente. Quer saber sobre Jordan. Rainer jamais vai admitir, mas está na cara que ficou incomodado por eu ter ido ver Gillian sabendo que Jordan está sempre por lá, vendo as filmagens prévias.

— Não precisa se preocupar — eu digo, levantando a mão e tocando seu ombro.

— Eu sei — ele replica.

— Ei... — Inclino o rosto dele para trás. — Estamos todos presos neste hotel juntos. Estou tentando ser amigável, só isso.

— E deveria mesmo — ele diz. Seu rosto muda por alguns segundos, porém logo volta ao normal. — Você precisa ser amigável mesmo. Desculpe. — Ele balançou a cabeça. — É que eu fico com ciúme de qualquer um que esteja ao seu lado quando eu não posso.

— Ciúme?

Rainer envolve as mãos em volta da minha cintura.

— Surpresa? — ele pergunta.

— Talvez.

Ele balança a cabeça.

— Paige Townsen, você ainda não entendeu.

— O quê?

— Eu gosto muito de você. — Ele dá um berro. — Ei, todo mundo, eu gosto da Paige!

Mexo a cabeça e sinto seus lábios no meu cabelo.

— Pare — eu digo. — Você está me envergonhando. — Por dentro, meu peito está radiante.

Justo quando o carro dele encosta, Jordan aparece do outro lado do lobby. Ele para e encosta em um pilar. Posso senti-lo olhando para nós. Rainer também percebe. Sinto sua mandíbula tensa. Me desvencilho dele, mas mantenho uma mão em seu braço.

— Boa viagem.

Jordan se desencosta da parede.

— Para onde está indo? — ele pergunta, mantendo o tom moderado, mas deixando que seus olhos vagueiem pela minha mão no ombro de Rainer.

— Divulgação — diz Rainer, por entre os dentes. Sinto seu corpo ficar todo contraído sob meus dedos.

Jordan concorda com a cabeça. Imagino que ele vá dizer algo do tipo "acho que você agora está presa aqui comigo", mas ele, em vez disso, prefere dizer:

— Vou até a Gillian. Dê uma passada lá, se quiser.

Olho para Rainer. Ele está entregando as malas para o motorista.

— Tudo bem, eu vou. — respondo.

Jordan sai de perto, e então Rainer me beija outra vez, com as mãos no meu cabelo. O motorista ao nosso lado pigarreia.

— Sr. Devon — ele anuncia. — Precisamos ir agora, senhor.

Rainer concorda, pressionando a testa contra a minha.

— Fique bem — ele diz.

Inclino-me diante dele, abraço-o pelo pescoço e o trago de volta ao lar. No entanto, o motorista está a um metro de nós, então prefiro me afastar.

— Vou ficar — eu digo. — Volte logo.

— Pode deixar — Ele beija meu nariz. Rio ao vê-lo se curvar para entrar no carro. Então, ele vai embora. Depois de ver seu carro fazer a primeira curva, vou direto para a sala de edição. Quando chego lá, Jordan está sentado na mesa de Gillian. Ele dá um giro assim que chego.

— Oi — ele diz. — Rainer foi embora direitinho?

Tento ler seu rosto, mas não há qualquer expressão.

— Qual é? — reclamo. — Não faça isso.

— Fazer o quê? — ele pergunta. Suas feições ainda são impossíveis de serem decifradas.

— Fingir que se importa.

Jordan dá de ombros e empurra uma cadeira para mim.

— Aqui — ele oferece.

Eu me sento e olho para a porta atrás de mim.

— Onde está Gillian?

— Ela não vem — diz Jordan, começando a passar de filmagem em filmagem.

— Mas você acabou de...

Ele se vira para mim com os olhos negros de raiva.

— Eu sei o que eu disse. Achei que seu namorado fosse aceitar melhor se achasse que haveria alguém junto.

— Mas não há *ninguém* aqui.

Ele continua olhando para mim, deixando meu peito ficar aflito e minha respiração, curta.

— E precisamos de alguém?

Desvio o olhar dele e me volto para a tela.

— Ele não é meu namorado — eu digo, como se fosse algum tipo de explicação. Mas falo baixo, quase um sussurro. É verdade que ainda não conversamos oficialmente, mas é quase irrelevante neste contexto. E Jordan também sabe disso.

— Pode chamá-lo do que quiser — ele argumenta. — Não faz diferença nenhuma para mim.

Algo dentro do meu estômago se contorce, mas tento não dar bola. Procuro, em vez disso, concentrar-me nas imagens da tela. Estamos olhando para uma cena que Rainer e eu filmamos na semana passada. Algumas tomadas na praia e as cenas que gravamos com os atores que vieram, só por alguns dias, fazer os nativos da ilha.

— Pode me mostrar como funciona? — pergunto.

Jordan se vira para mim, e seus olhos me analisam rapidamente.

— Sim. Claro.

Ele se levanta para ceder seu lugar a mim. Em seguida, se curva sobre mim e coloca as mãos nos controles.

— Deste jeito você passa para a tomada seguinte — ele diz. Sua respiração surge em meu ouvido. Sinto seu corpo por trás do meu, acolhedor, como se emitisse calor. — E assim você divide a tela. — Ele pigarreia. — Só sei um pouco do básico.

A voz dele está tão perto que eu posso sentir suas palavras pousando em meu pescoço.

— Obrigada.

Jordan se senta ao meu lado e eu sinto o ar deixar o meu corpo na mesma hora.

— Seria bom que você viesse aqui e mexesse um pouco nos controles para entender melhor — ele diz.

— E a Gillian não vê problema nisso?

Seus olhos negros quase perfuram os meus.

— Não se você estiver comigo. — Olho para o outro lado, mas ainda posso senti-lo me observando. — Olha só, eu estava esperando para falar com você...

— Sim? — Engulo em seco.

— Desculpe se nós começamos com o pé esquerdo.

Balanço a cabeça.

— Você salvou minha vida — eu digo. — Acho que está tudo perdoado.

— Bem lembrado. — Ele gira na cadeira, ficando de frente para mim. De repente, ele fica sério, com as sobrancelhas contraídas. — Mas aquele negócio com o Rainer... não é problema seu.

— Eu sei — eu digo. Viro de frente para ele também. Nossos joelhos estão quase se tocando. — Mas sinto como se fosse.

Jordan mexe a cabeça, e então olha para mim. Sua expressão está calma e tranquila.

— Você é a garota dele.

Minha garganta se contrai. Parece que os poucos centímetros entre nós estão pegando fogo.

— Não é... — Mas não sei o que dizer. Ele está certo. Eu sou.

— É verdade — ele me corta, sem tirar os olhos de mim. — Mas isso não significa que eu tenha que sentir por você o mesmo que sinto por ele.

Olhamos um para o outro, e eu posso jurar que o silêncio entre nós flui como água. Tem peso, profundidade. Sinto o fluxo do meu peito para o dele.

Jordan desvia os olhos primeiro.

— Melhor irmos embora — ele diz. — Nossa agenda de amanhã começa às cinco.

Quando expiro, parece que eu estava prendendo o fôlego todo esse tempo.
— Acho que você não vai poder dar aquele mergulho matinal. Que pena...
Ele olha para mim, curvando-se na minha direção.
— Sempre há tempo para isso — ele responde. — Se você estiver a fim.
— Você acordaria às três da manhã para surfar?
Voltando-se para os controles, a atitude relaxada dele estava restabelecida.
— Não seria a primeira vez.

Na manhã seguinte, apenas eu e Jordan estamos no set. Ainda não filmamos nada sozinhos, e estar perto dele ainda me leva a uma espécie de abismo. A questão é que eu também sou uma atriz melhor ao lado dele. Melhor até (embora eu jamais fosse admitir isso em voz alta) do que com Rainer. É como se a presença dele me desafiasse para que eu me esforce mais. Para que eu chegue ao nível dele.

Vamos filmar na praia durante o dia... É a cena em que Ed chega à ilha e August o vê pela primeira vez. E eles se beijam.

— Ele é um cara por quem você tem um grande carinho — Wyatt me conta. — Você ama Noah, mas também ama Ed. E você estava com saudade dele.

Wyatt está usando uma calça jeans preta e uma camiseta cinza lisa. Não há qualquer demonstração de emoção nele, e eu não sei ao certo como interpretar aquilo. Eu não sou a única que fica diferente perto de Jordan. O mesmo acontece com Wyatt. Ele não é menos intenso, exatamente, mas grita menos. Pode ser que eu esteja melhorando, assim ele não precisa me corrigir tanto. Não sei direito.

August deveria correr para os braços de Ed, e ele a segura no ar. Eles se beijam, mas só um pouco. O beijo não é tão significativo quanto aquele com Noah na cabana, que gravamos há algumas semanas. É mais suave também. Não tão carregado.

— Não é tão apaixonado quanto aquele com Noah — Wyatt orienta. — É mais familiar.

Familiar. Certo. Eu e Jordan nos beijando. Praticamente um dia como outro qualquer.

Jordan, na verdade, sorri para mim quando chega ao set.

— Oi, Paige — ele diz. — Bom dia.

Seu tom casual e sua atitude serena me surpreendem. Ele é uma pessoa diferente. Brinca com Camden, arranca a agenda das mãos de Jessica. Tudo isso seria só porque Rainer não está aqui?

— Vamos lá, pessoal — diz Wyatt. — Vamos rodar algumas vezes.

Wyatt nos prepara. Jordan tem que me levantar e nós vamos nos beijar no ar. Um beijo de reencontro.

— É doce — Wyatt não para de dizer. — Mas, para August, também é triste. Ela está deixando Noah para trás.

Normalmente, Rainer sussurra coisas no meu ouvido enquanto filmamos. Entre uma tomada e outra, ele faz brincadeiras, tenta me fazer rir, esse tipo de coisa. Mas Jordan não. A partir do momento em que vai para a frente da câmera, Jordan se transforma em Ed. E hoje não foi exceção.

Jordan não hesita; ele me levanta com facilidade. Me abraça em volta da cintura e me puxa até seu peito. Sinto seus batimentos. Eu esperava que fossem como seus olhos — sólidos e constantes —, mas não: são instáveis. O coração dele bate forte como o meu, como se quisesse se aproximar de alguma coisa. O som, a sensação, faz todo o resto desaparecer. Mesmo quando as câmeras vêm perto do meu rosto, quase não noto que estão lá. Sinto o mesmo que ontem à noite. Uma intimidade que cresce... e algo a mais também. Algo que eu não admito para mim mesma nem na privacidade da minha mente.

Jordan me coloca no chão, e em seguida, sem aviso ou instrução, me puxa para perto dele. Seus lábios são como aqueles laços de seda dos embrulhos de presente, e ele me beija com tanta delicadeza que mal posso sentir o peso de sua boca. O impacto me faz curvar para a frente. Eu o queria mais perto. Ele me acompanha.

Minhas mãos parecem ter vida própria. Primeiro segurando nos ombros dele, depois seu pescoço e, finalmente, entrelaçando os dedos em seus cabelos. Nem ouço Wyatt gritar "corta". Não escuto nada além do quebrar das ondas atrás de nós, e a respiração intermitente dele, igual à minha.

Quando Jordan se afasta, mantenho meu corpo pressionado contra o dele. Sinto seus lábios tocando minha testa.

Wyatt está de pé ao nosso lado, com o rosto perplexo e fascinado.

— Essa foi muito boa, mas vamos tentar uma mais curta desta vez, está bem?

Jordan não me largou ainda, e, quando olho para ele, seu olhar está fixo em mim. Algo neles está mais suave de novo, como um lago derretendo na primavera. Por um segundo, quase posso me sentir derretendo por dentro também.

Jordan afrouxa um pouco os braços quando Wyatt volta para Camden. Ouço Camden dizer:

— Tem certeza que não tem que ser esses dois juntos? — Eu sei que deveria corrigi-lo. Deveria me soltar de Jordan e explicar que não, não há sentimento! É só uma boa atuação! Eu estou com Rainer! Mas não consigo, porque, quando Jordan me larga, pouco depois, fico completamente travada.

— Vamos de novo — diz Wyatt.

Pigarreio para limpar a garganta.

— Bom trabalho — digo a Jordan, o que é, possivelmente, a coisa mais ridícula a dizer para um cara que estava há poucos instantes com a língua dentro da sua boca. Mesmo que por dever da profissão.

Como eu previa, ele nem responde.

Filmamos de novo. E de novo. E de novo. Toda vez que seus lábios tocam os meus, eu sinto como se estivesse me aproximando de algo significativo, algo que eu venho tentando alcançar desde que cheguei a esta ilha, e talvez até muito tempo antes. Era como se beijá-lo explicasse tudo. Por que eu estou aqui, por que consegui o papel. Que talvez tudo o que aconteceu nos últimos seis meses me trouxesse para este momento.

Lembro-me de uma coisa que Wyatt me falou quando estávamos filmando a cena do beijo com Noah. Uma referência que ele usou quando tentava me fazer entender o que estava rolando dentro da cabeça de August.

— Ela finalmente entende o que significa se apaixonar por alguém — ele disse. — Aquela parte do amar alguém quando ambos estão completamente entregues ao sentimento.

Temos uma folga no dia seguinte, e está chovendo muito. Não podemos fazer chover com paus, poções mágicas e danças africanas, mas, no segundo em que paramos de filmar, os céus se abriram.

Passo a manhã no chalé, olhando as pilhas e pilhas de revistas que não param de chegar pelo correio em virtude das várias assinaturas que achei que serviriam para alguma coisa. Depois tento organizar minha coleção de DVDs, dobro novamente as roupas das gavetas. Estou determinada a não precisar sair de casa. A chuva não me assusta tanto quanto a pessoa que poderia estar do lado de fora. Estou querendo evitar Jordan. Não porque eu não queira vê-lo — cada célula do meu corpo queria sair correndo pelo corredor e encontrá-lo —, mas eu não sei o que devo dizer. Ou fazer.

Não que isso importe. Tenho Rainer. Rainer, que é doce, sexy e maravilhoso e que, por algum motivo insano, quer estar comigo. Além do mais, Jordan provavelmente tem química até com uma maçaneta. Atuando, é claro, mas não consigo parar de pensar em ficar perto dele. Será por isso que os atores estão sempre terminando seus relacionamentos ou traindo uns aos outros? Será por causa de toda essa intimidade? Será *isso* a intimidade? Não consigo conceber a possibilidade de Jordan não ter sentido aquilo também, mas talvez, depois de certo tempo, você aprende a separar as coisas. Talvez eu tenha entendido tudo errado. Talvez tenha sido fingimento.

Eu queria que Rainer estivesse aqui. Tenho certeza de que tudo isso está acontecendo porque ele está longe. Se ele estivesse aqui, eu não estaria me sentindo desse jeito. Não estaria achando que quero ver Jordan. Nem precisaria me fechar em uma espécie de prisão domiciliar.

Lá pelas duas da tarde, estou entediada, e a única coisa que existe na minha geladeira são um pote de mostarda e outro de picles. Pedi que parassem com as entregas mágicas de comida. Eu me sentia mal com tanta coisa indo para o lixo, só que agora bem que viria a calhar. Infelizmente, chegou a hora de deixar meus aposentos. Tive que me proteger da chuva com meus chinelos e uma capa de chuva. Então, abro a porta e desço as escadas.

Devoro um sanduíche das lojinhas e, depois, fecho minha capa de chuva. Está bastante seco lá dentro, e eu decido, em vez de subir outra vez, tentar a sorte e caminhar pela praia. Preciso limpar minha mente, e, já que eu não me encontrei com ele no lobby nem nas lojinhas, é bem provável que Jordan esteja no quarto dele.

Um pouco de sol é bom, não me entenda mal, mas tem alguma coisa no tempo chuvoso que me faz sentir em casa. Não sei se é o cheiro. Mesmo aqui, onde a água salgada penetra em quase tudo, o cheiro ainda é o mesmo. Como musgo ou pinheiro fresco, ou o aroma relaxante e envolvente da alfazema. Enquanto as nuvens vão e vêm, meu cérebro relaxa, e as coisas parecem mais tranquilas, menos intensas. Como se o mundo se acalmasse.

A praia está muito mais deserta. Coloco meus chinelos na beirada das rochas e afundo os dedos dos pés na areia. A chuva cria pequenos pontos, pinicando minhas pernas como insetos. Começo a caminhar para o oeste, lá onde a praia faz uma curva e depois segue reto. O tempo está nublado e a chuva aperta, caindo em pingos longos e diagonais. Caminho com o queixo contra o peito, mãos firmes dentro dos bolsos.

— Ei! — Uma voz vem por trás de mim; dou meia-volta e vejo Jordan correndo de moletom azul, todo ensopado e com o capuz puxado. Só de vê-lo, meu estômago se contorce. Minhas veias parecem fios elétricos.

— Caramba, eu estava chamando você há cinco minutos. — Ele está ofegante.

— Não ouvi.

Ele se aproxima e eu noto sua respiração, o peito subindo e descendo lentamente. As gotas de chuva em sua testa e seus cílios incrivelmente longos.

— Vi você descendo — ele diz.

— Você está pingando — observo.

Jordan olha para seu moletom, depois para a praia deserta à nossa volta.

— Venha. — Ele me segura pelo punho e me puxa para fora da praia. Os dedos dele estão frios, mas a palma da sua mão está quente, em contraste com a minha mão gelada. Nossas mãos se encontram e se entrelaçam. Mal consigo ver aonde estamos indo.

Olho para cima e vejo uma linha de barracas amarradas com cordas sob a chuva. Jordan desenrola a corda e solta a lona.

— Isto é propriedade do hotel — aviso.

Ele me dá um olhar que diz que minha reação é tosca e que, se eu quiser ficar ali debaixo de chuva, tudo bem, mas ele não vai. Enfio-me ali dentro. Jordan vem logo em seguida, dando novamente o nó na corda depois que estamos protegidos. É uma espécie de barraca pequena com duas cadeiras reclináveis. Elas estão cobertas com toalhas úmidas, e Jordan me entrega uma antes de usar outra para se secar. Ele abre o zíper do moletom e o pendura no encosto de sua cadeira, depois passa a toalha no rosto e no cabelo. Percebo que sua camiseta está grudada no corpo. As linhas de seu peito e de seus braços. Braços que, ontem mesmo, me puxaram para perto dele. *Dentro do set*, insisto comigo mesma. *Em um mundo de faz de conta.*

Ele olha para mim.

— Você está bem?

Percebo que estou sentada, ainda com a capa de chuva, segurando a toalha e o encarando.

— Sim. — Tiro a capa e a coloco de lado. Está frio, e a umidade parece ter penetrado até meus ossos.

— Aqui. — Jordan pega uma toalha dobrada no pé da cadeira, desdobra-a e a levanta para envolvê-la nos meus ombros. O braço dele esbarra no meu, assim eu posso sentir o toque de sua pele com restos de chuva. Meus arrepios ficam mais intensos.

— Obrigada — agradeço. Apoio a segunda toalha no colo, enxugo em volta dos meus pés e depois a trago ao queixo.

Jordan olha para mim.

— Tranquilo como um grilo...

Ele se deita ao meu lado, ombro a ombro, e faz o mesmo.

Eu rio.

— Você realmente disse isso?

— Eu tenho uma irmãzinha — ele responde.

Ficamos em silêncio, e eu me concentro no som da chuva sobre a lona. Batidas pequenas e melódicas.

— Eu gosto de ficar na sala de edição — me aventuro. — Gosto que você esteja me ensinando aquelas coisas. — Jordan não diz nada, mas eu posso senti-lo inspirar ao meu lado. — Tenho pensado muito sobre o que você me disse. Sobre o fato de que a arte não existe num vazio.

— É mesmo?

— É, sim. — Viro-me de lado, de frente para ele, e ele vira a cabeça para olhar para mim. Estou incrivelmente consciente do quanto nossos rostos estão próximos. Apenas poucos centímetros. Lembro de como foi beijá-lo no dia anterior. Como seus lábios eram suaves e seus braços, fortes. — É interessante. Me faz querer aprender mais sobre todo o processo.

— E deveria mesmo — ele diz, com o rosto ainda virado. — Essa é a melhor parte desse tipo de arte. Que é colaborativa. Todos dependem de todos. Forma-se uma espécie de comunidade.

— Gosto disso — sussurro.

— Fico contente. — Ele vira a cabeça para cima, olhando para o teto da nossa pequena cabana. — Penso muito no porquê de estar aqui. Por que, de todas as pessoas, eu fui o escolhido para essa função. Sabe o que quero dizer?

— E como — respondo. Não tenho coragem de lhe contar que, para mim, é mais uma questão de ter um medo constante de que alguém perceba que escolheu errado. De notarem que se equivocaram ao me escolher para o papel. Que, afinal de contas, eu não podia ser a August.

— Eu achava que não pertencia a Hollywood — ele diz, como se estivesse lendo meus pensamentos. — Mas agora sinto uma gratidão imensa.

— Você não deixou suas raízes para trás, deixou? — pergunto.

Ele se vira de frente para mim, e, ao fazê-lo, vejo um quê de descrença em seu semblante.

— Jamais. Eu sei como é não ter nada. Nunca me esqueço. É importante sempre se lembrar do que é real — ele reconhece. — Quem você é de verdade, as pessoas que ama, sua família.

— Família? — Lembro-me que era para ele ser um mauricinho ganancioso que está processando os pais. Que ele cortou de vez os laços com eles. Deitada ali com ele, seus cílios piscando com gotas de chuva, é difícil imaginar algo do tipo.

— Quer me perguntar alguma coisa? — ele pergunta, ainda olhando para mim. Mordo o lábio.

— Sua família — eu começo, mudando rapidamente de assunto, enterrando as palavras que acabara de dizer. — Meus pais são completamente desinformados. E meus irmãos são loucos. Minha família é uma zona total também. E... eu estou divagando.

— Tudo bem. Eu não leio tabloides, mas sei o que os outros dizem sobre mim.

— Sinto muito — completo logo, puxando a toalha para perto do queixo. — Você não precisa me dizer nada.

Ele analisa meu rosto.

— Não abri o processo de emancipação por causa de dinheiro. Dinheiro é um bom efeito colateral, mas não é por isso que eu faço o que faço.

— Então o que houve?

Seus olhos se concentram em mim.

— Meu pai não é um cara muito legal. Ele tentou me tirar tudo, e depois, quando parei de lhe dar dinheiro, ele se virou contra minha mãe.

Meu peito fica apertado, pesado. Eu queria colocar a mão no rosto dele e não tirá-la mais de lá.

— O que você fez, então?

— Eu tinha que tirá-la de perto dele. Tinha que livrar todos nós, na verdade, e a única maneira de fazer isso era garantir o sustento deles. — Jordan respira fundo. — Minha irmã e minha mãe. Eu fiz o que foi preciso.

Analiso o rosto dele, fixando-me em sua cicatriz. Sem pensar duas vezes, estendo a mão e a toco, descendo pela linha de sua mandíbula, indo até atrás de seu pescoço. Ele fecha os olhos.

— Ele fez isso com você? — pergunto.

Ele concorda com a cabeça, os olhos ainda fechados.

Uma onda de raiva brota em mim. Eu quero encontrar o pai dele e matá-lo pelo que ele fez com Jordan. Com sua mãe e irmã, que nem sequer conheci.

— Por que você não revelou nada? — Percebo que minha voz sai fraca e que a pergunta é estúpida.

Jordan abre os olhos.

— Para a imprensa? Eu nunca faria isso com a minha mãe.

— Mas ela...

— Tem orgulho de mim — ele diz, como se não houvesse nada mais a ser discutido.

— Deve ter sido difícil — arrisco. — Você nunca quis contar a verdade às pessoas?

Ele muda de braço e coloca uma das mãos no espaço entre nós.

— Por mais que eu quisesse me vingar do meu pai por tudo o que ele fez conosco, acho que não valeria a pena. E as pessoas que realmente são importantes para mim sabem. — Ele analisa meu rosto de novo, como se estivesse procurando alguma coisa. — Isso já é o bastante para mim.

Parece que eu levei um choque, um banho de água fria numa manhã gelada.

— E por que você está me contando tudo isso? — pergunto. — Eu poderia contar a qualquer um.

Ele olha para mim e pisca, e uma gota de chuva escorre por sua bochecha como uma lágrima.

— Você poderia — ele diz. — Mas não acho que vá fazer isso.

Sem que eu percebesse, me aproximei mais dele. Meu corpo está se movendo por conta própria, como quando está muito frio no inverno e a primeira coisa que você checa é o radiador do carro. Como se ele fosse a única fonte de calor naquela praia chuvosa e congelante. E é mesmo.

— Por quê?

Ele olha para mim de um jeito que fez o mundo parar. Como se uma força maior houvesse apertado o botão de pause, e por um segundo acho que ele vai dizer alguma coisa. Algo que eu queria muito ouvir. Mas ele não diz. Em vez disso, ele envolve meu rosto em suas mãos. Segura meu queixo e gentilmente leva meus lábios até os dele. Tudo desaparece. O som da chuva, o frio, os arrepios nos meus braços e pernas. Só uma coisa é importante: a sensação de estar perto dele. Seus lábios se movendo contra os meus. Está ainda melhor do que ontem. Muito melhor, porque somos apenas nós. Não temos que fingir ser August e Ed. Ninguém está aqui para observar.

Os lábios dele descem e encontram meu pescoço, fazendo uma trilha até o meu colo, tirando meu fôlego, então eu cravo minhas unhas em seus ombros.

— Jordan — suspiro, mas seus lábios voltam aos meus, devorando minhas palavras. Ele me puxa para perto dele e, de repente, estou em cima dele na cadeira. Sinto suas mãos se movendo sobre mim. Elas tocam meus ombros, depois descem pelas costas, pressionando-me contra ele. Eu sinto tudo. Seus quadris e os músculos do abdômen. Ele está com uma mão na minha lateral e a outra tira o cabelo que cai entre nossos rostos. Nosso beijo não para. Eu queria engarrafar aquele sentimento e tê-lo para sempre.

Então ele me afasta gentilmente, coloca a mão ao lado da minha cabeça e passa meu cabelo por trás do rosto. Baixa o olhar, deixando a mão cair.

— Não deveríamos ter feito isso — ele diz. Sua respiração está cansada, e eu posso sentir os batimentos inconstantes de seu coração a poucos centímetros do meu.

— Não — respondo. Foi a primeira coisa que pensei. Falo automaticamente. A verdade é que, quando uma coisa é tão boa, tão certa, fica difícil lembrar por que deveria ser diferente. Qual motivo existiria para que não estejamos aqui, neste instante, juntos?

Mas eu sei; nós dois sabemos. Rainer. Ele não merece isso. Só a ideia de ele descobrir, do que isso causaria a ele, me faz sentir enjoada.

Jordan se recompõe, e eu faço o mesmo. Nós nos desvencilhamos e ficamos sentados lado a lado, sem nos tocarmos. Meu corpo sente falta do dele. Parece que eu amputei uma parte de mim mesma. Um membro, talvez um órgão.

— Por que você não chegou antes? — pergunto

Jordan sorri.

— Não sei — ele diz, suavemente.

— Jordan...

Ele balança a cabeça.

— Isso não importa — ele diz. — Não posso fazer isso com ele de novo.

— Achei que você houvesse dito que nunca tinha namorado a Britney.

— E não namorei — ele afirma. — Mas ele não acredita em mim.

Pigarreio, limpando a voz.

— Eu queria...

Mas ele estende o braço e segura minha mão antes que eu possa terminar. Eu o quero. Quero uma situação diferente. Quero voltar no tempo e reorganizar as coisas. Tornar esse sentimento possível por mais do que aquele minuto.

— Paige, não — ele diz. Jordan retira minha mão. Meu coração fica espremido, como se tivesse sido jogado em águas geladas. Não sei como é possível ir da pura excitação à completa desolação tão rapidamente.

Ele se senta e levanta a lona.

— Parece que parou — ele diz.

A luz vem com toda a força, brilhante e inoportuna, e eu sei que temos que ir embora.

Jordan dobra sua toalha e a coloca, arrumadinha, na beirada da cadeira, depois se estica, passando a mão sobre meu ombro e arrumando a minha toalha.

— Obrigada — digo. Tento disfarçar a decepção na minha voz, mas sei que não consigo. Percebo pela forma como ele olha para mim. Seus olhos parecem dizer por nós dois: *Queria que as coisas fossem diferentes.*

Ele dobra minha toalha e, depois, fica de pé, oferecendo sua mão para me ajudar a levantar. Aceito-a prontamente e, quando nos tocamos, sinto aquilo de novo. Como se a peça final do quebra-cabeças tivesse entrado no lugar.

Isso não importa mais. É como um guarda-chuva no meio de uma tempestade depois de estar completamente molhado. Exatamente o que você precisava, o que você queria, mas já é tarde.

CAPÍTULO 18

O livro final da trilogia será lançado à meia-noite, e Jordan e eu vamos ser mandados para a Barnes & Noble da cidade para surpreender os fãs. Rainer está no fim de sua turnê de divulgação e só vai voltar amanhã à tarde.

Vejo Jordan apenas uma vez, fora do set, desde aquele dia na praia. Cruzo com ele no corredor e, sem saber o que fazer, pergunto se quer jantar comigo, mas ele diz que está de saída. Não fala mais nada, apenas olha para o relógio e segue caminho para o lobby.

Ele está distante no set, e mal olha para mim quando não estamos gravando. Não chegamos a conversar em nenhum momento sobre o que aconteceu na praia. Parte de mim sente como se nem tivesse acontecido, e acho que era isso mesmo o que ele queria — fingir que nunca havia acontecido.

Talvez seja melhor. Estou com saudade de Rainer. Saudade de como ele me fazia sentir em casa, de assistir a filmes no chalé dele, de jantarmos juntos. Sinto falta do jeito como ele me fazia rir no set, as coisas bobas que ele sussurrava para mim, e de como eu me sentia à vontade perto dele. Às vezes eu durmo em seu chalé para me sentir próxima dele. Rainer me faz esquecer de que há muita coisa em jogo. Ele me acalma. Com ele longe, tudo parece importante demais, sério demais. Jordan, este filme, o lançamento do livro. É como se todos nós estivéssemos à beira de um precipício e Rainer fosse a cerca que nos impede de cair para o outro lado.

Era para irmos a Los Angeles para o lançamento do livro, mas o evento foi cancelado por causa da nossa agenda de filmagens. Fiquei aliviada, porque, falando sério, o livro e o filme estão ligados e tal, mas a história foi que conquistou o público, não nós. As fãs de Rainer e Jordan são relativamente cativas, mas, além da garota no Mercado de Peixe e de alguns turistas curiosos, ninguém me reconheceu. Eu sei que estamos nas manchetes dos tabloides

(*Paige e Rainer: Separados pelos Compromissos; August Sente a Falta de Seu Noah*), mas estamos bem afastados de tudo. É fácil esquecer o outro lado de tudo isso.

Esta noite eu não quero ser nada mais que uma fã. Mal posso esperar para colocar minhas mãos no último volume e descobrir o que vai acontecer com August. Será que ela vai escolher Noah ou Ed? Quando começamos as gravações do primeiro filme, achei que fossem me escalar para os três — isto é, se fossem filmados. Mas, depois de ouvir mais fofocas de bastidores, os sussurros dos produtores pairando sobre o set, percebo que isso está longe de ser algo certo. Teremos a chance de ver esta história chegar ao fim?

No primeiro livro, descobrimos que Noah tem um lugar especial na ilha — ele descende do povo que a habitava. Tudo vai ficando mais complexo, é claro, e, mesmo depois de ter lido os dois primeiros livros da série, não tenho certeza quanto a quem pertence o coração de August. O livro um dá a entender que é com o Noah que ela vai ficar. Quem poderia resistir ao amor épico entre os dois? Mas, depois, Ed volta e ela começa a se lembrar de como era estar com ele. Como ele era familiar. Eu me sinto tão confusa quanto ela.

Vamos receber exemplares dos livros hoje à tarde, e eu quero ler o máximo que puder antes de ir ao evento. É sábado, então não terei tanto problema para arranjar tempo. Saio para nadar de manhã, arrastando-me da cama às seis. Daria para ir mais tarde, já que não haveria filmagens durante o dia. Disse a mim mesma que não era para tentar ver Jordan, mas sabia que não era verdade. Independentemente dos meus esforços, não importa o quanto eu pense em Rainer e sinta a falta dele, não consigo tirar Jordan da cabeça.

Ele está lá quando eu acordo, como um sonho que não acaba. Não paro de pensar nele lá na barraca, o jeito como meus dedos alisam seu rosto, sua cicatriz antiga. Eu sei que só preciso ficar concentrada em Rainer, no fato de que ele voltará amanhã, e em nossos planos de ir ao outro lado da ilha no próximo fim de semana. Fico tão feliz por ouvir sua voz quando ele liga de Londres.

— Que saudade — ele diz. — Adoro saber que da próxima vez nós faremos tudo isso juntos.

Talvez seja bom que Jordan não esteja na praia hoje. Fico decepcionada — sinto a emoção palpável, como se estivesse sentada dentro de mim —, mas é melhor assim. Vê-lo me faria pensar mais nos "e se". E não ajudaria ficar pensando nisso. A realidade é que importa.

Boio na água por um tempo, observando o nascer do sol com o canto do olho. Quando finalmente decido sair do mar, já são quase oito da manhã, e minha pele está toda enrugada e arrepiada.

Torço meu cabelo e prendo a toalha na cintura, caminhando, em seguida, de volta para o chalé. Quando entro, encontro um pacote em cima do balcão. Deve ser o livro que chegou adiantado, mas fico surpresa com o tamanho do envelope. Rasgo o embrulho, empolgada para ver a capa, mas, quando olho o que tem dentro, percebo que estou errada. Não é livro nenhum, mas um exemplar da *Scene*, a sessão de fotos que nós três fizemos no mês anterior. Olho o papel do embrulho e nele há um *Post-it*, mas a foto não é a que eu esperava ver — uma de nós três. Em vez disso, sou só eu. Sentada em uma das cadeiras com bolinhas, meu cabelo metade por cima do ombro, metade para trás, o vestido preto. Não reconheço meu próprio olhar. É frio, incisivo. Não estou sorrindo. Minha expressão é distante. Pareço mais velha com aquele cabelo cacheado e estilizado. Estou bonita de um jeito que é difícil distinguir. Se eu passasse por uma banca de jornal e folheasse a revista, saberia que já tinha visto aquela garota em algum lugar. Que ela era vagamente familiar. Mas nunca, jamais, acharia que era eu.

Paige Townsen em Locked, *Tornando-se uma Estrela de Cinema, e os Rumores sobre Rainer.*

Leio rapidamente a matéria. Parece praticamente inofensiva. Lembro que me perguntaram como eu havia conseguido o papel, como era trabalhar com Wyatt Lippman, se eu estava gostando da vida no Havaí. Depois me perguntaram sobre Rainer.

Scene: "Como é trabalhar com o arrasador de corações de Hollywood Rainer Devon?".

PT: "É ótimo. Ele tem sido importantíssimo para mim; tem me ajudado a compreender melhor este mundo. Somos muito bons amigos".

A *Scene* também entrevistou Rainer e Jordan. Jordan foi breve e profissional. Ele falou sobre o filme e seu respeito pelos livros. Recusou-se a comentar o seu "drama familiar" ou os rumores sobre Britney. Sua discrição foi impressionante. Ele não fez alusão a nada, nem um pouco. Suas respostas são diretas e claras, completamente unidimensionais.

As de Rainer têm o mesmo tom até a última pergunta.

Scene: "Por qual celebridade você está apaixonado?".

RD: "Paige Townsen".

Aquilo deveria me fazer sorrir. O cara que gosta de você diz em uma revista de circulação nacional que está apaixonado — acho que seria digno de um desmaio. Mas não me abala em nada. Só me deixa incomodada. Toda a equipe já sabe, mas seria muito pedir que ele não envolvesse o mundo todo também?

Qualquer garota daria a vida para estar com ele. E você está. Qual é o seu problema?

Jordan. Jordan é o problema. Essa entrevista, essa sessão de fotos, parece ter ocorrido há anos. Lembro-me da sensação de ter os olhos deles sobre mim. Rainer e eu estávamos quase tendo alguma coisa, mas ainda não havíamos chegado lá. Tanta coisa aconteceu desde aquela sessão que poderia ser outra pessoa nas imagens. Eu não sou mais a garota que respondeu aquelas perguntas, porque Rainer não é mais apenas um amigo. Talvez até Jordan não fosse mais.

Largo a revista no sofá e entro no meu quarto. O relógio ainda marca nove da manhã, e o livro provavelmente não chegará nas próximas horas. Pego o primeiro livro da prateleira e o folheio até a primeira página. Na última vez que o li, eu não era August. Eu era uma garota de Portland indo a uma audição absurdamente improvável. Tudo mudou desde então. Beijei dois astros de cinema, e Rainer Devon declarou a uma revista de circulação nacional que está apaixonado por mim.

Começo a ler. Parece estranho ver as cenas com os olhos da minha mente. O que já filmamos, o que deixamos de fora e o que ainda vai ser gravado. É mais ou menos como ser jogada para dentro do próprio diário — e eu descubro, à medida que leio, que alguma coisa ocorreu nos últimos meses: esse livro se tornou pessoal. Carrega a chave do meu futuro. O que quer que seja deixado na porta do meu chalé em poucas horas, provavelmente vai determinar como serão os próximos dois anos da minha vida. Como as mãos do destino — algo maior, mais elevado, decidindo o curso que minha vida iria tomar. E já foi escrito.

Continuo a ler até que ouço uma batida na porta. Quando abro, Jessica está de pé com um pacote na frente do peito.

— Está pronta? — pergunta. E ela me entrega o livro.

Quando o pego, percebo que minhas mãos estão tremendo. De repente, eu não quero que ela vá embora.

— Ainda vamos hoje à noite? — pergunto, tentando manter a interação entre nós.

Ela concorda com a cabeça.

— Fique pronta às onze — ela diz. — Estamos planejando chegar lá à meia-noite e ficar por cerca de uma hora. Você vai autografar livros. Tudo bem?
— Claro. — Troco o pacote de braço e jogo o cabelo para trás do ombro, enrolando-o em volta do dedão.
— Eu vi a *Scene* — diz Jessica, mudando de assunto. — Ótima entrevista. Vai desaparecer das prateleiras em um instante.

Ela abre um sorriso caloroso e vívido para mim, e eu me vejo com o desejo de puxá-la para dentro, sentá-la no meu sofá e implorar que me diga o que acha das respostas de Rainer, se as pessoas vão fazer um estardalhaço sobre o assunto — queria torná-la minha amiga.

Ela semicerra os olhos por um breve instante, e acho que talvez eu tenha pensado em voz alta. Porém, logo em seguida, ela se vira para ir embora.

— Aproveite! — ela fala por cima do ombro. — Agora vou tentar ir à praia!

Fecho a porta e jogo o embrulho sobre o balcão. Encho um copo com água e olho para ele. Então apoio o copo e pego o pacote. Giro-o um pouco. Deslizo meu dedo pelas beiradas, o suficiente para romper o selo. Aquilo me lembra minha mãe no Natal. Ela sempre abria seus presentes pelo final, recolocando a fita de volta cuidadosamente, jamais rasgando o papel de presente.

— Podemos reutilizá-lo — ela dizia sempre que reclamávamos quando ela demorava muito.

Eu só quero prolongar este processo. Não sei o que vou encontrar aqui dentro, mas não tenho certeza se quero saber. O que quer que aconteça com August, acontecerá comigo.

Quando tiro o papelão, analiso a capa. É uma floresta, com carvalhos e pinheiros altos, e no meio há um grupo de pessoas. Uma eu reconheço claramente como August. Percebo logo que os traços dela se parecem mais com os meus do que a da capa do primeiro livro. O cabelo está mais vermelho, a testa, mais alta. Ela está ladeada por Ed e Noah, que possuem uma incrível semelhança com Jordan e Rainer. Ao fundo, três pessoas que eu não reconheço: uma mulher, um homem e uma garota da minha idade.

Corro para a primeira frase:

"Se é pelo esquecimento que perdoamos, então somos apenas restabelecidos pela ignorância, nunca pelo amor."

Folheio de volta para ver a capa interna, pego uma caneta e escrevo duas frases. Eu sei que deveria dizer aquilo em voz alta, mas ainda não sei como.

Desculpe. Eu te amo.

Então, fecho o livro e o coloco de volta no pacote. Fico contente por ter sido tão cuidadosa ao abri-lo — consigo encaixá-lo de volta perfeitamente.

Escrevo o endereço que eu conheço tão bem, aquele no qual passei a maioria das minhas tardes desde os cinco anos. Um endereço que eu conheço de cor.

Então, colo com fita as bordas do pacote, coloco-o debaixo do braço e corro em busca de uma agência de correio. Ela é uma fã número um; ela deve ler primeiro. Se não fosse por Cassandra, eu nem estaria aqui.

Jordan está sentado ao meu lado no banco de trás do carro. O agente dele, Scotty, está dirigindo. Scotty tem sessenta e poucos anos e parece saído direto de um banco de investimentos. Ele é profissional, rude e mais calado que tudo... o que, penso eu, combina perfeitamente com Jordan. Ele não parece querer falar com ninguém, muito menos comigo.

Ao contrário de Sandy, Scotty não está por perto a toda hora, o que faz sentido. Jordan não é o tipo de cara que gosta de bajulação. Mas Scotty apareceu para o lançamento do livro.

Há dois carros atrás de nós, nos quais estão Wyatt e Jessica, além de algumas mulheres das relações públicas que eu não conheço e dois seguranças. Eu não acho necessário um exército para nos defender de algumas adolescentes histéricas, mas, enfim, eu não mando nada. Não falo nada. Jordan e eu estamos tão próximos que dá para sentir a estática entre nós, mas ainda assim não estamos nos falando. Ele está cada vez mais distante desde aquele dia na praia. E continua se afastando.

Pigarreio levemente. Já faz dezesseis minutos. Alguém tem que falar alguma coisa.

— Você recebeu o livro? — pergunto.

Ele inspira fundo.

— Recebi.

— Já começou a ler? — Viro o corpo de lado, mas ele continua com o rosto voltado para a frente.

— Comecei. — Ele não olha para mim, mas eu posso ver seus olhos desviando levemente, o dourado em suas pupilas se esticando para a esquerda.

— Legal. — Recosto-me no banco e olho para fora da janela, bem longe dele. Percebo que ele se mexe no banco. — Acha que haverá muita gente lá? — tento insistir.

Ele pigarreia.

— Provavelmente.

Continuamos em silêncio por mais alguns minutos. As perguntas não param de surgir na minha cabeça como bolhas na água, prontas para explodir:

— Por que tem que ser deste jeito? Por que você não conversa comigo?

O que acaba saindo em seguida é:

— Eu sinto a sua falta.

Pareceu tão idiota. Como eu poderia sentir a falta dele? Mal cheguei a conhecê-lo. Mas ainda assim eu sinto.

Ele solta o ar e começa:

— Paige...

— Por favor — eu o interrompo. Viro o corpo de frente para ele, ainda no meu banco, com o cinto me prendendo. — Só converse comigo.

Então ele se vira para mim, com a expressão sombria e dura, como um pedaço de cerâmica cozida no forno. Não era mais aquela pessoa flexível.

— O que você quer?

— Não quero fingir que nada aconteceu naquela praia.

— E como isso ajudaria? — Seu tom é frio, seco. É como se as palavras dele pudessem dar punhaladas.

— Devo te lembrar de que foi *você* quem *me* beijou? — Mordo o lábio com força. Chego a sentir o gosto de sangue. Não importa quem beijou quem, e dá para perceber que ele sabe disso também.

Ele me surpreende:

— Eu sei. E eu sinto muito por isso.

— Eu não sinto. — Algo ferve no meu peito. Teimosia.

Jordan balança a cabeça.

— Você tem que parar, Paige. Aquilo foi um erro. E pronto.

E, na mesma velocidade, aquela coisa no meu coração vai embora.

— Jordan, por favor. Não me ignore.

Ele olha para mim por um tempo mais longo; tão longo que posso jurar que chega a tocar uma música inteira no rádio. Então ele diz:

— Você está sozinha. Seu namorado está fora. Tenho certeza de que, quando Rainer voltar, as coisas voltarão ao normal.

— Como pode dizer uma coisa dessas?

— Confie em mim. Vai ser mais fácil desse jeito.

— Para *quem*? — pergunto. — Não está sendo fácil para mim. Está sendo muito complicado.

Ouço minha voz falhando enquanto imploro. Tenho plena consciência de que Scotty está no banco da frente, mas não dá para evitar. Alguma coisa em Jordan me torna incapaz de agir como uma pessoa sã e racional. Não estou nem aí para o fato de que, em cinco minutos, estaremos em um evento público lotado.

— Eu já disse. Não quero ficar no caminho de ninguém.

— Mas nós podemos tentar... — insisto. — Não podemos pelo menos ser amigos?

Seus olhos negros piscam.

— Nós nunca fomos amigos, não acha?

Abro e fecho a boca.

— Não.

Os olhos de Jordan se suavizam só por um instante.

— As coisas já são difíceis assim. Você sabe como Rainer me odeia... o que ele pensa sobre a Britney. — Ele começa a sussurrar. — Não posso me aproximar de você. É assim que as coisas são.

— O que houve entre vocês dois? — pergunto.

— Não importa.

— Importa, sim — eu digo. Percebo minha voz falhando. Eu já estou implorando, mas não ligo mais. — Importa para mim. Por que vocês se odeiam tanto? É tudo por causa dela? Não vou escolher o lado de ninguém. Só quero saber qual é a história real.

Noto que me aproximei dele, tão perto que já estou a poucos centímetros de seu rosto.

— O que houve? — repito a pergunta. Minhas mãos se desligam do meu corpo, ou do meu cérebro, e, quando me dou conta, meus dedos já estão acompanhando a linha de sua cicatriz, exatamente como fiz lá na praia. Acaricio sua orelha e desço pelo pescoço.

— Pare — ele pede, mas sua voz é suave, sem fôlego. Tenho certeza de que são apenas palavras ao vento, não significam nada, nem mesmo para ele.

— Por favor — digo outra vez.

Ele me encara, com o mesmo olhar da barraca na praia. Um olhar que me faz querer tomar a mão dele e pressioná-la contra meu coração.

— Não — ele sussurra. Jordan traz uma das mãos para o meu rosto. Meus olhos se fecham por reflexo.

— Por quê? — sussurro de volta.

Abro os olhos e vejo os dele brilhando. No centro, são dourados, brilhantes — como o flash de uma câmera.

— Apenas confie em mim — ele diz.

Já estamos na Barnes & Noble. Vejo filas dando voltas em torno do shopping, como se fosse uma cobra enorme — pronta para recuar a cabeça e, a qualquer momento, nos engolir.

Jordan solta o cinto de segurança e se afasta de mim assim que o carro para. Abro a boca para discutir, mas Scotty se vira e nos dá um olhar significativo:

— Vocês estão prontos?

Jordan não responde; apenas abre a porta. Um dos seguranças do hotel se encontra com ele do lado de fora.

— Por aqui, Sr. Wilder.

É quando eu começo a ouvir a gritaria. No início, é tranquilo, só algumas vozes, mas depois vai ficando cada vez mais alto, como um rádio no volume máximo. Só que não tem nada de melódico. É insano. Alto, agudo, histérico e furioso. Subitamente, tenho o desejo de pular para baixo do banco e implorar para Scotty dar meia-volta com o carro. Mas ele também está do lado de fora e, antes que eu possa me jogar no porta-malas, minha porta se abre.

Uma vez, fiz uma viagem a Nova York com minha mãe — o segundo e único teste longe de casa a que compareceremos juntas. Era para um papel em uma novela. Depois de muita negociação, consegui convencê-la a ir. Economizei todo o dinheiro do verão e trabalhei durante o período das férias de inverno para pagar a passagem e a hospedagem. Fomos em fevereiro. Nunca senti tanto frio. Lembro-me de sair do nosso quarto de hotel e tomar uma rajada de vento tão forte, tão intensa, que praticamente me fez perder o fôlego. É assim que eu me sinto agora. Quando saio do carro, não consigo respirar.

O primeiro pensamento é o de olhar em volta e ver do que se trata toda aquela confusão. Que ridículo. Eu *sei* do que se trata a confusão. É por nossa causa. Ainda assim, viro a cabeça para olhar para trás, como se John Lennon estivesse ali, renascido dos mortos.

Mas não, não há ninguém dos Beatles ali. O One Direction também não está lá. São fãs de *Locked*. Nossos fãs.

Os garotos e garotas parecem brotar de todos os cantos, e, quando avistam Jordan, e depois eu, é como se eles se multiplicassem. Imagine aquelas cenas de filmes em que formigas, aranhas e baratas vêm rastejando pelas paredes e encobrem os personagens de maneira aflitiva e sufocante. Um segurança diferente me conduz até a fila de fãs que aguardam para entrar na livraria. Eles berram nossos nomes como se fossem gritos de guerra.

— Nós te amamos! — eles urram.

Como pode? Eles nem me *conhecem*.

Uma garota me entrega uma foto. É uma foto minha, uma imagem de divulgação que nem reconheço. Acho que eles têm tirado fotos nossas nos bastidores. Eu meio que fico imóvel, segurando-a sem saber o que fazer, sentindo-me uma completa idiota. Eu deveria autografá-la. Tenho que fazer alguma coisa. Uma caneta se materializa do nada, e, no piloto automático, autografo a foto e a devolvo para a garota. Ela a pressiona contra o coração, e eu fico torcendo para que a tinta não seja permanente. Espero que minhas palavras não acabem rabiscadas na camisa dela, manchadas e ilegíveis.

Queria que Rainer estivesse aqui comigo. Ele saberia o que fazer. Ele iria sussurrar alguma coisa engraçada no meu ouvido, fazer alguma brincadeira com a multidão. Piscaria para mim ou pegaria na minha mão, e, de alguma maneira, eu começaria a me sentir centrada, presa a alguma coisa.

Jordan pode ter salvado a minha vida lá na praia, mas, neste momento, em meio ao tsunami de gente, ele não está nem aí comigo. De onde eu estou não consigo vê-lo, mas sei que ele está à minha frente em algum lugar, abrindo caminho através da multidão.

Fui uma completa idiota. Não sei em que eu estava pensando. Ele é o clássico *bad boy*. O mesmo tipinho que fez a minha irmã se meter em várias confusões. E eu não sou ela. Não estou disposta a desistir de tudo o que eu amo por causa de outra pessoa. Este trabalho é o que importa para mim. Esta oportunidade, fãs histéricas por toda parte. E Rainer é alguém com quem eu posso contar. Alguém que vai segurar minha mão e ficar ao meu lado. Não alguém que me colocaria em risco de perder tudo o que eu conquistei.

CAPÍTULO 19

— Feche os olhos.

Estou sentada com Rainer no chão da sala de seu chalé. Consegui evitar Jordan ontem praticamente o dia todo. Assim que entramos na livraria, tiramos fotos e autografamos livros por uma hora, então fomos arrastados de volta para o hotel — desta vez, em carros separados. Agora Rainer retornou e as coisas voltaram a ser como deveriam. Contei a ele sobre o lançamento do livro, e ele me disse que, da próxima vez, estará comigo.

— Me dê isso logo.

Ele balança a cabeça, seus cabelos dourados caindo sobre os olhos.

— Não. Pode fechar.

— Tudo bem. — Fecho os olhos e ele pega minha mão, a segura por um instante e, em seguida, desenrola meus dedos, um por um. Então eu sinto. Um pedaço frio de metal. Como uma gota de chuva na palma da minha mão.

— Muito bem, pode abrir.

Olho para baixo. Abro os dedos e vejo um amuleto de búzio. Quase idêntico ao que usamos no filme. Aquele que August tem pendurado no pescoço. O que Noah deu para ela.

— É lindo — murmuro.

— Lindo como você. — Rainer estende a mão e revela uma fina correntinha de ouro. — Quer que eu coloque?

Faço que sim com a cabeça e Rainer tira o amuleto da minha mão, encaixando-o na corrente. O objeto desliza e fica dependurado bem no meio.

— Pronto. — Ele puxa meu cabelo para trás e envolve meu pescoço. Peleja com o fecho até conseguir engatá-lo, e eu sinto a concha dourada contra o meu peito.

— Ficou bonito — ele diz, deixando seus dedos acariciarem meu pescoço.

— Obrigada.

Ele sorri, colocando uma mecha de cabelo por trás da minha orelha.

— Mandei fazer. Que bom que ficou pronto a tempo.

— A tempo para quê?

Rainer franze a testa. Há algo escrito em sua expressão, mas, quando tento ler, perco a chance.

— A tempo para isto. — Ele me beija suavemente, seus dedos tocando meus ombros.

— Tudo bem — eu digo, quando ele se afasta.

— Não acredito que estamos quase no fim — ele comenta, puxando-me para seus braços e passando a mão nos meus cabelos. Eu me acomodo nele.

— Eu sei. Faltam só alguns dias... É esquisito.

— Tenho certeza de que não vai demorar muito para começar o outro filme. Aposto que teremos no máximo uns quatro meses de pausa.

Passo o braço em volta do pescoço dele.

— Mas o segundo filme nem está garantido ainda.

Rainer sorri.

— Você está precisando conversar mais com a sua agente — ele diz.

— Eu sempre falo com ela — respondo, empurrando-o de brincadeira.

É que, toda vez que nós nos falamos, ela me aconselha a arranjar um *manager*, e eu não sei o que pensar sobre isso. Eu tenho consciência de que Sandy não vai poder fazer tudo sozinha para sempre, mas não sei se já estou pronta para me comprometer com outra pessoa. Não sabia em quem confiar.

E meus pais não são muito bons com negócios. Minha mãe ainda acha que este filme é um hobby, algum ingresso que ela vai poder dobrar e guardar em sua caixa de joias. Ela quer que eu volte para Portland e termine o último ano do colégio assim que as filmagens chegarem ao fim.

Só de pensar em Portland, sinto aquele costumeiro nó no estômago. Fico me perguntando se Cassandra já recebeu o livro.

— Então — diz Rainer. — Você vai para casa na semana que vem?

Ele me puxa para perto e coloca as mãos no meu pescoço outra vez, tocando minha correntinha. De lá, elas se movem um pouquinho para baixo, deslizando pelo meu colo.

— Vou. — Engulo em seco.

Ele se curva à frente, fazendo seus lábios encostarem nos meus.

— Senti sua falta — ele diz. Rainer me puxa para perto e eu me dobro rapidamente. Em seguida, acaricia minha bochecha com o dorso da mão. Vou parar no colo dele, com as mãos nos seus cabelos. Tento não pensar em Jordan, na culpa que sinto por tê-lo beijado. Aquela traição.

— Também senti sua falta. — Vê-lo me faz perceber melhor como eu estou me sentindo.

Rainer levanta a sobrancelha.

— Sério?

— Como assim?

Ele analisa meu rosto cuidadosamente.

— Nada. É que eu meio que achei...

— Achou o quê?

— Que talvez não seja o que você quer. — Seus olhos se mantêm fixos em mim. As mãos dele param de se mexer nas minhas costas.

Estou com a mesma sensação de quando eu saía escondido de casa, nas sextas-feiras à noite. Minha pulsação reverberava nos ouvidos quando eu ouvia um barulhinho qualquer, antes de chegar sã e salva ao meu quarto.

— Você é Rainer Devon — digo, tentando suavizar o clima. — Todas as garotas são apaixonadas por você.

Ele balança a cabeça, sem entrar na brincadeira.

— Não estamos falando de todas as garotas. Estamos falando de *você*. — O rosto dele está calmo, e eu, de repente, me lembro de que ele é mais velho. Neste momento ele não está agindo como um garoto, mas como um homem.

Sinto minha respiração travar na garganta. Como se estivesse me forçando a ficar calada — parar tudo e contar a verdade.

— Eu sei — respondo. — É que é muita coisa para assimilar.

Rainer acena com a cabeça.

— É verdade. Eu sei. É exatamente disso que estou falando.

Meu estômago se contorce e ele continua:

— Vai chegar um momento em que você precisará escolher.

— Escolher? — Tenho certeza de que minha voz fica aguda e esganiçada. Como ele sabe? Não há escolha a ser feita, já que Jordan se retirou da equação. Mas Rainer não sabe nada a respeito. O pânico toma conta de mim, e eu posso sentir meus músculos começarem a contrair.

— É... — ele diz. — Você vai ter que decidir se quer estar comigo ou não.

O ar deixa meu corpo de uma só vez. Que alívio...

— Mas eu achei que já estivéssemos. Juntos, quero dizer. — Imediatamente, meu rosto fica vermelho.

Rainer percebe e coloca uma das mãos na minha nuca. Suave e gentil.

— Isso foi uma decisão minha, não sua. Não quero que sinta que eu estou pressionando você para nada.

— Tudo bem — concordo, com cuidado.

Rainer prossegue:

— Não se trata apenas de nós. Estarmos juntos significa muito mais do que isso.

Não digo mais nada. Fico esperando que ele continue.

— Vai significar mais imprensa e menos privacidade. Mas, para mim, vale a pena. — Ele desliza a mão da minha nuca para o meu rosto. — Tudo vale a pena para estar com você.

Penso no que Jordan disse, sobre Rainer apenas namorar atrizes para estar na mídia. Sobre aquilo ser errado.

O dedão de Rainer faz círculos no meu rosto.

— O que estou dizendo é que não vou tomar qualquer decisão por você. Mas percebi, enquanto estava fora, o quanto queria estar com você. Queria ter certeza de que nada estava acontecendo com você. Quero ficar com você. — Ele gentilmente me tira do seu colo e toma minhas mãos nas dele. — Dá para dizer alguma coisa? — pergunta, com seus olhos azuis arregalados. — Estou quase morrendo aqui.

— Eu não sei o que dizer. — Um milhão de pensamentos disputam a preferência na minha cabeça. Um ameaça se destacar, mas eu o detenho e o desligo.

— Por que você não tira um tempo para pensar? — Posso notar a dor em seus olhos. Eu sei que está sendo um grande sacrifício para ele sugerir isso, e o meu coração dói de tal forma que achei que fosse explodir. Tudo o que eu queria era pular de volta em seus braços e ficar lá.

Mas ele está certo. Estarmos juntos significa muito mais. Não somos um casal qualquer. Se tomarmos essa decisão, tem que ser para valer.

— Tudo bem — eu digo.

Ele sorri.

— Tudo bem.

— Quanto tempo tenho que pensar? — pergunto.

Ele ri, e eu rio também. Isso é bom. Corta um pouco a tensão.

— Você vai para casa, certo? — ele pergunta. — Veja sua família. Pense nisso lá. De qualquer forma, vou filmar na Europa por um tempo. Você pode me dizer o que decidiu na pré-estreia.

Concordo com a cabeça, lembrando que ele vai estar trabalhando em Praga enquanto aguardarmos a estreia de *Locked*. De repente, me vem à mente a pilha de roteiros no meu chalé. Minha agente não para de dizer que eu deveria engatar um projeto no outro.

— Tudo isso parece tão distante — eu digo. — Serão meses.

Ele olha bem para mim e consente.

— É mesmo. Fique à vontade para acabar com esse suspense e dizer que está pronta agora. Mas acho que você precisa de tempo.

Baixo o rosto e olho para as minhas mãos.

— Eu sei.

Ele faz menção de se levantar, e depois desistiu, porque no segundo seguinte ele vem para o meu lado — com as mãos ao lado do meu rosto. Rainer me beija, eu ergo as mãos e entrelaço meus dedos no cabelo dele. Sinto seu cheiro — jasmim, baunilha, calor e alguma outra coisa também. Conforto. Lar.

— Uma lembrança para você levar em consideração — ele conclui. Então, estica as mãos e me ajuda a levantar.

O fim das filmagens chega rápido demais, como uma frente fria que se aproxima antes mesmo de as folhas mudarem de cor. Quando Wyatt grita "é isso aí, galera" pela última vez, parece que tudo está terminando, não apenas este filme. Não consigo deixar de pensar na sensação de que talvez isto tudo tenha sido um golpe de sorte, uma falha no sistema, e que, na semana seguinte, vou estar em um avião voltando a Portland de vez.

Mas isso também não é verdade. Eu vou voltar para Portland, mas não para sempre. Vou fazer aquele papel de filha caçula, daquele roteiro de filme independente que eu li algumas semanas atrás. Será gravado em Seattle, então ficará perto de casa, e só vai me tomar uns dois meses. Manteria minha mente ocupada enquanto Rainer estivesse na Europa.

— Estou orgulhosa de você — diz Rainer, na festa de encerramento. Toda a equipe de filmagem e os atores estão em volta de uma fogueira na "nossa" praia, e montaram um telão do lado de fora, sob a luz das estrelas.

— A tela é para assistirmos às gafes de gravação — explica Jessica. Esta noite ela está usando um vestido branco e um enorme brinco dourado. Seu cabelo está preso no alto da cabeça, com algumas mechas dependuradas na frente da bochecha, parecendo as asas de um anjo. Ela está linda. Radiante. Até mesmo Rainer olha para ela, impressionado. Eu não o culpo.

— Essa é a melhor parte — diz Rainer. — Fazíamos isso todo fim de temporada em *Backsplash*.

Lembro de ter visto *Backsplash*. Passava no Disney Channel. Britney também trabalhava nesse seriado, e alguns outros atores mirins que se transformaram em estrelas de séries a que Cassandra assiste obsessivamente.

— É verdade — Jessica responde. — Meio que se tornou uma tradição das festas de encerramento.

Eles colocam bancos na praia — daqueles bem compridos —, então Rainer e eu nos sentamos no da esquerda, na frente da tela de projeção. Sandy está desfilando com uma combinação de seda e crepe, e aperta o ombro de Rainer antes de se sentar atrás de nós. Uma das assistentes de Gillian está brigando com o equipamento de vídeo, e o restante da equipe também vai encontrando seus lugares nos bancos. Tento me concentrar, fazendo meus ombros permanecerem alinhados. *Não se vire*.

Jordan provavelmente não está aqui, de qualquer maneira. Erros de gravação não fazem muito o estilo dele. E eu acho que ele não está muito interessado em ficar junto comigo e com Rainer. Porém, independentemente de quaisquer bloqueios racionais que eu tente impor à minha mente, a sensação me invade como uma névoa através de uma cerca. Eu posso senti-lo. Da mesma maneira que sentia quando ele entrava no set, quando eu estava no meio de uma tomada.

Não se vire, continuo dizendo a mim mesma.

Rainer está sentado ao meu lado, e eu posso sentir a culpa se espalhando pelos meus membros, como uma gota de corante na água. Transformando tudo em vermelho.

— Tomara que eles tenham incluído aquela tomada de você vomitando água salgada — diz Rainer.

Eu o cutuco nas costelas e ele gargalha. Está com as mãos embaixo das pernas, e não para de sorrir para mim. Rainer está tão paciente comigo desde a nossa conversa em seu chalé há algumas semanas. Ele não me beija. Nem conversa sobre nosso relacionamento. Está apenas sendo um bom amigo. Porém, sentada aqui, olhando para o seu rosto incrível, eu sinto que não preciso esperar até a estreia. Quero dizer a ele que é isso o que eu quero. Não me importa o que venha no pacote. Eu estou pronta. Estou prestes a abrir a boca quando Gillian vem até a frente da tela.

— Muito bem, pessoal, vamos começar. O Dan aqui (ela aponta para um assistente dela, que acena discretamente para nós) reuniu algumas cenas divertidas que eu não vejo a hora de assistir. — Gillian espreme os olhos e coloca a mão sobre a testa. — Não consigo ver daqui, então não sei onde você está. Onde está o Wyatt?

Eu o vejo de pé na lateral, balançando a cabeça. Ele vira os olhos quando Gillian o chamou.

— Wyatt — ela diz. — Você não é o chefe mais fácil de lidar. — Ouço Rainer murmurar alguma coisa, o que parece ser *eufemismo*, e Gillian continua. — Mas você é um diretor incrível. Foi um prazer trabalhar com você neste projeto.

Olho para Wyatt. Ele acena uma vez e, em seguida, olha para mim, e nesse instante sou tomada por uma sensação indescritível de carinho. Os primeiros meses parecem ter acontecido há tanto tempo que evaporaram. Ele me ensinou de um jeito duro e forte, e em alguns momentos sem muita delicadeza, mas também me fez alguém *melhor*. Eu não me sinto mais como antes quando entro em um set. Não estou com medo de gravar esse filme novo em Seattle.

Gillian está dizendo alguma coisa, e Rainer assobia e sacode as mãos sobre a cabeça.

— Excelente — diz Gillian. — Vocês dois. — Sinto meu rosto fervendo e espremo uma mão contra a outra. — Vocês nos forneceram um ótimo material, intencionalmente ou não. — Todos começam a rir, inclusive Rainer. — Foi um verdadeiro prazer acompanhar o trabalho de vocês.

Rainer joga um beijo e Gillian sorri.

— Onde está o Wilder? — ela pergunta. Meu coração pula para a garganta tão rápido que eu juro que Rainer notou.

O sorriso dela se suaviza, e ela faz sinal para que Jordan se aproxime. Eu me viro e o vejo caminhando em nossa direção, os braços cruzados na frente do peito, a camisa apertada nos ombros. Acenando para Gillian, ele olha timidamente em volta. Como se não tivesse certeza de que faz parte deste grupo ou não. Ele se senta no banco do lado oposto àquele em que Rainer e eu estamos, ainda mantendo a cabeça baixa.

— Jordan, você já sabe o que sinto por você — diz Gillian. — Você é uma força da natureza, garoto. Eu amo você. — Ela volta a olhar para a multidão. — Obrigada, equipe. Camden, Jessica, Andre. Todo mundo. Vocês todos foram maravilhosos. Então, vamos rodar esse negócio.

Todos começam a aplaudir e assobiar enquanto Gillian aperta um controle remoto atrás de si e se senta ao lado de Jordan. Eu a observo passar um braço sobre o ombro dele, então ele a puxa para um abraço.

Os erros de gravação começam — 10, 9, 8. As primeiras cenas são dos nossos testes. A primeira a aparecer sou eu, de calça jeans, blusinha sem manga, no Aladdin, em Portland. Estou visivelmente nervosa, atrapalhada. Meu Deus, parece ter acontecido há tanto tempo. Eu queria desligar aquilo, ou pelo menos que Jordan não visse. Rainer coloca o braço ao meu redor e me aperta.

Ele me solta quando a cena muda — agora somos nós praticando a cena do beijo. Há alguns gritinhos do pessoal; Lillianna grita "Uau!". Colocaram músicas dos anos 1980 como trilha sonora, e o efeito ficou muito engraçado. Estamos ridículos.

Em seguida, aparece Wyatt gritando. Fizeram uma montagem que o mostra fazendo um discurso inflamado a Rainer sobre o fato de Mumford & Sons ser a banda mais superestimada desde Coldplay. Rainer está rindo tanto que posso ver lágrimas escorrendo de seu rosto.

Depois surgem alguns takes da sessão de fotos da *Scene*. Por sorte, ou eles não captaram, ou preferiram não incluir a gravação de Rainer dizendo que queria me beijar na frente de toda a equipe. Estava tocando Beyoncé, e Jordan, Rainer e eu estávamos rindo do cenário de bolinhas. A única vez durante as gravações em que nós três nos divertimos juntos.

Tem também Jessica deixando coisas caírem no chão. Olho para ela e a vejo de pé ao lado de Wyatt, assistindo por entre os dedos, mas Wyatt coloca uma mão em seu ombro.

Depois cortam para um clipe de Rainer levando a equipe da segunda unidade para conhecer seu chalé.

— Eu gosto muito de abacaxi — ele informa, segurando uma almofada no peito. Todos à nossa volta riem, e Rainer fica de pé, fazendo uma pequena reverência.

Fizeram uma montagem nossa enquanto filmávamos. Uma tomada de mim recebendo uma borrifada de água salgada no nariz e correndo pela praia, como se estivesse pegando fogo. Todos riem de novo, até mesmo Jordan.

Há cenas de nossos assistentes de produção e de nosso operador de microfone, Tyler, que eu tenho certeza de que ficou com todas as garotas da recepção. Ele é bem bonito.

Depois, uma tomada da cena do beijo de August e Ed. Eu me contorço assim que vejo aparecer na tela. Os braços de Jordan à minha volta, meus lábios nos dele. Sinto Rainer ao meu lado, com a respiração mudando de ritmo. *Por favor, cortem logo isso*, eu rezo em silêncio. *Por favor.*

Mas a câmera chega mais e mais perto. Ninguém grita, como na cena de Rainer e eu. Há um silêncio mortal; fica tudo tão quieto que eu posso ouvir a ventoinha do projetor.

As mãos de Jordan como Ed saem do meu rosto, passam pelo cabelo e descem pelas minhas costas. Aperto meus braços em volta de mim mesma. Sinto um pouco daquilo que rolou na sala de Gillian. Como se a "eu da tela" e a "eu real", neste instante, estivessem de alguma forma conectadas, fundidas. Quando ele se afasta e olha para mim, eu meio que esperava que o Jordan ali sentado estivesse sentindo o mesmo.

A câmera se alonga no pós-beijo. Em algum lugar dá para ouvir Wyatt gritando "corta", e nós continuamos ali estupidamente. De repente, fico com raiva. Como o assistente de Gillian achou aquilo engraçado? Não é. É maldade.

Finalmente, depois do que pareceram anos, a tela muda para Sandy conversando no celular. Fizeram uma montagem dela, e ouço algumas risadas nervosas. Então, quando a ópera começa e fazem alguns closes do rosto dela com seu telefone, como se os dois fossem amantes, a plateia explode em aplausos.

Menos Rainer. Ele não está rindo. Mordo meu lábio e me viro para ele.

— Foi legal, não achou? — arrisco. Ele não olha para mim. Continua com os olhos fixos no telão. Disfarço, para tentar seguir em frente e afugentar qualquer coisa que ele tenha visto. — Fico me perguntando se Gillian fez todo o trabalho de cortes sozinha. Ela é muito talentosa. Achei aquele negócio da praia hilário. Tinha me esquecido completamente de ter tomado água...

— O que está havendo? — Rainer interrompe. Sua voz é fria. Não raivosa, apenas fria como aço.

— Nada — eu digo. Tento disfarçar o tremor na minha voz, mas sei que ele notou. Os erros de gravação terminam com uma foto de nós três, uma que tiraram há algumas semanas — meus braços sobre os ombros de Rainer e Jordan. A tela vai sumindo e todos aplaudem muito.

— Como eu fui idiota. Nem me dei conta. — Rainer balança a cabeça. — Você ficou com ele enquanto eu estava fora?

Não, não, não, não.

— Do que está falando? — Estendo meus braços, mas ele recua.

— Estou falando de você e Jordan — ele diz. — Eu não sou cego, Paige. Eu vi aquele beijo.

— Onde? No vídeo? Aquilo era atuação, Rainer. — Procuro manter a voz baixa, mas as pessoas começam a olhar para nós.

Ele abre a boca, então para. O que saiu foi:

— Ninguém é tão convincente assim.

Ele fica de pé, e eu também.

— Você quer dizer que *eu* não sou tão convincente.

Ele expira ruidosamente, dá um passo para perto de mim e mantém a voz baixa.

— Comprometa-se comigo, então — ele diz.

— O quê?

— Diga que quer ficar comigo. Que você está dentro. Agora mesmo.

— Eu...

Rainer balança a cabeça.

— Você não consegue. Negue, honestamente, que há algo rolando entre vocês dois.

As pessoas estão se levantando. Imagino Jordan em algum lugar, atrás de mim, caminhando com Gillian até a fogueira, tomando um *mai tai* e indo conversar com Wyatt. Será que o vídeo o incomodou também? Será que ele notou alguma coisa? Não sabia por que eu continuo achando que ele se importa.

Porque eu me importo.

— Não — respondo a Rainer. — Não posso.

Se ele ficou surpreso, não demonstrou. Ele levanta as mãos:

— Não vou fazer isso comigo. — Então ele se vira e começa a caminhar para o chalé.

Eu o vejo indo embora. A lua está brilhante — uma massa prateada e cintilante sobre a água, como a sombra de um estranho —, e eu percebi que nunca me senti tão sozinha na minha vida. Estou acostumada a estar cercada de pessoas e me sentir só. Foi assim que eu cresci — um milhão de pessoas em volta, mas ninguém realmente com você —, e hoje estou sendo lembrada do que sempre soube: *Não tenho ninguém de verdade*. Nem Jake, nem Cassandra. Nem Jordan. Nem mesmo Rainer.

Este era o meu sonho. A única coisa que eu queria fazer na vida. Quando eu tinha quatro anos, disse à minha mãe que ia ser atriz. Ela chegou a me filmar na mesa de jantar, de batom vermelho, profetizando:

— Algum dia, eu, Paige Townsen, serei uma grande estrela.

Era tudo o que eu sempre quis. Eu estou atuando. Tenho um contrato. As pessoas do mundo todo em breve saberão o meu nome. Estou vivendo o meu sonho. Mas só consigo pensar que meu coração parece estar descendo pelo corpo — caindo, caindo, caindo.

Então, ouço passos atrás de mim, e uma voz familiar dizendo:

— Ei, podemos conversar?

Eu sabia que era Jordan. Reconheci sua respiração, a curva de suas palavras, mas não me viro. Não quero conversar, ser lembrada mais uma vez de tudo que deu errado.

— Paige. — Ouço a voz dele como no carro, silenciosa e suplicante.

— Desculpe — respondo, correndo para o meu chalé.

Essa é uma verdade sobre o sucesso. Muita coisa muda, mas nem tudo. Você ainda tem dias de cabelo ruim. Amizades que se desfizeram não serão reparadas milagrosamente. E pessoas que não amavam você antes continuarão a não amar. Uma coisa que o sucesso não muda, não importa a que nível você chegue, são as coisas que já viraram passado.

CAPÍTULO 20

Acordo às três e meia da manhã e vou até a cozinha pegar um copo de água. Vejo um bilhete enfiado por debaixo da porta.

Tenho um carinho grande por você, mas você precisa decidir o que quer. Não posso fazer isso por você. Boa sorte no filme. Vejo você em Los Angeles. R

Coloco o bilhete no balcão. As cortinas da sala estão abertas, e eu posso ver a lua refletida no mar. Rainer foi embora, e Jordan ainda está em algum lugar desta ilha.

Eu sei que não vou conseguir voltar a dormir, então decido fazer outra coisa: nadar. Visto o biquíni, pego uma toalha e sigo pela trilha, agora bastante conhecida. Meu voo está programado para amanhã à noite, o que significa mais um dia inteiro para ficar deitada na praia e almoçar no Longhi's, quem sabe até fazer compras. Curtir o Havaí e esquecer, por doze horas, o que me espera depois disso.

Fico surpresa porque sou acolhida por um sentimento diferente: o sentimento de possibilidade, como se o mundo todo tivesse sido aberto e algo oculto, algo novo, pudesse agora ser visto. É eletrizante e, somado ao gelo cortante da água quando mergulho de cabeça, suficiente para me fazer esquecer o bilhete no meu balcão.

Continuo nadando — braçadas longas e fluidas. É difícil acreditar que logo estarei em avião de volta a Portland. Parece que acabei de chegar, e, ao mesmo tempo, é como se eu estivesse ali desde sempre. Como se eu não tivesse vida antes de conhecer Rainer, Wyatt e Jordan. Como se eu sempre tivesse sido uma atriz.

A primeira peça que fiz foi uma produção caseira de *A Noviça Rebelde*. Eu interpretei Gretl, e nós usamos a varanda do nosso vizinho como palco. Eu devia ter no máximo cinco ou seis anos, mas lembro de ter ficado muito brava porque não tínhamos cortina. Porque a plateia iria chegar e logo ver o cenário. Não haveria um momento para silenciar todo mundo antes que as cortinas se abrissem. Não haveria uma revelação. Eu sempre quis esse momento. Aquele momento exato em que seu estômago parece estar no coração e o tempo se estende, desacelera tanto que quase dá para vê-lo.

Enfio a cabeça na água e, depois, emerjo virada para a orla. Depois da minha experiência de quase afogamento, o mar aberto não me atrai tanto quanto antes. Além do mais, está um breu absoluto. Não é exatamente a hora ideal para nadar longas distâncias.

Seco a água dos olhos enquanto flutuo, então prendo o fôlego. Há uma figura na praia. Fico perplexa, mas não por muito tempo. Um segundo depois, percebo que é Jordan. Ele está sentado na areia, com as pernas cruzadas, curvado à frente, quase como se estivesse rezando.

Sopro um pouco da água dos lábios e tomo impulso, nadando rápido. Não demoro mais que um minuto para chegar à rebentação, e pego embalo em uma onda pequena para voltar à orla.

Fico de pé, chacoalhando a cabeça para tirar a água dos ouvidos.

— Bom dia.

Ele levanta a cabeça num sobressalto.

— O que está fazendo aqui?

— Eu poderia perguntar o mesmo.

Ele dá de ombros, olhando para baixo de novo.

— Não conseguia dormir. — Ele está bermuda de surfe e camiseta justa. Dá para ver os músculos sob o tecido.

— Eu também não. — Lembro de Jordan me seguindo, eu fugindo. — Posso me sentar? — pergunto.

Os olhos dele baixam rapidamente, e eu percebo, de repente, que estou quase nua com meu biquíni minúsculo. Ele já me viu desse jeito antes, mas depois de ontem à noite eu me sinto mais exposta. Queria que a escuridão estivesse mais intensa. Opaca.

Ele me dá sua toalha.

— Aqui.

— Obrigada. — Eu a desdobro e a coloco sobre os ombros, depois em volta da cintura, e me sento ao lado dele.

— Ainda não é dia — ele diz, olhando para o horizonte na escuridão.

— O quê?

— Você disse bom-dia. Ainda não é dia.

— Ah...

Enrolo o cabelo em torno do meu dedo e puxo. Gotas de água deslizam pelo meu ombro e caem na areia.

— Desculpe por ontem à noite — começo. — Isso realmente me pegou desprevenida, aquele clipe. Não estou esperando...

Ele se vira para mim.

— Quer vir comigo a um lugar?

Minha boca ainda está aberta, pronta para continuar.

— Agora?

— Sim.

— São, tipo, quatro da manhã.

— Eu sei — ele diz. — É a hora perfeita.

— Para quê? Matar alguém?

Ele semicerra os olhos e diz:

— Não estou querendo furar o olho do seu namorado, se é o que está pensando.

— Eu... — Eu expiro todo o ar. Não há por que entrar no mérito da questão. O que Rainer é ou deixa de ser. De qualquer jeito, estou cansada disso. Pergunto:

— Aonde você quer ir?

Ele fica de pé e me estende a mão. Eu a seguro.

Quando nossos dedos se tocam, sinto o calor subindo pelo meu braço. A palma da mão dele é áspera, mas ainda assim familiar.

— Quero lhe mostrar uma coisa.

Dez minutos depois, estamos na caminhonete de Jordan, o vento soprando pela janela. Eu ainda estou de biquíni, e está úmido embaixo do moletom que Jordan me emprestou. Eu o aperto no corpo e inspiro fundo. Tem o cheiro dele. De madeira e fogo. Dos elementos de que as coisas são feitas. Puro e essencial.

— Aonde vamos? — pergunto outra vez.

Ele balança a cabeça.

— Não quer que seja uma surpresa?

— Não se você estiver me sequestrando.

Ele olha para mim e levanta uma sobrancelha. Meu coração começa a disparar no peito, como um prisioneiro no corredor da morte querendo fugir. Cruzo os braços.

— Sequestrando?

— Você já não foi preso?

Ele faz um som entre um espirro e um suspiro.

— Você realmente acredita em tudo o que lê, não é?

— Não. — Seguro a toalha dele, que ainda está na minha cintura, e a puxo mais para cima. — Mas é verdade, certo?

Ele vira a cabeça para mim, quase por tempo demais para alguém que está dirigindo.

— Não, não fui.

— Você nunca foi parar na cadeia?

— Já estive lá. — Ele encolhe os ombros e olha para a frente.

— Viu só?

— Para colaborar com um programa de alfabetização de prisioneiros que implantei.

Ele tira uma mão do volante e a leva ao pescoço. Vira a cabeça de um lado para o outro, e uma gotícula de água escorre por toda a sua cicatriz até cair em seu colo. Então, prossegue:

— As coisas nem sempre são como parecem.

Desvio meu olhar.

— Eu sei. Quero dizer... É que quando você me contou aquelas coisas sobre sua família...

— Achou que eu tinha passado um tempo na prisão?

— Não, não foi o que pensei. — Fecho o vidro da janela. Imediatamente, o interior da cabine fica em silêncio, e eu tomo o máximo de cuidado com as palavras. — O que eu quis dizer foi que você parece alguém que faria qualquer coisa para proteger aqueles que ama.

Sinto que ele olha para mim, mas eu mantenho os olhos fixos nas minhas pernas. Agradeço pelo fato de o carro estar em movimento. Pelo fato de não estarmos sentados um de frente para o outro. Assim ele não pode ver o sangue pulsando nas minhas veias, tornando quase impossível ouvir o que ele diz.

Ele não fala mais nada, e nem eu. O sol ainda não raiou, e nós continuamos correndo em meio à escuridão. É difícil enxergar um palmo à nossa frente, mas Jordan parece conhecer bem o caminho. Não precisa de mapa, nem das placas de sinalização. Ele apenas segue em frente, como se um ímã conduzisse a caminhonete até o nosso destino.

Fazemos uma curva fechada para a direita, e então começamos uma subida — cada vez mais alto, como o sol da manhã na praia, e eu logo descubro para onde estamos indo.

— Está me levando para o Haleakala?

Jordan sorri.

— Estou.

— Sério? — Meu rosto se abre em um sorriso do tamanho da falha geológica da Califórnia. — Estava querendo fazer isso desde que cheguei aqui.

— Então por que nunca veio? — Ele baixa um pouco o vidro. O ar está mais fresco, mais denso. Quase como o oceano naquela manhã.

Dou de ombros e puxo o capuz do moletom.

— Estava ocupada, eu acho.

— Rainer não é uma pessoa da manhã? — Ele sorri, brincando. Eu expiro. Talvez possamos brincar disso. Talvez não precise ser do jeito que tem sido. Porém, logo me lembro de nós dois na praia, seus braços me puxando para cima dele, as mãos dele no meu rosto.

— Posso lhe pedir um favor? — pergunto.

— É claro.

— Podemos não falar do Rainer hoje?

Ele assente.

— Se você prefere assim, sem problemas.

Dirigimos em silêncio por um tempo, o vento cantando através da janela aberta, o som dos pneus no asfalto quando fazemos uma curva. Continuamos subindo — percorrendo as sinuosidades ao lado do vulcão. Ouvi dizer que a vista daqui é espetacular, mas não dá para enxergar muita coisa a esta hora. Só a encosta misteriosa, as colinas que seguem até o negrume do mar.

Finalmente, chegamos ao topo. Há um número surpreendente de carros lá, mas ver o sol nascer do Haleakala é uma atividade turística popular, então faz sentido. Jordan estaciona e nós descemos do carro. Está um gelo. O vento sopra feroz, se move, uiva, grita, como se alguém estivesse lamentando a perda de um amor. Talvez o amor tenha se perdido por estas bandas — engolido pelo espaço, pelo tempo e pelas estrelas.

— Venha aqui. — Jordan pega minha mão e começa a caminhar, passando pelos turistas reunidos perto de seus carros, com garrafas térmicas cheias de chocolate quente e café presas aos dedos. Aperto melhor a toalha na cintura e o moletom sobre o meu corpo.

Quando damos a volta, espremo sua mão com tanta força que ele contrai o corpo. A vista parece de outro mundo, algo que jamais vi, nem mesmo em filmes. A paisagem gigante de uma cratera vermelha, laranja e marrom-escura, se estendendo até tão longe que fica difícil acreditar que tudo isto fica em uma ilha.

— É lindo, não acha? — Ele aponta com a cabeça na direção das duas rochas, então nós vamos nos sentar. Ainda está escuro, mas os primeiros raios de sol começam a penetrar a escuridão. Isto é completamente diferente da aurora na praia. É épico, chocante. Fica muito perto. Sinto como se estivéssemos no centro do mundo.

— É espetacular!

Estamos protegidos do vento neste pequeno refúgio, e sua ausência faz a névoa pairar mais densa. Estamos, na verdade, entre as nuvens.

— Obrigada por me trazer aqui. — Deslizo as mãos para dentro das mangas do moletom e as coloco entre as pernas.

— De nada. — Ele pigarreia, limpando a garganta, e então o silêncio cai sobre nós novamente. Mas desta vez não está calmo: está carregado. Iluminado por todas as coisas não ditas.

Ele pega uma pedra. Olho para suas mãos — grosseiras, calosas. Apesar do frio, estavam quentes há poucos instantes.

— Sinto muito pelo vídeo — ele diz.

— Não foi culpa sua.

Jordan concorda com a cabeça e deixa a pedra cair.

— Mesmo assim, peço desculpas. Tenho certeza de que o Rainer não ficou muito feliz.

— Pensei que não fôssemos falar dele — eu digo, dando um soquinho de brincadeira no braço dele.

Ele olha da pedra para mim e depois para baixo de novo. Dá para perceber que não está brincando, por isso fico bem imóvel. Até o sangue nas minhas veias parece parar.

— Não quero complicar as coisas para você.

— Mas não está complicando — eu digo, mais para mim mesma. — Quero dizer, você acha que está?

Ele analisa cuidadosamente a pedra, como se, talvez, a resposta estivesse escrita no lado de baixo.

— Sim — ele diz. — Eu acho.

— Me conte por que você e o Rainer se odeiam tanto — eu peço. — Preciso saber.

Jordan suspira. Observo seu peito subir e descer.

— Eu não o odeio. Nunca odiei. As coisas só ficaram complicadas.

— Complicadas *como*?

Ele olha para mim, com os olhos negros como carvão.

— Você quer mesmo saber?

Engulo em seco e aceno com a cabeça.

— Sim. Quero mesmo saber.

Jordan joga a pedra e limpa as mãos na bermuda. Por um instante, tenho medo do que vou escutar. De que a fenda aberta se torne permanente, irreparável.

— Lembra que lhe contei que o meu pai não é um cara legal? — Seus olhos estão sérios, mas carinhosos. Notei que ele queria me proteger disso, do que quer que fosse. — Bem, o do Rainer também não é.

— Greg?

Jordan faz que sim com a cabeça.

— Isso. Ele era o produtor de uma série em que todos nós trabalhávamos juntos. Rainer, Britney e eu.

Faço que sim com a cabeça, tentando me lembrar.

— *Backsplash*?

— Você conhece? — Jordan franze a testa.

— Não. Quero dizer, sim. Assisti poucas vezes. O que tem ela? — Tiro o capuz da cabeça e coloco meu cabelo bagunçado atrás da orelha. O arrepio de frio me faz chegar mais perto dele.

— Foi o primeiro trabalho de todos nós. Assim que nos conhecemos. Éramos amigos. — Ele esfrega uma mão na outra para tentar gerar calor. Vejo os músculos de seus braços trabalharem.

— Vocês três?

Ele expira e eu vejo um pequeno sorriso em seus lábios, como se estivesse se lembrando de alguma coisa.

— Sim, nós três.

Penso em Jake e Cassandra. Nossa casa na árvore, nosso livro de regras e aqueles pactos secretos. Todas as coisas que nos tornavam amigos. Que nos mantinham unidos.

— Cada um foi para o seu lado depois que a série acabou. Porém, ainda éramos muito unidos. Jantávamos juntos pelo menos uma vez por mês, esse tipo de coisa.

— O que isso tem a ver com o pai do Rainer? — pergunto.

Jordan levanta os olhos, e eu posso notar seu olhar triste, contido. Como se não quisesse me contar o que aconteceu depois.

— Rainer e Britney começaram a namorar. Isso aconteceu alguns anos depois que terminamos a série. — Vejo seu pescoço pulsando. Esperei que ele continuasse. — Eu estava tranquilo com isso. Sempre imaginei que alguma coisa iria rolar entre eles, e não sentia nada por ela. Pelo menos, não nesse sentido.

Ele olha para mim de lado, e eu baixo o olhar para o chão. Sinto um pequeno nó no estômago, como se minhas entranhas fossem dedos se fechando.

— Ela começou a passar bastante tempo na casa dele. E, certa noite... — Ele para um pouco. — Rainer não estava em casa, e ela chegou mais cedo para esperar por ele. Greg estava lá.

Começo a me sentir mal. De repente, imagino o que vou ouvir.

— Ah, meu Deus.

Jordan respira fundo.

— Ela conseguiu fugir antes que ele pudesse, você sabe. Foi para a minha casa. Estava muito mal com a situação, e é difícil tirar Britney do sério. — Ele sorri, e eu vejo uma expressão de carinho fraterno em seu rosto. Afeição. — Ela normalmente é durona, mas naquela situação não estava. — Seu rosto se fecha de novo, e seus olhos encontram os meus. São negros, opacos, como o mármore extraído de pedra bruta. — Ela não parava de falar que ele havia dito que, se contasse qualquer coisa, faria de tudo para acabar com a carreira dela.

Minhas mãos estão tremendo. Entrelaço os dedos e os pressiono contra meu coração disparado.

— Mas a dele também não estaria acabada? — pergunto.

Jordan expira.

— Quem dera funcionasse desse jeito. Ela era praticamente uma desconhecida. Uma garota qualquer de um programa de TV para crianças. A carreira musical dela ainda não tinha decolado. As pessoas iriam achar que ela só estaria querendo chamar a atenção. E ela não estava... — Jordan olha para as mãos. — Ela é meio descontrolada. Sempre foi.

— Mas ela contou ao Rainer — comento, juntando as peças.

— É complicado. — A voz dele é quase inexistente; por causa do vento, está praticamente impossível ouvir melhor. — Mas, sim, Rain achou que ela tivesse inventado tudo.

Nunca o ouvi usar um apelido para Rainer, e isso me pega desprevenida. A intimidade desse gesto. Uma história da qual eu não faço parte.

— Por que ela inventaria uma coisa dessas? — pergunto. — Por que Rainer não acreditaria nela?

Não parece o cara que eu conheço. Aquele que me apoiou tanto.

— Ele achou que ela tinha inventado porque estava desesperada. — Ele expira, passa a mão no rosto. — Porque ele a encontrou na minha casa.

Nós dois ficamos calados. A cabeça estava dele está entre as mãos. Estendo a mão e o toco gentilmente no ombro; sinto seu corpo se contrair e depois relaxar sob meus dedos.

— Depois do que aconteceu com Greg... — Vejo os músculos de sua mandíbula se contraírem ao proferir o nome do pai de Rainer. — Rainer veio à minha casa. Ela estava nos meus braços. Ela me beijou — ele diz. Sinto a pele de suas costas esquentar, como se a lembrança em si já gerasse certo calor. — Ela estava irritada. Simplesmente aconteceu. Mas Rainer viu e achou... Britney começou a relatar essa história maluca sobre o pai dele...

A voz dele falha, e eu recuo minha mão. Está quente. Aquecida pelo contato com ele.

— Ele nunca me perdoou — conclui Jordan. — Mas como posso culpá-lo? — Ele dá um sorriso miúdo, triste, e eu percebo mais uma coisa: ele sente falta de Rainer. Como eu sinto a de Cassandra. Eles eram amigos, e deixaram de ser. Quem foi que disse que não pode haver ódio sem amor?

— Agora você entende por que isso... — Ele aponta lentamente de mim para ele, do coração dele para o meu — ... não é uma boa ideia. Ele já acha que eu tentei tomar dele alguém de quem gostava.

O sol começou a nascer na montanha, como um alpinista escalando para se proteger — com vontade, propósito. Cada milissegundo o torna mais seguro de sua própria sobrevivência.

— Mas e quanto ao que eu quero? — Uma vez que as palavras saem, eu pisco; mas já é tarde demais, não dá para retirá-las.

— O que você quer? — A respiração de Jordan está curta, e por um momento acho que talvez esteja tão nervoso quanto eu.

— Eu quero conhecer você — declaro.

Eu deveria me sentir traindo Rainer, mas não, porque simplesmente é a verdade. Deslizo para perto de Jordan. Sem sequer pensar. Pego uma de suas mãos sujas de poeira.

Ele sorri olhando para o chão.

— Eu também quero isso.

Ficamos sentados em silêncio desse jeito por uns dez minutos, nossos dedos entrelaçados como videiras enquanto assistimos ao nascer do sol — tons de cores que eu nem sabia que existiam vão cruzando o céu, como estrelas cadentes. Parece que o mundo todo está acordando. Como se a primeira luz existente tivesse sido criada neste vulcão.

Quando nos levantamos para ir embora, Jordan fica de pé e me oferece sua mão, com o rosto iluminado pela manhã.

— Só mais um minuto — eu peço. Olho para longe, para o cânion ensolarado. Parece que, se eu gritar qualquer coisa, não haverá eco, mas uma resposta. Eu quero perguntar o que fazer, qual é a escolha certa, mas tenho medo da minha própria voz. Do que eu vou me ouvir dizendo. Só gostaria de saber quando terei outra chance como esta.

— Nós voltaremos aqui — ele diz, como se lesse minha mente. Estende os braços bem para os lados, como se estivesse tentando tocar as duas extremidades do Haleakala de uma só vez.

— Talvez — respondo. — Nós nem sabemos se o próximo filme vai acontecer. Poderíamos apenas voltar para nossas vidas normais. Poderíamos esquecer tudo.

Jordan balança a cabeça, como se eu estivesse falando bobagem. Então ele põe uma de suas mãos, gentilmente, no meu rosto.

Sinto, neste exato momento, como se tivesse visto uma placa de sinalização conhecida depois de estar perdida por horas. Alívio. Felicidade. O sentimento de ir para casa.

— Você nunca ouviu falar em fé?

O vento diminui, para, então suas palavras apenas pairam no ar, como crianças concentradas no primeiro dia de aula. Cheias de potencial e com possibilidades infinitas. De esperança, até.

— Ouvi — respondo.

Ele se inclina lentamente, e por um instante acho que vai me beijar, de tão perto que está, mas não o faz. Em vez disso, ele toca meus cabelos com seus lábios.

Eu queria dizer que tenho fé nele, que nunca tive tanta certeza sobre algo na minha vida. Que, quando estamos juntos, eu me sinto como quando atuo: como se todo o universo ao redor deixasse de existir e eu me encontrasse total, completa e exatamente onde deveria estar. Mas o vento começa a bater de novo, ameaçando levar minhas palavras para longe dali, para o leste, se necessário. Em vez disso, tudo o que digo é:

— Deveríamos voltar para o hotel.

Porque é verdade. Deveríamos mesmo. Eu me lembro do meu confronto com Wyatt há meses, e pela primeira vez entendo o que ele estava querendo dizer. Ele estava tentando me fazer assumir minhas responsabilidades. Me dizer que é minha a escolha sobre o rumo que as coisas tomarão. Que eu não estou à mercê de um momento, de um sentimento, do suave fluxo do destino. Talvez haja coisas que estejam fora do meu controle, mas não isso. Eu tenho que fazer do jeito certo. Tenho que falar com Rainer. Não posso fugir só porque o caminho é difícil. Como diria Jake, "é preciso reconhecer o impacto que você provoca no mundo".

Jordan e eu voltamos ouvindo rádio na descida da montanha. O dia surge aos poucos, e nos faz companhia ao mesmo tempo. Não há mais aqueles silêncios longos. Está tudo calmo, em paz — até mesmo confortável. Como se o dia tivesse suspirado de alívio assim que o sol raiou.

Eu cochilo no carro, e, quando acordo, a mão de Jordan está no meu braço, dando uma sacudidela. Chegamos ao hotel.

— Vamos — ele chama. — Vou acompanhá-la para subir as escadas.

Atravessamos o lobby, o braço dele em volta da minha cintura. Quando chegamos à porta do meu chalé, ele pega delicadamente o cartão-chave da minha mão e a destranca. Então ele entra comigo. Caio de cara na cama, chutando meus sapatos para longe e rastejando até o travesseiro.

— Obrigada — murmuro.

Sinto uma coisa macia sobre mim. O cobertor que mantenho na beirada da cama, aquele que eu trouxe de casa, que é meu desde o dia em que nasci. Ele o puxa para me cobrir, e, quando chega ao meu ombro, sua mão roça minha pele. Instintivamente, pego sua mão e dobro meus dedos em volta dos dele.

— Fique — peço. — Durma aqui.

Meus olhos estão fechados, e eu me sinto seduzida pelo meu inconsciente. Antes que eu sucumba completamente, sinto o corpo dele se deitando ao meu lado. Ele me puxa contra o peito e me abraça forte. Dá um beijo na minha bochecha; sinto sua respiração no meu rosto, seu coração batendo nas minhas costas. Contra o meu corpo, através do meu corpo, no mesmo ritmo que o meu.

CAPÍTULO 21

É um saco ser a última a ir embora. Independentemente da situação, você sempre sente como se estivesse sendo deixada para trás. Quando acordo, estou sozinha e é de noite. Meu avião sai à meia-noite, e eu ainda tenho que fazer as malas. Pego um sanduíche e caminho despreocupadamente pelo lobby. Eu sei que Jordan não vai estar lá, mesmo assim quero tentar. Mesmo o hotel estando exatamente igual — os móveis, as almofadas, as luminárias e até a incrível vista panorâmica para o mar —, o lugar está totalmente vazio. Como se, pelo fato de ele ter ido embora, tudo que é tangível também houvesse partido.

Sinto falta dos dois. Ainda posso sentir os braços de Jordan ao meu redor esta manhã, o nariz dele pressionado na curva do meu pescoço. E também tenho saudade de Rainer. Sinto falta da sua risada, dos seus olhos azuis e do seu charme natural. Passei dezessete anos sem nenhum namorado, sem nada além de uma paixonite, e agora eles são dois. Dois caras tão diferentes, como se fossem de espécies distintas, e, ainda assim, o jeito como eu me sinto perto deles... Nunca pensei que alguém pudesse ter sentimentos por duas pessoas ao mesmo tempo. Parece ridículo. Cassandra se apaixonava constantemente, e eu sempre a chamei de volúvel. Mas agora é como se, dentro de mim, Jordan e Rainer estivessem disputando um lugar no meu coração. E eu não sei por quem torcer, porque, se eu pensar em um, sinto que estou traindo o outro.

Repriso os últimos meses na minha cabeça, como um vídeo de melhores momentos. Jantares com Rainer no Longhi's. O beijo de Jordan na cabana. A sala de edição. O Mercado de Peixe. Nossos momentos no set. E, de repente, eu sei aonde eu tenho que ir.

Atravesso correndo o hotel. Chego ao chalé dele quase sem ar. Bato duas vezes. *Por favor, esteja aí. Por favor, esteja aí.*

Ouço o som de passos, então a porta se abre, os cabelos cacheados aparecem na porta. Wyatt.

Quando o vejo, fico nervosa. Totalmente nervosa. Afinal de contas, é Wyatt. Nunca tivemos a melhor das relações. Mas eu tenho que contar para ele. Mesmo que ele bata a porta na minha cara, o que ele muito bem pode fazer.

— Eu nunca tive a chance de agradecer — começo. — Achei que você já tinha ido embora, e que eu tivesse perdido a oportunidade de dizer a você o que isso significou para mim e o quanto...

Então, Wyatt faz uma coisa incrível. Algo que parece completamente contraditório e perfeitamente certo, perfeitamente *ele*, tudo de uma vez. Ele me abraça.

Ele estica os braços e me puxa na direção dele. Fico tão surpresa que não consigo dizer mais nada, apenas fico parada, como um pedaço de pau. Mas, assim que seus braços me envolvem, começo a amolecer. Há algo de familiar neste abraço — algo acolhedor. Me lembra quando meus irmãos rolavam comigo no chão da sala e, depois, me ajudavam a levantar. Eram momentos como este que me faziam entender que eles se importavam comigo. Que eles podiam até me amar.

— Tudo bem, querida — diz Wyatt. Ele me afasta e me segura com os braços esticados, suas mãos nos meus ombros. Me analisa quase do mesmo jeito que um pintor admira sua obra recém-concluída. — Estou orgulhoso de você. Mas não espere que eu vá dizer isso de novo.

Aceno uma vez. Entendido.

— Você veio aqui sozinha? Não tem nenhum segurança de olho em você? — Ele olha pelo corredor e, de fato, um dos guardas está lá, de prontidão. Será que ele me seguiu esse tempo todo? Por quanto tempo?

— Rainer foi embora ontem — digo.

Wyatt tira as mãos dos meus ombros e cruza os braços. Ele levanta as sobrancelhas como se estivesse me questionando, e, de repente, eu despejo as palavras, como se estivesse confessando:

— Jordan foi embora hoje.

Wyatt pigarreia.

— Vocês dois ficaram próximos.

Seguro meus cotovelos com as mãos. Minha voz parece pequena aos meus ouvidos.

— Ele é diferente do que as pessoas pensam.

Wyatt não tira os olhos de mim.

— Concordo.

— Queria que Rainer pudesse ver isso também — continuo.

Ele encosta no batente da porta.

— Eles têm um passado — ele comenta, e por um instante penso em todas as coisas que não sei sobre ele. Qual é a sua história.

— Eu sei.

— Mas eu acho que eles vão se resolver. Contanto que nada mais turve as águas. — Ele olha para mim bem sério.

— Eu sei — digo de novo, desta vez mais suave, mais tranquila. Mal posso ouvir minhas palavras.

Ficamos parados na porta por mais um tempo. Então ele sorri.

— Agora dê o fora daqui, ok? Ainda tenho que fazer minhas malas.

. . . .

Quando meu avião parte, está tão escuro que eu mal posso ver o oceano ou a paisagem esverdeada, mas eu sei que tudo está lá. É reconfortante de certa forma, como um filme que você já viu muitas vezes e só deixa o barulhinho de fundo, mas ainda assim sabe exatamente o que está acontecendo, mesmo que não ouça nenhuma fala.

Fecho os olhos e vejo as belas rochas das encostas, a praia Ho'okipa e seus surfistas, que continuarão ali por pelo menos mais algumas horas. Vejo o Longhi's, os nossos chalés e a praia, com sua areia branca e pedrinhas, e as cabanas, suas coberturas de lona amarradas com força para se defender de qualquer chuva noturna. Lembro da noite anterior e daquela manhã, observando a memória na minha mente, como se admirasse um objeto valioso.

Lembro também de quando estava deitada nos braços de Jordan. Seus cabelos bagunçados caídos no meu rosto, sua respiração quente na minha nuca. Eu queria tocá-lo, entrelaçar meus dedos em suas mãos, acariciar seus ombros, pescoço, rosto. Trazer seu nariz para perto do meu e nunca mais deixá-lo. Mas algo me interrompe.

Alguém dá um cutucão no meu ombro.

— Com licença...

Eu pisco. Uma garota está curvada sobre mim. Ela deve ter treze ou quatorze anos, e o rosto mais cheio de sardas que já vi. A menina está um pouco queimada de sol nas bochechas, mas assim também está a maioria das pessoas neste avião.

— Você é Paige Townsen, não é?

Assinto com a cabeça. A sensação é a de que eu fui pega mentindo. Com a boca na botija. O que não faz sentido. Eu sei. Eu sou Paige Townsen.

— Nossa!

Os olhos dela se arregalam e ela pisca, lembrando alguma coisa. Ela dá um pulo e vasculha a bolsa, encontrando um livro. Entrega o exemplar para mim, orgulhosa, como um gato com um rato nos dentes.

— Você poderia me dar um autógrafo? — ela pergunta. — Seria muito importante para mim. Este livro — ela o aproxima do peito, como um namorado — é a minha vida. Eu já o li quatro vezes. — Ela faz uma pausa e eu respiro lentamente. — Eu não tenho irmãos ou irmãs, sabe?

— Ela gesticula para uma mulher do outro lado do corredor, usando máscara de dormir, com a boca ligeiramente aberta. — Minha mãe e eu viajamos muito juntas. Ela dorme e eu leio.

Lembro de como era ser essa garota. Querer abrir o coração para estranhos. Sentir como, se você continuasse falando, você pudesse, de alguma maneira, tornar tudo melhor, conseguir respostas. Me ocorre, olhando para essa menina sardenta, que eu não me sinto mais assim, e por um instante essa compreensão me entristece. Eu não posso pegar o telefone e ligar para Cassandra; está na cara que ela não quer falar comigo. Não posso falar com Rainer, pois não saberia o que dizer ou como me sinto.

Eu sorrio e pego a caneta que ela estava oferecendo.

— A quem devo dedicar?

— Jen — ela diz, batendo no peito. — Jen Sparrow.

Escrevo o nome dela na página de abertura e, em seguida, adicionei: *Para a fã número 1 de* Locked *— Paige Townsen.*

Como é estranho olhar para o meu nome desse jeito. É igual a assinar no pé de uma pintura do jardim de infância ou no topo de uma redação da escola. A única diferença é que aquele não é um trabalho meu. A responsabilidade bate forte novamente, mas desta vez não tão assustadora ou chocante. Não é a mesma sensação de quando consegui o papel, ou do dia a dia no set — às vezes assustadora. É boa, ou quase. *Certa.*

Minha mãe sempre dava sermões sobre responsabilidade à minha irmã. Que o mundo não girava em torno dela, que ela tinha que começar a pensar em Annabelle. Annabelle, cuja felicidade agora é mais importante que a dela. Penso, olhando para Jen Sparrow, que eu tenho uma responsabilidade perante ela. Perante a felicidade dela. Perante o significado, até certo ponto, que ela havia dado a esse livro, e ao meu papel nele.

Conversamos pelo resto do voo. Ela mora em São Francisco, mas o seu pai acabou de se mudar para Portland e sua mãe está indo deixá-la lá. Dou a ela o número do meu celular (Sandy teria me matado) e lhe peço para dar uma passada no Trinkets n' Things. Os olhos dela ficaram arregalados.

— Você vai estar lá? — ela pergunta. — Numa lojinha?

— Claro! — respondo. — Por que não?

Ela olha para mim com as sobrancelhas franzidas.

— Você é uma estrela de cinema. Não acho que possa trabalhar numa loja. — Ela pisca, como se houvesse falado mais do que devia. — Desculpe, vamos falar de outra coisa. Rainer Devon?

Ao dizer isso, ela morde o lábio, e eu noto que não vai conseguir continuar com o que estava prestes. Então, ela prossegue:

— Os rumores são verdadeiros? Você está com ele? Ele é tão lindo...

Ela continua falando sobre filmes. Diz que acha que eu sou "muito melhor que a Britney". Ela só para, choramingando, quando o comandante anuncia que vamos pousar em breve.

Eu rio com o absurdo da situação. Uma garota que nunca vi antes quer saber quem eu estou namorando.

— É complicado — limito-me a responder dessa forma.

Ela acena com a cabeça e não diz mais nada. A mãe dela dá um ronco ao acordar, do outro lado, e nós duas rimos. De repente, sinto muita falta de Cassandra. Parece uma eternidade desde a última vez que ri com outra garota.

— Acho que você vai ter que seguir seu coração — ela diz. — Não acho que o amor seja assim tão complicado.

Eu queria dizer "Quem dera fosse tão simples", mas talvez seja mesmo. Talvez sempre tenha sido. Penso nas mãos de Rainer no meu rosto, o bilhete dele, sua promessa de proteção, e então penso em Jordan — em como eu me sinto com ele —, como se ele despertasse algo dentro de mim, alguma parte de mim que eu nem sabia que existia. Queria poder dar uma resposta a Rainer. Queria poder dizer "sim" a ele. Mas, se eu o fizer, se eu me comprometer com ele perante o mundo, não haverá qualquer chance com Jordan. Jamais.

Ela sorri, e eu também.

— Mal posso esperar para contar para todo mundo que conheci Paige Townsen.

— Não se esqueça de falar que meu cabelo fica um bagaço depois de um voo — brinco, pegando uma mecha toda arrepiada.

— Pode deixar — ela diz, rindo. — Eu prometo.

Quando chegamos à esteira de bagagem, vejo o pai dela. Ele está de pé, com um carrinho de malas, parecendo bastante nervoso. Ele a abraça quando ela se aproxima e dá um beijo em sua cabeça. Seus olhos se fecham por um breve momento.

Fico me perguntando se ele sabe da sua responsabilidade. Mantê-la segura e feliz. Amá-la. Tomara que sim.

Estou me virando quando avisto meu pai. Ele está à esquerda das portas duplas, sorrindo e acenando com a mão. Então eu faço uma coisa que nunca tinha feito na vida. Corro até ele e o abraço pelo pescoço. Ele faz uma pausa, um pouco hesitante, claramente surpreso pelo ataque. Mas logo em seguida responde ao abraço e acaricia meu cabelo.

— Bem-vinda, querida — disse ele. — Senti muito a sua falta.

CAPÍTULO 22

— Os negócios estão uma maravilha! — diz Laurie. Ela está segurando uma cesta vazia de cristal como prova. — Somos a loja que dava emprego para uma estrela. As pessoas amam isso.

— Como elas sabem? — pergunto. — Você não colocou nenhum pôster na janela... Meu Deus, você colocou?

Laurie me chama com a mão e me leva até a porta. Ela me mostra uma placa de madeira: ANTIGO LOCAL DE TRABALHO DE PAIGE "PG" TOWNSEN.

— Nossa! — exclamo.

— Querida, isso vale mais que ouro. — Ela franze a testa. — Você não ficou chateada, ficou?

— Não.

— Ótimo. Porque eu conto para todo mundo que o Esfoliante Corporal de Pétalas de Patchuli é o seu favorito. Os estoques sempre acabam!

Eram nove da manhã e a loja só abriria às dez, mas eu já tinha visto alguns turistas olhando para a entrada.

— Às vezes as pessoas fazem fila aqui fora — Laurie me conta. — Imagine se vissem você aqui!

— Tudo bem — respondo rapidamente, antes que ela tenha alguma outra ideia. — Só passei para dar um oi. Tenho que resolver algumas coisas hoje.

Devolvo a placa para ela.

— Ah, eu quase me esqueci. Tenho uma coisa para você — ela avisa.

Laurie vai até os fundos da loja, e eu aliso o balcão com os dedos. O mesmo computador antigo zune no canto. Penso em quantos dias passei atrás daquela coisa, sonhando estar do outro lado.

Há uma cesta de "medalhões de *Locked*" e uma caixinha cheia de "âmbar de August". Imagino Laurie inventando esses nomes. Ela deve ter ido à biblioteca pesquisar sobre o livro. Laurie nunca lê, e aquele computador jurássico não daria conta de uma busca na internet.

Ela ressurge em meio a uma nuvem de manjericão e laranja.

— Tome — ela diz.

Pego o pacote embrulhado em papel roxo. Dentro há uma pequena caixa de incenso.

— Vire — ordena Laurie.

Viro a caixa e vejo duas datas, quatro anos entre elas.

— O período em que você trabalhou aqui — ela explica, concluindo meus pensamentos.

Um nó se forma na minha garganta, e eu pergunto:

— Então, sem chances de um bico nesse verão?

Ela sorri, suavizando as rugas em volta de seus olhos.

— Você não pertence mais àquele computador, querida.

— Ninguém pertence — digo. — Aquele negócio já está praticamente morto.

Ela sorri.

— Só não aja como estranha, está bem? Posso lidar com você sendo uma estrela, mas não como uma esnobe.

— Pode deixar.

— E diga àquele seu amigo, Jake, que ele também é bem-vindo para distribuir os panfletos dele — ela continua.

Não tive coragem de contar a ela sobre Jake e Cassandra. Apesar de já estar lá há um mês desde meu retorno de Seattle, ainda não fui visitá-los. Passo o tempo entocada em casa, basicamente a mesma coisa que eu fazia durante as filmagens do novo filme. Hibernando. É tudo tão diferente de *Locked*. Lá o elenco era maior, mas eu era a mais nova, e todos eram muito unidos. Havia uma aura agradável, acolhedora, leve — um alívio diante das outras pressões. Mas as pressões estão voltando. Estou começando a ser reconhecida nas ruas. O material de divulgação de *Locked* está por toda parte. O filme estreia em duas semanas, em Los Angeles. Estou me preparando para voar para lá no fim da outra semana.

Rainer, Jordan e eu nos vimos três vezes desde o Havaí. Rainer está gravando um filme em Londres e Jordan está fora dos holofotes em Los Angeles — o que eu só sei por causa de uma coisa ou outra que leio na internet. Está bem, muita coisa. Não tenho mais falado com ele. Jordan, quero dizer. Embora eu o tenha visto, parece que nossa relação terminou naquela montanha. De mãos dadas, nossos dedos entrelaçados. Até mesmo Rainer está em suspenso, de certa maneira. Nossas viagens a Los Angeles foram tão agitadas que praticamente não tivemos descanso algum. Apenas sessões de foto após as entrevistas. Não fiquei sozinha com ele por trinta segundos, quanto mais o tempo necessário para termos a conversa de que precisamos. Trocamos alguns e-mails, mas ele só me conta sobre as filmagens, uma viagem em família que ele fez para a Itália e sobre como era bom o café em Londres. Ele não pergunta sobre nós, e eu sei que ele não vai perguntar. Eu não paro de pensar que ele talvez tenha seguido em frente, quem sabe até se apaixonando por outra pessoa. Só de pensar nisso, eu entro em pânico, mas também sei que não é impossível. Ele é Rainer, e tem rodado o mundo todo — sem mim. Porém, um belo dia, recebo o seguinte e-mail: "Sinto sua falta. Nada parece igual sem você ao meu lado". O alívio foi imenso, épico. Só que isso é errado. Eu não deveria me sentir aliviada. Ainda não. Não quando ainda há tanta coisa pela frente.

No entanto, nunca tirei o colar que ele me deu. Nunca a não ser quando precisei filmar. E mesmo assim eu ainda o mantive no bolso — o lembrete de algo que estou apenas começando a entender.

Olho para Laurie.

— Obrigada. Pode deixar.

Assim que ela me puxa para me dar um abraço, lembro-me de que eu era um pouco mais retraída. Não porque eu não gostasse de Laurie, sempre gostei, mas porque o cheiro dela era tão intenso que, só de chegar perto, eu sentia coceira. Mas desta vez eu a deixo me abraçar. Nem prendo a respiração. Algo na intensidade da água de rosas, do incenso e de outra coisa — gengibre? — é estranhamente reconfortante. Engraçado, passei a vida toda querendo que as coisas fossem diferentes, e, agora que são, sinto falta de como eram antes.

Aceno por sobre o ombro e abro a porta. Sinos e campainhas familiares tocam conforme vou saindo.

É quinta-feira, o que significa que todos estão na escola. Desisto de passar na frente da minha velha escola — muito deprimente —, e, em vez disso, prefiro ir a um lugar onde eu sei que vou poder me acomodar em um canto e desaparecer.

Empurro as portas duplas da Powell's e subo as escadas até o segundo piso. Do lado esquerdo, nos fundos, ficam os roteiros. Estão organizados por título, em ordem alfabética, e eu corro os dedos sobre as pilhas, parando na letra C. Eles têm o roteiro original de *Cantando na Chuva*. Eu devo ter lido umas doze vezes, mas não desde que fui embora, e a última vez que ouvi a trilha foi no teste para *Locked*. Tiro-o da prateleira e sento-me com as costas nos escritos, os joelhos puxados contra o peito.

Leio por um tempo. É reconfortante estar aqui de novo. Quantas tardes passei fazendo exatamente a mesma coisa? A única diferença é que, desta vez, Cassandra e Jake não apareceram, e minha mente não está atormentada pela lição de casa de matemática — em vez disso, está lá a mesma pergunta, girando pela minha mente, como um pedido de casamento escrito no céu. *Você está pronta?*, eu me pergunto. *É isso mesmo o que você quer?*

E eu sinto que sei a resposta. Sempre soube. Só estou com medo do que vou perder ao tomar essa decisão. Em breve vamos estar juntos, e eu preciso dizer a Rainer que não posso fazer isso. Talvez se fôssemos pessoas comuns, se aquilo não fosse algo que estaria exposto ao mundo todo, seria tudo diferente. Mas eu acho que ainda não posso tomar essa decisão. Mas acho também que não estou pronta para decidir o contrário.

Quando chego em casa, Annabelle e minha irmã não estão, mas o carro da minha mãe está na frente da garagem. Estranho. Ela nunca tira folga da escola, ou sai mais cedo. Acho que ela se ausentou, exatamente, duas vezes em toda a sua carreira. Uma vez quando nós quatro pegamos catapora, quando eu ainda era bebê; a data é lendária em nossa família. A segunda foi o dia em que Annabelle nasceu.

— Mãe? — Coloco a bolsa sobre o balcão da cozinha e subo dois degraus por vez.

Encontro-a no quarto dela, sentada na beirada da cama, um moletom nas mãos.

— Mãe?

— Oi, querida. — Ela olha para cima e não se surpreende ao me ver, como se estivesse à minha espera.

— É, oi. Não foi à escola?

Ela dá de ombros.

— Tirei a tarde livre. Achei que talvez pudéssemos passar um tempo juntas.

— Desculpe — digo. Olho para o meu suéter. — Eu não sabia.

— Venha aqui — ela diz, acenando com a cabeça.

Caminho lentamente até a beirada da cama e sento ao lado dela.

— Não temos conversado muito ultimamente, eu e você. — Ela suspira e balança a cabeça. — Não sei nem se já conversamos alguma vez.

— O que quer dizer?

Ela olha para mim com olhos tristes e cansados.

— Quando você veio ao mundo, já tínhamos uma casa bem conturbada. Sempre achei que essa sua coisa de ser atriz talvez fosse culpa minha, que nós não tenhamos dado atenção suficiente para você quando criança.

Sinto meu coração vir à boca, morrendo de raiva.

— Ser atriz não é uma *coisa* — retruco. — Agora é a minha vida.

— Eu sei, querida — ela explica. — É isso o que estou tentando dizer. Esse sonho...

— Não será apenas um momento — eu digo. — Não vou desistir como você fez.

O olhar da minha mãe está magoado.

— É isso o que você pensa?

— Eu vi a sua pilha de entradas e cartazes de teatro — confesso. — Eu sei o que você queria.

Ela semicerra os olhos e então fica de pé. Vai até sua caixa de joias e tira toda a parte de cima. Tira o envelope, aquele sobre o qual eu passei os dedos várias outras vezes. O mesmo que está amarelado no topo e desgastado na lateral.

Minha mãe volta a se sentar ao meu lado na cama e o abre. Tira de dentro dele um ingresso de *Hair* e o entrega a mim.

— A primeira peça que eu vi — ela conta. — Eu e minhas amigas entramos pelos fundos e ficamos lá a peça inteira. Encontrei esse ingresso no chão e o guardei.

Ela pega outro. *Amor, Sublime Amor*. Sorri.

— O primeiro filme que seu pai me levou para ver. Foi nosso terceiro encontro. Nosso primeiro beijo também.

Um terceiro.

— Essa foi a peça que eu vi na noite em que tive o Tom. Quando minha bolsa rompeu, seu pai queria sair antes do segundo ato, mas eu insisti que o bebê podia esperar.

Ela me entrega bilhete após bilhete. Aniversários e mais aniversários, e um de uma tarde de verão qualquer.

— Contratei uma babá e fui — ela confessa, com um brilho de travessura nos olhos.

Quando ela me entrega o último bilhete, olha para mim:

— Agora você entende?

Eu não digo nada. Não sei se o nó na minha garganta vai deixar.

— Não guardo essas coisas como lembranças do que eu não tive. Mantenho isso como lembranças do que fiz.

Engulo em seco. Consigo sentir as lágrimas começarem a rolar. Lágrimas de vergonha, tristeza e culpa. Amor também.

— Eu não era como você — continua ela. — Não tive talento para isso. E descobri, assim que tive filhos, que tinha muito amor para dar. Eu queria estar onde eu era mais solicitada. E não era em um palco, meu amor. Para mim, era na sala de aula. De vez em quando você desiste das coisas porque é a coisa certa a se fazer. E fazer a coisa certa é maravilhoso. É melhor do que o sonho. Porque o sonho não é real.

— Você acha que o meu sonho é real?

Ela suspira.

— Às vezes eu me preocupo com você. É um ambiente de trabalho complicado, e eu procuro não pensar ou falar demais nesse assunto, porque, querida, quero que saiba que isso não é tudo. Existem coisas muito, muito mais importantes do que o sucesso.

— Como o quê?

Ela olha para mim e sorri, quase rindo.

— Você é mais inteligente que isso.

Estou soluçando.

— Às vezes é como se você nem ligasse. Vou ser a protagonista de um filme de sucesso absurdo, e você age como se fosse uma peça do colégio.

Ela passa a mão dela nas minhas costas, depois sobe até o meu cabelo.

— Eu posso não entender do mundo do cinema, e, sendo bem egoísta, quero você aqui em casa, mas nunca quero que duvide, nem por um minuto, do orgulho que sinto por você. Você sempre foi a diferente — ela diz, com a voz emocionada. — Acho que ignorei isso porque tinha a esperança de que, talvez, se eu assim fizesse, você ficaria mais tempo aqui e seria minha filha.

— Mas eu ainda sou sua filha — respondo.

— Minha filha, a estrela de cinema. — Ela sorri, endireitando-se. — O que me diz de levar essa sua mãe para jantar, hein? Só nós duas.

— Eu adoraria. — Faço menção de devolver os ingressos, mas ela me impede.

— Fique com eles.

— Mas mãe...

Ela põe sua mão sobre a minha.

— Eu gostaria que eles ficassem com você. Talvez a ajudem a se lembrar do que realmente importa.

Minha mãe toca o meu nariz com o indicador.

— Agora deixe sua mãe se trocar. Vamos a algum lugar legal.

Fiquei de pé, os bilhetes pressionados na minha mão.

— Vou cuidar bem deles — digo.

Minha mãe pode não ter joias, mas esses pedaços de papel são suas relíquias. Porque eu tenho nas mãos uma coisa que não se pode comprar. Uma coisa sagrada.

CAPÍTULO 23

Estamos todos reunidos para o almoço no domingo. Todos menos Annabelle, que cochilou em seu chiqueirinho a um metro de nós, e meu irmão Tom, que está visitando a família da esposa hoje. Até mesmo Bill está aqui, sentado ao lado da minha irmã.

— Ele tem sido muito educado ultimamente — cochicha minha mãe, ao meu lado.

— O que estão todos fazendo aqui hoje? — pergunta meu pai.

Bill e Joanna riem, e minha mãe levanta as sobrancelhas.

— Querem compartilhar alguma coisa com o grupo?

Minha irmã limpa a garganta.

— Na verdade, temos um anúncio a fazer.

Meu coração para. Tenho certeza de que o da minha mãe também. Ouço seu garfo cair no chão. *Por favor, não esteja grávida*, rezo. Quero dizer, Annabelle é ótima e tudo mais, mas acho que deveria ser uma aventura única. Pelo menos pela próxima década.

— Bill? — Joanna olha para o namorado.

— Conte a eles.

— Bem... — Ela faz uma pausa, olhando em volta para cada um de nós.

— Diga logo — grita meu irmão Jeff.

— Estamos noivos — ela diz.

— Nós vamos nos casar — completa Bill.

Ela tem um anel no dedo — um anel de ouro com uma ametista. É lindo — e de boa qualidade. Minha época no Trinkets n' Things me fez uma espécie de perita em joias.

Olho para minha mãe. Ela está com uma cor amarela engraçada, e eu cheguei a me preocupar que ela não fosse aceitar a notícia numa boa, mas logo seu rosto se abre num grande sorriso e ela dá um pulo, surpreendendo minha irmã e Bill com um grande abraço.

— Que notícia fantástica! — ela diz. — Incrivelmente maravilhosa. Precisamos comemorar!

— Show de bola! — comemora meu irmão, voltando a atenção para seus ovos.

— Tem que ser hoje — diz meu pai. — A Paige vai viajar amanhã.

Minha mãe não está ouvindo. Ela já está na cozinha, desenrolando o telefone. Ouço-a conversando com uma amiga depois da outra, enquanto meu pai serve mais suco de laranja para Bill e meu irmão pergunta se Joanna está grávida de novo.

Nenhum bebê. Só amor.

— Vamos fazer uma festa! — minha mãe grita.

— Quando? — pergunta Joanna. Posso ouvir o brilho em sua voz, ver a alegria em seu rosto. O jeito como ela olha para Bill. Ela está sendo carinhosa até comigo.

— Esta noite — responde minha mãe. — Seu pai está certo. A Paige tem que estar aqui.

Ela está falando com as próprias mãos, aproximando-se da porta. Então continua:

— Vou ao mercado. Você... — ela estala os dedos para o meu irmão —, limpe isso tudo.

Mamãe gesticula para a mesa e, então, pega sua bolsa e a coloca no ombro. A porta bate um segundo depois.

Annabelle acorda gritando.

— Pode deixar — eu digo.

Caminho até o chiqueirinho, e ela está de pé, com seus bracinhos esticados para o teto.

— Paige! — ela grita, com sua vozinha doce, rouca por causa do sono e do choro.

— Oi, Annabelle Lee. — Eu a pego no colo, apoiando-a no meu quadril. Ela pousa sua cabecinha no meu ombro, e uma de suas lágrimas cai no meu peito. — Adivinhe só — digo a ela, com uma voz suave. — Sua mamãe e seu papai vão se casar.

— Casar — ela soluça, falando tão alto que ecoou.

Sento-me no chão de pernas cruzadas e a coloco no colo. Na outra sala, ouço minha irmã conversando sobre o casamento, que eles queriam se casar na primavera, talvez até na nossa casa. Meu irmão faz comentários, minha irmã levanta a voz e meu pai intervém. Os ânimos se exaltam, depois se acalmam, depois se exaltam mais uma vez enquanto eu e Annabelle brincamos no carpete.

Eu pensava em como a vida da minha irmã teria sido diferente se ela não tivesse ficado grávida. Ela teria cursado uma faculdade decente, talvez até feito o que queria, ser uma designer ou arquiteta. Quando éramos mais novas, ela gostava de desenhar. Porém, ultimamente, mal penso nisso. Com Annabelle entre nós, é difícil imaginar como seria a vida sem ela.

Assim é. As coisas acontecem, e com muitas delas não se pode voltar atrás. Mas a melhor parte é que, frequentemente, as coisas que o desafiam, que exigem de você plenamente, são exatamente aquelas que valem a pena.

— Paige — Annabelle fala novamente. — Livro.

Ela aponta para um exemplar de O Patinho Motorista, seu livro de colorir predileto. Eu acho uma loucura um bando de patinhos bebês ter os seus próprios carros, mas ela adora. Ela ri e grita com as imagens como se nunca tivesse visto nada tão espetacular na vida.

Ficamos lendo juntas até minha irmã voltar.

— Oi — ela diz. — O que está fazendo?

Ela se agacha no chão perto de nós, e Annabelle estica os braços para ela. Minha irmã a levanta no colo:

— Oi, meu amor. Está se divertindo com a Tia Paige?

— Parabéns — digo a ela.

Minha irmã toma um susto, como se não tivesse me ouvido direito.

— Estou muito feliz por vocês — continuo.

Ela sorri.

— Não é um filme, mas já é alguma coisa.

— É — respondo. — Com certeza.

Acho que nunca tivemos tanta gente junta na minha casa, e isso contando a vez que meu irmão venceu o torneio de basquete do colégio, e vieram três times inteiros e seus amigos. Acho que nunca me dei conta de quantos amigos minha irmã tem. Há gente do colégio, do jardim de infância e meninas que lembro de ficarem me atormentando quando eu era bem novinha. Pessoas que eu conheço há uma eternidade.

As amigas dela gritam quando a veem. As amigas da minha mãe não tiram os olhos do anel.

Então eu a vejo. Primeiro, os cachos bagunçados; em seguida, o moletom roxo de bolinhas. Só uma pessoa no mundo conseguiria fazer aquilo combinar com jeans listrado vermelho e azul. Cassandra.

Ela enfia as mãos nos bolsos ao chegar perto de mim.

— Oi — ela diz.

— Oi — respondo. Meu coração bate freneticamente.

— Tudo bem com você? — ela pergunta.

— Tudo — É como se estivéssemos caminhando sobre gelo, com medo de que alguma coisa quebrasse. Mas eu quero que quebre. Quero que seja real. Não desse jeito, não tão tranquilo a ponto de parecer que não estamos nem aí.

Lembro-me da última vez que a vi, tantos meses atrás, lá no aeroporto. Acelerei sem nem olhar para trás.

— Fico feliz que tenha vindo — eu digo.

O rosto dela se abre em um sorriso e eu sinto o alívio fluindo pelas minhas veias.

— É mesmo? — ela diz. — Eu não tinha certeza. Não tinha certeza se você queria me ver. Eu nem sabia que você estaria em casa. — Ela olha para os sapatos. — Sua mãe ligou.

Meu estômago se remexe, um gigante acordando do sono. Sinto meu rosto ficar quente de vergonha. De repente, eu tenho consciência de que sou uma idiota. O tipo de idiotice que você sente quando uma crença que acreditava ser verdadeira se mostra completamente sem sentido. Não havia motivo para discussões. Nem defesa, só um *eu estava errada*. Eu não liguei. Não falei nada. Foi culpa minha não termos mantido contato, não dela.

— Imaginei que talvez você não quisesse falar comigo — continua ela, com a voz pequena.

Balanço a cabeça e sinto meus olhos se encherem d'água.

— Sinto muito — começo. — Você estava certa. Eu não fiz esforço algum depois que vocês foram embora. Eu deveria ter ligado mais. Deveria ter dito o quanto vocês dois significam para mim. — Sinto um nó na garganta subindo, pairando, como um corpo naqueles truques de mágica.

— Perdão por não ter contado antes sobre mim e Jake — ela pede.

— Não, vocês ficam bem juntos. Vocês já deveriam estar juntos há muito tempo.

Cassandra olha para mim, com seus olhos azuis repletos de lágrimas.

— Senti tanto a sua falta — ela diz.

— Eu também.

Ela me puxa para um abraço e eu a aperto com força. Sinto o cheiro de seu perfume LUSH, o mesmo de sempre, e fecho os olhos, querendo capturar este momento para sempre.

Quando ela se afasta, nós duas estamos com os olhos chorosos.

— Como está o Jake? — pergunto, esfregando o dorso da mão nas minhas bochechas.

Ela me dá o braço e me carrega para a mesa do bufê.

— Igualzinho. Maluco. Ele me levou a uma manifestação em uma fazenda de porcos na semana passada. Tive que tomar uns doze banhos depois que viemos embora. E, depois, ele reclamou da água que eu estava desperdiçando. — Ela suspira e olha para mim. — Ele é um amor.

Passamos o resto da noite entocadas no meu quarto, com um prato de salgadinhos entre nós sobre a cama. Ela me conta sobre a cirurgia plástica no nariz de Denise Albert. Que Evelyn Membane foi expulsa por fumar maconha no banheiro masculino depois do colégio.

— Tipo, foi depois do colégio — diz Cassandra, exasperada. — Por que ela não esperou chegar em *casa*?

Eu queria contar a ela tudo sobre Rainer e Jordan, mas demoraria tempo demais para atualizá-la de tantos detalhes. Não queria que nossa conversa se resumisse a eles. Queria que fosse a *nosso* respeito. E, na verdade, não falar sobre eles estava sendo ótimo. Muito bom mesmo. Somos só Cassandra e eu em Portland. Normais. Quando deram onze horas e o barulho diminuiu lá embaixo, Cassandra se espreguiçou e disse que precisava ir para casa.

— Estou estudando à noite — ela me lembra. — Algumas de nós ainda têm que escalar degraus antes de nos tornarmos estrelas. — Ela sorri. — Ah, quase esqueci. — Ela abre a bolsa e tira o livro. O volume final da trilogia *Locked*. Aquele que despachei para ela. — Aqui. — Ela estende a mão e sacode o livro no ar.

— Eu estava começando a achar que você não tinha recebido — confessei.

— Ah, recebi sim. Li todo de uma vez.

— Então?

— Bem... — Ela sorri, e os cantos da boca se transformam em um sorriso malicioso.

— Você vai me contar como termina? — Cruzo os braços e levanto as sobrancelhas. — Esse exemplar era filho único, sabia?

Ela franze a testa.

— Quer dizer que você ainda não leu este livro? Qual é o seu problema?

Reviro os olhos. É maravilhoso tirar sarro uma da cara da outra. Significa que nossa intimidade voltou a ser como era.

— Queria que você me contasse o que acontece — digo. — Como da última vez.

— Paige — ela diz. — Você sabe que eu amo você. E eu faria qualquer coisa por você.

— Sim, e daí?

— Mas... — Ela coloca o livro nas minhas mãos. — Existem algumas coisas que você tem que descobrir por si só. — Ela me dá um abraço, com a capa dura entre nós. — Você é minha melhor amiga — ela diz, e há algo sério, pesado, em sua voz.

— A melhor das melhores — completo.

Ela se afasta, seus cabelos grudando em mim de todas as formas possíveis.

— Ah, olha só — eu chamo. — Tenho uma coisa para você também.

Vou até a mesa de cabeceira e pego um envelope com bilhetes lá dentro. Mas não é o da minha mãe. Não há lembranças aqui. Só coisas por vir. Tirei dois.

— Eu adoraria que vocês fossem. Posso comprar as passagens de avião também, se quiserem.

Ela olha para os bilhetes nas minhas mãos.

— Estaremos lá — ela diz. — Eu não perderia por nada neste mundo.

Cassandra se vira para ir embora, quando me lembro de outra coisa. Uma coisa que eu queria perguntar a ela desde que pousei em Maui.

— Cass — começo, segurando-a pelo braço. — Quando você me contou sobre Rainer, por que nunca mencionou Britney?

Ela sorri, os olhos enrugando nos cantos, formando pequenas linhas de travessura.

— Meu argumento persiste — ela afirma. — Existem coisas que você precisa descobrir por si só. — Com isso, ela se curva e me dá um beijo na bochecha. — Até depois, Hollywood — ela diz, e desaparece pela porta.

— Vemos você em alguns dias — diz minha mãe, quando me deixam no aeroporto. Ela me abraça rapidamente, e, quando me solta, meu pai me entrega a mala.

— Cassandra e Jake virão também — comento.

— Fantástico — comemora minha mãe, sorrindo. — Será uma reunião familiar.

Dou um abraço no meu pai, e, então, vou em direção ao portão de embarque. Algumas pessoas se viram e apontam. Mantenho os óculos escuros no rosto. É uma sensação estranha. Não paro de pensar se minha camiseta está arrumada, se não há papel higiênico grudado na sola do meu sapato.

É melhor estar dentro do avião. Sento-me perto da janela e pego o livro final. Eu o abro e começo a ler. E não paro até chegar em Los Angeles.

Um segurança me encontra no aeroporto e me leva até o carro, e de lá vamos direto para o hotel. Já é tarde. O ar tem cheiro de frescor, limpeza e coisas caras, de certa forma. Eu sei que é possível — o aeroporto de Los Angeles fica longe do mar —, mas parece muito o ar marinho. Porém, quase não noto nada disso. Ainda estou lendo.

Dou entrada no hotel com o nariz ainda enfiado no livro. Ficaremos no Beverly Wilshire, no coração de Beverly Hills. Lembro da minha agente dizendo que era convenientemente localizado, e seria lá que toda a imprensa estaria.

— Assim você não terá que se deslocar — ela explicou.

São três da manhã quando fecho o livro, e estou tremendo. Não imaginei que isso pudesse acontecer. Propositalmente, eu vinha evitando a internet para que o fim não me fosse mostrado antes da hora. Provavelmente, eu não teria acreditado em nada daquelas coisas.

Uma coisa é certa: August tomou uma decisão.

CAPÍTULO 24

Os dias seguintes são apenas para treinamento de imprensa. Minha agente contratou uma *coach* de mídia, Tawny Banks, que entrou na minha suíte de hotel como um furacão. Durante quatro dias, tudo o que fizemos foi falar sobre como se portar perto de um microfone, como responder essa ou aquela questão, o que fazer com o cabelo, como conversar sobre Wyatt, Rainer e Jordan. Ela simplesmente reitera a mesma ladainha de sempre: "Ele é um cara muito legal. Adorei trabalhar com ele. *Blá-blá-blá*".

Nunca se pode abrir muito a boca, nunca bocejar, nunca revirar os olhos. Se não entender uma pergunta, peça para repetirem. Nunca critique um colega. Nunca fale negativamente de ninguém. Nunca se parabenize.

Minha cabeça está girando agora que chegou a noite da pré-estreia.

Não tive chance de ver Rainer nem Jordan. Rainer está entocado na casa do pai. Aparentemente, Greg quer reservar todo o burburinho do nosso reencontro para a noite da estreia, e não quer arriscar que ninguém me veja ao lado de Rainer. Conversamos pelo telefone algumas vezes, mas não falamos de coisas importantes. Ele disse que está empolgado, e mais nada. Nós dois sabemos sobre a decisão que nos aguarda quando nos encontrarmos. Não temos que falar sobre isso agora.

Jordan também está em casa, em Los Angeles, mas eu não conversei com ele. O simples fato de saber que ele está por perto me faz perder as estribeiras. Eu queria ligar para ele, mas estou constantemente cercada por pessoas. Não consigo dar uma fugida, nem que eu tente.

Às seis da manhã, no dia da estreia, ouço alguém batendo na porta. Abro com os olhos cansados, esperando encontrar a figura tensa e rígida de Tawny, mas, em vez disso, dou de cara com as curvas arredondadas e bastante conhecidas de Lillianna. Ela chegou para arrumar meu cabelo e fazer minha maquiagem. Fico tão aliviada por vê-la que praticamente choro de felicidade.

— Oi, meu anjo — ela diz. — Lembra de mim?

Ela me senta na cadeira, e, quando Tawny aparece com uma prancheta em mãos, Lillianna dá um jeito de expulsá-la do quarto educadamente.

— Seremos só eu e você esta manhã — ela anuncia. — Agora me diga: o que está acontecendo com esses garotos?

Lá pelas três da tarde, estamos prontos para nos dirigirmos ao "TCL Chinese Theatre". Já participei de uma rodada de entrevistas solo, e foram muito boas. Consigo não abrir a matraca para ninguém. Correu tudo às mil maravilhas.

Estou usando um vestido preto e um sapato de salto alto nude com pequenas fivelas laranja. Meu cabelo está alisado, e minha maquiagem tem tons neutros, mas adultos. Eu me sinto alinhada e sofisticada. Pelo menos por fora.

Tawny me conduz pelo corredor, e, lá no fim, para dentro de um elevador. Vamos ao primeiro andar e eu a sigo até a sala de conferências.

Meu coração bate num ritmo constante, junto com meus saltos no mármore: *tum-tum, tum-tum*.

Atuar é uma coisa; ter que responder todas aquelas perguntas na frente de centenas de pessoas é aterrorizante. Meu rosto deve ter ficado verde. Não consegui comer nada além de uma maçã o dia todo, e meu estômago está, ao mesmo tempo, enjoado e com fome. Não é uma combinação muito boa, mas ao menos pude entender como as estrelas de Hollywood conseguem ficar tão magras. Não é dieta. É medo.

Rainer está parado perto das portas duplas de uma suíte. Ele está usando calça e camisa pretas, e seu cabelo está mais curto do que da última vez que o vi, aparado meticulosamente nas laterais. Ele sorri quando me avista, mostrando suas covinhas.

— Oi, linda — ele diz. Meu pulso acelera. Não consigo saber se é empolgação por vê-lo ou terror pelo que eu tenho que fazer, e, por um instante, me pergunto se estou prestes a tomar a decisão certa. Eu quero me jogar no sorriso largo de Rainer e em seus braços acolhedores.

Caminho até ele e lhe dou um abraço. Seu cheiro é exatamente como eu me lembrava, e eu fecho os olhos ao encostar nele. Quente. Seguro. Respiro fundo. Vou me concentrar no que tenho que fazer.

Tawny para do meu lado.

— Prazer, Rainer — ele diz, mantendo uma mão na minha cintura e estendendo a outra para Tawny. — Você poderia me trazer um refrigerante, por favor?

Sua testa e boca se contraem ao mesmo tempo, mas ela sai andando pelo corredor, deixando-nos mais ou menos sozinhos. Ele sorri para mim.

— Enfim, sós — ele diz, mas não muito galanteador. Acho que deve estar tão nervoso quanto eu.

— Oi — cumprimento. Eu me desvencilho dele para nos olharmos de frente.

— Tudo bem? — ele pergunta.

— Tudo — respondo. — Eu acho. E você?

Rainer sorri.

— Mais ou menos igual. Como foi na sua casa?

Aceno com a cabeça.

— Foi muito bom voltar para casa, na verdade. Minha irmã vai se casar.

O rosto dele abre um sorriso largo. Suas covinhas ficam bem à mostra.

— É mesmo? Que ótimo!

— É verdade.

Ele olha para mim por um instante. Nenhum de nós pisca, e, de repente, a pergunta está ali, bem entre nós.

— Senti sua falta — ele admite.

— Eu sei — falo, sugando o lábio inferior. — Também senti a sua.

É verdade, eu senti. Senti muito a falta dele. O jeito como ele me fazia sentir, como se tudo fosse dar certo. Que, contanto que ele estivesse ao meu lado, tudo ficaria bem.

Ele põe um dedo sob meu queixo e inclina meu rosto para cima. Seus olhos procuram os meus. Estão brilhantes, com tanta esperança que fazem meu coração doer.

— É isso o que você quer? — ele pergunta.

Antes que eu tenha tempo de responder, algumas vozes começam a surgir do outro lado da porta que está ao nosso lado. Tão altas que nos fazem pular.

— Não ouse colocá-la no meio disso — grita uma voz. É Jordan.

— Fale baixo. Isto aqui é um negócio.

— Porra nenhuma — responde Jordan.

Rainer e eu nos entreolhamos. Pela maneira como seus olhos se voltam para a porta e se arregalam, dá para perceber que eu estava certa. A outra pessoa na sala ao lado é o pai dele, Greg Devon.

— Isso não diz respeito a você.

— Ela diz respeito a mim, sim — diz Jordan.

— Ah, eu sei bem disso.

De quem eles estão falando? Britney? Foi quando eu ouvi. Nós dois ouvimos. Greg continua:

— Quem Rainer namora é problema dele. Eu vou ficar de fora dessa vez.

Posso ver os punhos de Rainer se fechando. Ele fez um movimento em direção à porta, e eu ponho a mão em seu braço para impedi-lo.

— Como você fez? Não me diga que não está animadíssimo para vê-los de mãos dadas na capa de todas as revistas. Você me dá nojo.

Ouço Greg rir. Sinto como se cada uma de minhas vértebras fosse um cubo de gelo.

— Ah, voltamos àquele assunto, não é? Você acha que eu sempre tenho segundas intenções.

Jordan grita:

— Eu sei que tem.

— E você não? Você aceitou o papel, Jordan. Ninguém o forçou. Você sabia de tudo o que tinha acontecido com Britney, você me odiou por aquilo, e mesmo assim aceitou o papel que eu lhe dei. — Há um silêncio, e então: — Todos nós jogamos o mesmo jogo, Wilder.

Ouço um pouco de agitação, uma gaveta se abrindo e fechando. Observo o rosto de Rainer, uma mistura de raiva e confusão.

— Então é isso? Você só me deu aquele papel para calar a minha boca?

— Você é um bom ator — diz Greg. — Seria sábio da sua parte se parasse de fazer tantas perguntas.

Sinto o corpo de Rainer pender para frente, e, no segundo seguinte, a porta se abre. Greg entra caminhando lentamente, olhando de maneira calma e centrada. Até ver Rainer. Imediatamente, seu rosto desaba, como um paraquedista à beira de um penhasco.

— O que está fazendo aqui? — ele se exalta. — Vocês deveriam estar respondendo perguntas.

Rainer inspira fundo.

— O que você quis dizer sobre Britney — ele diz. Mas não foi uma pergunta. Nem perto disso.

Greg sorri.

— Do que está falando?

— Ela estava falando a verdade, não estava? — A voz de Rainer fica alta, com raiva. — Ela estava certa sobre você.

Jordan se aproxima da entrada da porta. Tento manter os olhos voltados para Rainer. Eu não posso olhar para Jordan, não agora. Tenho muito medo do que estou prestes a fazer.

A bochecha de Greg treme, e eu vejo seu olho vibrar levemente.

— Vamos conversar sobre isso em particular — ele propõe.

Percebo, com o canto do olho, a presença de um repórter sensacionalista. Rainer também percebe, mas não hesita. Ele continua.

— Não, pai. Quero conversar sobre isso agora. Você me disse que ela estava maluca. — A voz dele fica grossa, seca. — Eu acreditei em você. Acreditei em tudo o que você me disse, e foi tudo mentira.

Posso sentir o olhar de Jordan em mim, depois em Rainer. Rainer olha para Jordan.

— Pode falar — Rainer pede a ele. Seus olhos estão descontrolados. Parece quase um monstro. — Diga que meu pai tentou dormir com Britney, minha namorada de dezoito anos.

Jordan assente lentamente.

— É verdade — ele diz.

O repórter sai rabiscando freneticamente. Os olhos de Greg estão tão ferventes que parecem que vão entrar em combustão.

Tenho certeza de que Rainer vai perder a cabeça. Que ele vai começar a gritar com o pai. Mas, em vez disso, sinto sua mão na minha.

— Temos que ir — ele me diz. Ele começa a me puxar para a frente, para longe, na direção da sala de conferências. Olho de novo para Jordan.

Nossos olhos se encontram só por um instante, mas é o suficiente. O suficiente para eu ver que, o que quer que esteja acontecendo dentro de mim, também está acontecendo dentro dele. Que nós dois estamos ali, exatamente onde o outro está. Lembro de Wyatt me alertando sobre aquelas fotos com Rainer. As palavras de Jordan: "Vê-los de mãos dadas nas capas de todas as revistas". Então Sandy aparece, e todos nós somos levados na mesma direção, na direção do aglomerado da imprensa, na direção dos jornalistas prontos para ouvir nossas respostas. Rainer ainda está segurando minha mão com força quando as portas se abrem, mas Tawny chega por trás e nos separa à força, pouco antes de entrarmos na sala.

— Não façam isso, a menos que queiram de verdade — ela nos alerta.

Somos recebidos por um oceano de rostos, que se estende até as portas que levam ao lobby do hotel.

Tomamos nossos lugares. Rainer de um lado e Jordan do outro. Perto demais — minhas mãos tremiam.

As perguntas começam. Sobre o filme e sobre trabalhar com Wyatt.

Jordan responde que Wyatt é o melhor da atualidade, e que estamos muito orgulhosos deste filme, porque ele está no comando.

Então, finalmente, alguém pergunta. A pergunta que todos nós aguardávamos. É para mim, e eu fico feliz por isso. Eu queria passar por cima daquele assunto.

— Ouviram-se muitos boatos sobre um possível romance entre você e Rainer. Alguns até dizem que ele ficou atrás de você desde que chegaram ao Havaí. — Risadas por toda a sala. Minhas entranhas parecem dormentes. — Você pode confirmar se vocês dois estão juntos?

Respiro fundo, pronta para responder, para finalmente dizer o que está no meu coração, mas meu olhar se desvia e se volta para Rainer. Os olhos dele estão arregalados, esperançosos. Ele está olhando para mim do mesmo jeito que Annabelle faz quando acorda. Como se sua sobrevivência, sua própria existência, dependesse do que viria a seguir.

Então eu penso naquilo novamente. As palavras de Jordan no dia em que salvou minha vida na praia: "Algumas coisas são sagradas". A proteção do amor é sagrada, mas outra coisa também é sagrada.

Nossa palavra. Rainer me disse, naquele dia perto das colinas em Paia, que o quer que acontecesse, o que quer que surgisse em nosso caminho, ele estaria ao meu lado. E ele foi sincero. Não tinha nada a ver com Greg Devon. Aquilo foi entre nós, eu e ele. E chegou a minha vez.

Eu sei o que tenho que fazer. Rainer precisa de mim neste momento, e eu quero estar ao lado dele. Estar *com* ele. O mundo dele está prestes a ser despedaçado. O pai dele não é quem ele pensava ser. Aquele jornalista vai escrever a história; toda a verdade virá à tona. A reputação de sua família está arruinada. Eu sei como é isso. Eu me lembro de quando minha irmã ficou grávida, e como todos sussurravam a nosso respeito. Como apontavam para nós no mercado, nos correios. Eu não sei o que teria feito se não fosse por Jake, como eu teria lidado com tudo isso se ele não tivesse colocado as mãos no meu rosto naquela noite e me beijado. Se ele não tivesse dito que estaria ao meu lado.

Mas saber o que é certo não torna uma decisão mais fácil. É uma escolha. E, assim que você faz uma, desiste das outras.

Coloco a mão no pequeno pingente de metal. Respiro fundo. É mais fácil do que eu pensava, só dizer aquelas três palavras:

— Sim, é verdade.

Então, começa: uma sequência de flashes brilhantes e ofuscantes — brilha tanto que, por um segundo, acho que talvez as estrelas caíram do céu e atravessaram o teto. E as fotos não param quando Rainer me puxou para perto dele e me beija, bem na frente de centenas de jornalistas, câmeras, telas de televisão — unindo-nos para valer. Mas eu não sinto nada. Nem seus lábios nos meus. Nem suas mãos na minha cintura. Nada. Quando ele se afasta, olha para mim e gesticula com a boca: "Obrigado". Alguém faz outra pergunta, e Rainer responde — explicando como nos apaixonamos um pelo outro no set. Eu me recosto na cadeira, com um sorriso plástico no rosto, como Tawny me ensinou.

Posso senti-lo ao meu lado. Jordan. Mas, quando olho para ele, vejo que não parece triste ou com raiva. Seus olhos estão iluminados, como os flashes que estão apontados para nós. E, de uma só vez, eu entendi por quê. Eu estava errada. Sobre tudo. Porque o que eu não entendo a respeito do amor — a coisa mais importante, a coisa que faz livros e filmes valerem a pena — é que os grandes amores épicos não têm a ver com ter alguém. Têm a ver com saber abdicar. É um sacrifício que importa. São aquelas entradas de teatro da minha mãe, socadas no fundo de sua caixa de joias. Noah e August. Minha irmã e Annabelle. Jordan e sua mãe, a verdade que ele esconde para protegê-la. E, veja bem, isso é o que eu não entendia. O que ninguém conta. Só porque você encontrou o amor, não significa que é para você guardar para si. O amor nunca pertence a você. Pertence ao universo. Ao mesmo vento que sopra nas ondas dos surfistas e na corrente que os carrega de volta à praia. Você não pode se apegar, porque ele é muito maior que qualquer coisa que alguém jamais poderia conceber ou tocar com as próprias mãos. E é maior do que Rainer ou Jordan. É maior que tudo.

Então vêm os anúncios: o estúdio quer dar o sinal verde para os outros dois filmes da série. Receberam os resultados das pesquisas e o público está amando *Locked*. Todos ficaram empolgados com o filme; querem fazer mais dois com o mesmo elenco.

Rainer disse que tinha certeza que nós todos precisávamos conversar com nossos agentes, mas que todos trabalhamos bem juntos e que ele podia falar por todos nós quando dizia que nós tínhamos amado nossos papéis.

— Eles agora fazem parte de nós — ele declara.

E a rixa entre ele e Jordan Wilder?

— Eu estava errado — diz Rainer, olhando bem para a frente. — Jordan não foi nada além de um ótimo amigo e um cara com quem eu pude contar. Eu me sinto honrado por continuar a trabalhar com ele.

Então nós somos levados para carros separados. Tawny se senta ao meu lado, matraqueando que meu relacionamento com Rainer traria mídia positiva, e que eu fui inteligente ao fazer o anúncio oficial na primeira coletiva de imprensa. *Por que eu não falei para ela!*, ela chega a perguntar. Penso quantas mais dessas teremos. Quantas vezes mais ele vai me beijar nas gravações, com Jordan observando. Quantas vezes mais as pessoas vão nos perguntar sobre como nos apaixonamos. Parece algo sem fim, quase impossível de suportar.

Então nós chegamos. A pré-estreia. Nós três chegamos ao mesmo tempo, e, quando pisamos no tapete vermelho, o público vai à loucura. Gritos e assovios. Eles carregam cartazes, fotos, pôsteres. Todos com nossos rostos neles. Nossos nomes.

Pouco antes de irmos para nossa primeira foto juntos, sinto o mindinho de Jordan enlaçado no meu. Enrolo meu dedo no dele, e ficamos desse jeito por um tempo que parece incrivelmente longo e tragicamente curto ao mesmo tempo, como o nascer do sol, o início de uma coisa e o fim de outra. Então eu me viro para Rainer, para a multidão, e me deixo ser sugada pelo mar de luzes, com sua mão na minha cintura.

Eu não olho para trás.

Agradecimentos

Um imenso obrigada...

A Farrin Jacobs, meu editor incrivelmente talentoso e inteligente. Vou me sentir eternamente sortuda (e mais que agradecida) por você ter me escolhido. Obrigada por me desafiar, por ser muito mais inteligente do que eu e por nunca me elogiar quando eu não merecia. Prometo continuar a dar o meu melhor para deixá-lo orgulhoso.

Para minha corajosa agente, Mollie Glick, que pacientemente me aguentou por uns dois anos quando a única coisa que eu perguntava era "Ainda dá tempo?". Obrigada por concordar a tirar essa foto. E por ser minha parceira, todos os dias, em todos esses livros.

A Dan Farah, meu *manager*, cujos olhos se iluminaram assim que eu contei que este livro estava no forno. Obrigada por amar este mundo, e por lutar por ele em todas as suas formas e encarnações.

A Leila Sales, que ouviu a estação Lilith Fair Pandora por um ano inteiro enquanto eu escrevia este livro — eu não queria esperar. Fico feliz que não precisemos mais.

À minha incrível editora no Reino Unido, Rachel Petty, por seu entusiasmo e visão.

A Pam Garfinkel, por suas anotações atenciosas, e a Liz Casal, pela melhor capa do mundo.

A Jess Regel, minha agente estrangeira, por mandar (e apoiar) Paige, Rainer e Jordan para o mundo.

A Wendy Dopkin, extraordinária revisora, que me fez pensar dez vezes antes de usar a palavra *stet* (e que conhecia muito mais sobre minha cidade natal, Maui, do que eu).

Às minhas meninas, que nem sempre entendem os altos e baixos do que eu faço, mas que têm um orgulho tremendo, ainda assim. Vocês preenchem todos os meus mundos, fictícios ou não, com pura alegria.

A Katie Hanson, por dizer: "Ei, acho que você tem que escrever esse livro".

A Lexa Hillyer, por continuar a me desafiar com a mais pura ternura.

A Brad, Yfat, Guy, India e Foxy Gendell, por seu apoio e amor incondicionais.

A Carina MacKenzie, por me dizer que eu não estava "longe da casinha", e pelos vampiros, sempre.

A todos do Twitter, por acompanharem obsessivamente, tanto quanto eu, os bastidores das estrelas jovens de Hollywood.

Aos meus pais, que continuamente me lembram de que a felicidade por si só, independentemente da realização ou do sucesso, vale mais do que tudo.

E, finalmente, a Katie e Josh — por estarem apaixonados há tantos anos e por terem feito que eu seguisse este caminho.